도서관에서 길을 잃다

도서관에서 길을 잃다

—

초판1쇄 2022년 12월 10일
지은이 박주원
펴낸이 김영재
펴낸곳 책만드는집

—

주소 서울 마포구 양화로3길 99, 4층 (04022)
전화 3142-1585·6
팩스 336-8908
전자우편 chaekjip@naver.com
출판등록 1994년 1월 13일 제10-927호
ⓒ 박주원, 2022

—

* 이 책은 경남문화예술진흥원에서 지원금 일부를 보조받아 발간되었습니다.

—

ISBN 978-89-7944-822-1 (03810)

도서관에서 길을 잃다

박주원 소설집

책만드는집

유속이 매우 빠른 가을 강가에 섰다. 주야장천 흐르는 저 물은 어디로 가는가. 건너편 강둑에는 빨간 자전거 한 대가 그 물을 거스르듯 위로 위로 사람을 싣고 달려간다.

모두들 어떻게든 저 나름의 존재 이유를 드러내고 있음 아닐 런가.

그들이 그렇듯이 나도 참 많이 물처럼 자전거처럼 움직였다. 운 좋게 인연의 행성 하나 접하게 되면 마냥 기꺼워서 자맥질 하며 그 속을 누볐다. 남모르는 허공에다 환경을 설정하고 사 연 많은 인물들을 등장시켜서 연출해 낸 세계가 제법 된다. 어 언 수십 년이니 그동안 꽤 많은 영토를 경작했다는 말이다.

하지만 마음에 드는 작품 한 편을 아직 생산해 내지 못한 미흡함은 절실하다. 인생의 마지막은 후회로 마무리된다던 아 버지의 말씀이 왜 기억의 저편에서 떠오를까. 이 또한 미련에 얽힌 소회임을 고백한다.

수확을 끝낸 토양에서 그려지는 이후에 대한 설계 때문에, 누구에겐가 왠지 쑥스럽고 미안한 마음을 안고 졸작을 감히 세상 밖으로 묶어 낸다. "백두산만 산이냐 우리 동네 앞산도 산이다." 공언했던 순간에 비해 시간도 집중력도 많이 흐트러졌지만 어느 날 어느 시일지 다시 또 조우하게 될 기막힌 인연을 기대하면서.

박주원

|차례|

그을린 여자

"선화야, 엄마다."

잠든 것 같지 않은데도 선화는 눈을 뜨지 않았다. 서먹한 것이리라. 부끄럽고 미안할 수도 있다. 대신 꾹 눌러 감은 눈시울 사이로 가느다란 눈물이 흘러내렸다. 나는 선화의 눈물을 닦아준 뒤 불은 젖으로 축축한 거즈를 마른 것으로 갈아주었다.

내 인생 육십여 년 절반의 영욕을 고스란히 담고 있는 선화. 상상도 못 한 평가절하로 상심하고 있을 때 존재감을 유일하게 회복시켜 줄 대안인 양 등장했던 아이. 내게로 온 뒤부터 출생의 비밀에 따른 한순간의 오해로 인형처럼 버리고 싶을 때가 없지 않았으나 선화는 언제나 예쁜 아기였다. 나의 수태 기능을 자극할 목적으로 선택된 아이임을 감안하면 미안한 쪽은 오히려 나였다.

표독스러운 시어머니를 대신하여 선화를 안겨준 시이모가 점잖게 타일렀다.

"삼시랑이 시기를 하면 이내 배태가 된단다."

배총*도 안 떨어진 갓난이 선화는 그렇게 내 품에 안겨졌다.

아가씨 때는 누구나 싱싱하다. 흠결 없이 정숙도 하다. 영어 학원 강사였던 나는 자존심도 강했다. 더구나 흔하지 않은 전 공 때문에 남들이 보내는 선망 어린 시선은 풋사과 같은 나의 선민의식을 빳빳하게 도도하게도 부추겼다.

혼밥이니 혼술이니 혼잠은 숨겨진 불구로 취급되던 시절. 성 숙한 처녀의 짝은 성숙한 청년이며 결혼한 그들은 으레 사랑의 결실인 이세를 위하여 일생을 바치는 것이 정석으로 인식되어 있을 때. 그가 내게로 다가온 것은 크리스마스 캐럴이 한창 거 리를 들썩거리게 만들던 날이었다. 또 그 사람이 와 있어. 같은 학원 동료가 귀띔했다. 벌써 눈치챈 나는 뒷문으로 퇴근할 준 비를 하고 있었는데 살짝 짜증이 났다. 성가시게 나를 맴도는 남자. 그는 내 취향과는 너무나 동떨어진 사내였다. 나를 처음 본 순간 알 수 없는 감정의 스파크 현상으로 영혼이 쏠렸다고, 훗날 그가 고백하기 전까지 무려 몇 개월의 숨바꼭질이 계속 되고 있는 거였다.

그날 저녁 그는 화려한 도시에서 벗어난 공원에서 내게 무 릎을 꿇었다. 죽이든 살리든 이게 마지막이라며 남자는 픽픽

---

* '배꼽'의 사투리.

12

울었다. 표정은 약간 메말랐으나 신중한 언어와 듬직한 체격을 가진 그가 어른 아이로 변한 것이다. 열 번 찍어 안 넘어가는 나무 없다는 말처럼 순정남인 그의 도끼질에 나는 그만 넘어가고 말았다. 내가 무엇인데, 나 때문에 산처럼 덩치 큰 한 남자가 눈물을 흘리게 하다니. 내 연민의 샘을 자극한 그의 눈물. 참 이해할 수 없는 심경의 변화였다. 그릇에 물이 차오르는 현상처럼 어느덧 충만하게 부풀어 오른 호감으로 그를 받아들였고 나의 개활지는 그의 삽질에 순응했다.

얼토당토않은 상대를 소개하는 내게 가족들은 모두 실망했다. 중소기업 사장의 넷째 딸인 내 짝은 당연히 형부들과 같은 '사' 자 돌림이어야 하는 불문율에 그는 한참 모자랐다. 지방의 사립대학 조교인 그의 스펙에 따른 나의 장래가 어떨 것이라는 걸 간파했던 아버지는 손수 쓴 각서 한 장을 승낙의 조건으로 내밀었다.

— 내 딸 눈에 절대 눈물 나게 하지 않을 것. 여자라 얕보고 가진 지성과 학문을 함부로 대하지 말고 발전시켜 줄 것. 천역 賤役으로 손발톱이 닳거나 때 끼지 않게 할 것. 봄, 가을이면 반드시 보약을 먹일 것. 사철에 두 벌씩은 꼭 새 옷을 입혀줄 것 —.

무조건 읍소하는 그에 따라 나는 운명적인 시작을 했고, 대학 전임으로 승진한 그를 따라가기 위해 사직서를 냈다. 그때부터 기이한 시골 반가의 며느리 노릇은 시작됐다. 장남인 그의 아내가 된 이상 시집 풍습을 익히기 위해 본가에서 겪어낸 시집살이 몇 년은 그야말로 설상가상이었다.

시어머니는 처음부터 참 기이했다. 중풍 든 당신의 시아버지 대소변 수발까지 갓 시집온 내게 떠넘기는가 하면 주부 노릇을 아예 작파한 이유 모를 행동으로 노상 밖으로만 나돌았다. 그러면서 나에 대한 시어미 노릇은 이웃에서도 나를 동정할 정도로 혹독했다.

내게만 유난히 추운 것 같은 겨울, 얼음물 채운 물지게를 지고 꽁꽁 언 길을 가다 엎어져서 무릎을 다치기도 했지만, 그 정도는 시누이들의 도움을 받으니 그냥저냥 넘길 수 있었다. 그런데 막내딸인 내가 해본 적 없는 제상 차리는 일도 내 몫으로 넘겨졌다. 조부를 문안하러 오는 접빈객으로 손에 물 마를 날이 없어 나 자신도 잃어버리고 헉헉거렸다. 꽁꽁 언 동태를 상자째 부닥뜨려놓으며 포를 떠서 전을 부치고 탕거리 장만을 하라는 명령으로 나는 지금도 뱀 대가리처럼 삐딱하게 된 손가락의 상처를 감추어야 한다. 잘못한 것은 가법에 따라서 이래야 한다, 저래야 한다, 한마디씩만 힌트를 주어도 될 것을 시어머니는 마치 심술스러운 사범 같았다. 서툰 솜씨로 언 동태를 내려치던 칼날이 내 손가락을 베고 말았지만 암퉁한 얼굴에 옴팡한 눈을 뱀처럼 싸늘하게 흘기며 끝없이 궁시렁거렸다. 도를 넘는 고부갈등의 원인을 어느 정도 짐작할 때까지 덫에 걸린 짐승처럼 미칠 것 같았다. 다행히 나는 시어머니가 잘 모르는 내 학문적 언어로 맘껏 비웃으며 자위하는 시간을 가졌다. '시어머니는 절대 군림하는 벼슬아치의 자리가 아닙니다.

나는 절대 당신같이 미욱한 시어머니 노릇은 하지 않고 존중받는 최고의 시어머니가 될 것입니다.'

이럴 때 아기라도 하나 생기면 저 시집살이가 좀 느긋해질 텐데. 내 처지를 동정한 사람들 모두 혀를 찼다. 그러나 내 고난을 덜어줄 아기는 배태도 되지 않았다. 산부인과 의사는 우리 부부 두 사람 모두 신체적인 이상은 없으니 기다려 보자고 했다. 조금씩 초조해지는 나를 위로하면서 그는 어린애처럼 나를 업고 방을 맴돌다 거울에 비치는 나와 눈길을 맞추며 자신의 뜻을 주지시켰다. 우리 둘만 행복하면 되니까 절대 마음 상하지 마. 하지만 이왕지사 남의 아내가 되었으면, 당당하게 산후 미역국을 먹는 여자가 되고 싶은 새로운 도전으로 나는 이미 옛날의 내가 아니었다. 기존의 여성상에서 탈피하여 아기 대신 고양이나 강아지를 기르며 본인의 이상을 추구하는 문화 선진국 독신 여성을 롤 모델 삼았던 내가 수용하게 된 어처구니없는 변화였다.

손자가 생기면 시어머니의 강샘도 반감된다는 주위의 조언에 따라 명색이 영문과를 나왔고 외국 유학까지 한 나였지만 수태하는 데 필요한 방법은 현대적인 것이나 원시적인 것을 가릴 여유가 없었다. 다산한 여자의 속옷을 훔쳐 입기도 했고 어린 소녀의 초경 묻은 팬티를 끓여 먹었는가 하면 돌부처의 코 깎은 물까지 마셨고 맞춤한 날 길한 방향을 골라 목적만으로 잠자리를 한 날은 아기의 종자가 흘러버리지 않도록 벽에 두 다리를 걸치고 거꾸로 서 있기도 했다. 그 여전한 노력에도 불구하고 선화에 이끌려 올 삼신할미의 도움은 도착하지 않았다.

"헛짓 그만해라, 이놈아. 자식이 없으면 내일이 없는데 돈은 벌어서 뭐 할 거냐. 너는 배알도 없냐? 계집이 그리 좋은 것은 내림이구나. 더구나 헛밥만 축내는 계집을……."

그럴 때 시어머니가 두드리는 재떨이 소리는 유난히 당당했다. 썩어 문드러지는 속을 그 짓으로라도 가라앉히지 않으면 시부모와 이 자식들을 누가 건사할 거냐고 큰소리치며 가용돈은 채변해도 심화 풀이 삼을 담뱃값만은 알뜰하게 여투었다.

그는 참 착하고 성실한 효자였으나 제 아내를 지키기 위해 어머니와 맞설 때는 무자비한 강고함을 드러냈다. 내게 혹했던 그 현상에 대한 자신도 알 수 없는 필연적인 운명에 따라 대치를 하는 것이다. 내 관심을 차지할 때까지 비가 오나 눈이 오나 집요하게 도끼질을 했던 깐에 비하면 너무나 당연한 보물지기의 정성이었으나 어머니를 뒤집는 자극으로는 차고 넘치는 불효의 반전이었다. 그는 시어머니의 단순한 아들이 아니라 남편이자 하늘이었던 것이다.

그때 선화, 그 빨갛고 주름투성이 얼굴을 가진 꼬맹이가 왔다.

몇 년이나 옥신각신했던 큰일이니 찍, 소리도 할 여지가 없었다. 내 나이도 이미 마흔 밑이니 삼신할미를 자극한다는 솔깃한 조건은 비방으로든 부적으로든 마땅히 받아들여야 할 아기였다.

남편은 그날 밤 집에 들어오지 않았다. 이 일을 미리 안 남편은 학회에 제출할 논문에 대한 마무리 작업 때문이라 핑계 댄 것을 나중에야 알았다. 집요하게 열성적인 어머니의 닦달을 받은 날이면 남편의 위로는 더 지극했다. 나를 취했던 그 각서에 대한 자격지심인 걸 어찌 모를까. 따지고 보면 시어머니의 나를 향한 종주먹도 그쪽 입장으로는 생판 부당한 행동이 아니었다. 남녀가 결혼하면 아기를 출산해서 기르는 것 그 평범하고 당연한 짓을 나는 못 하고 있었다. 우리가 사랑하고 다정한 것이 영 못마땅한 시어머니의 이유 앞에는 딱 맞춤한 명분일 수도 있었다.

선화가 온 지 얼마 만에 그가 나를 안으려 했지만 나는 그를 피했다. 배신당한 슬픔으로 뜨거운 눈물만 자꾸 흘렀다. 영리한 어머니에게 설득당한 그의 친딸인지 모른다. 누군가가 얼핏 흘렸던 말이 콕 박혀서 지워지지 않았다. 그럴 사람이 아니라고 나는 고개를 저었지만 다섯 남매 중 장남인 그는 누구에게나 인정받는 효자였다. 신체 건강한 남자가 술을 마시면……. 정황상 충분한 이유는 성립된다. 또 얼마 전에 있었던 모자간의 극렬한 말싸움을 상기하면 그럴 리 없을 것이라 여기면서도 사람의 겉과 속은 일치하지 않는다. 더구나 그는 효자였으며 남자이고 자기 핏줄을 갖고 싶은 간절함은 나와 같았기에 그럴 개연성은 충분했다. 은근슬쩍 나를 속이고 외도한 남편으로 보니까 그가 너무 음흉하고 서먹했다. 가슴 에이는 배신감과 절망도 감당할 수 없었다. 그러나 이미 환경에 세뇌된 나는 혼자만의 가슴앓이를 감수하며 나로 인해 실망할 친정 부모와 주변의 시선에 대한 외면 수습 때문에 선뜻 이혼할 용기도 내지 못한 채 임신, 임신만을 갈구했다.

선화가 다섯 살 때 맞이한 그의 생일이었다. 마님이 종 부리듯 이것저것 진두지휘하여 거하게 차린 남편의 생일상을 운반해 온 시어머니가 밥숟가락을 놓자마자 그에게 올해 나이가 몇이냐고 물었다. 고등학생 조카가 남편의 나이를 명시해서 보낸 카드 내용이 빌미였다.

"도대체 언제까지 조카들 것만 받을 거냐?"

"참 어머니도, 이렇게 좋은 밥 멕여놓고 또 왜 이러십니까?"

남편이 힐끗 내 눈치를 봤다.

"지랄한다고 눈치는 보고 그러냐. 나도 참을 만큼 참았다. 장손의 대가 끊기면 조상들은 무슨 면목으로 대할 것이고 네 후사는 우짤긴지 나는 자나 깨나 그게 걱정이다. 한두 살 먹는 어린애도 아니고 옛말에도 칠거지악이 있고 제 스스로 씨받이를 얻어주는 여자도 있더만 저리 버티지 말고 체면이 있어야지. 이쯤 되면 미리 알아서 처신할 때도 됐는데 못된 시에미 모냥으로 꼭 내가 나서게 맹그노."

"어머니이—!"

억눌렀던 병마개가 터지는 것처럼 외마디 소리를 지르며 그가 교자상을 휙 뒤집어버렸다. 낭자하게 흩어진 음식물을 건너 그는 밖으로 나가버렸다.

"아이고, 집구석 망했네. 여자가 잘 들어오고 못 들어오는 데 따라서 집구석 흥망이 바뀌는 건데, 저놈이 저럴 줄은 몰랐다.

저 아이를 망친 게 너다. 인제 우짤끼고. 장가들기 전에는 에미 말이라면 팥으로 메주를 쑨다 캐도 눈 한 번 안 치뜨고 순종 하던 아들이다. 이 일로 장차 우얄 끼고?"

음식상을 치우는 머리 위로 우박처럼 내리꽂히는 시어머니의 구박. 깨진 사금파리에 베인 손에서 피가 줄줄 흘렀지만 표를 낼 수도 없이 부지런히 쓸고 닦았다. 성깔 있는 시어머니인지라 손에 잡히는 대로 엎드린 뒤통수에다 깨진 그릇을 메칠지도 몰랐다. 마침내 두 다리를 쭉 뻗어놓고 두드리며 시어머니가 통곡했다.

"서방 복 궂힌 년이 자식 복을 기대했다니 내 년이 등신이지, 이 자리에서 칵 죽어도 좋아서 춤 줄 인간 많은데 더럽게도 명줄은 질어서, 내 팔자가 낭패로다."

나는 소처럼 말없이 드나들며 방 청소를 마치고 소리죽여서 부엌 정리를 했다. 나 때문에 일어나는 불상사인데 숨죽이고 있는 것밖에 달리 방법이 없었다.

"나 때문에 어머니랑 너무 맞서지 말아요."

둘만의 케이크 자르기로 그를 위로하니 스스로에 대한 불구감만 인정하는 꼴이다. 지금 이 순간 남편이 무슨 생각을 할지 나는 잘 알았다. 애지중지 기른 딸을 주기로는 턱없이 안 맞는 조건 때문에 미루고 망설이던 장래 장인어른 앞에서 그가 받은 다짐은 어떠했던가. 나는 그 약속을 한 번도 따진 적 없건만 그는 이행하지 못한 약속을 스스로 되뇌면서 아파하고 있었다. 그의 위치와 형편이 그랬다. 시할아버지까지 계시는 집의

삼시 조석 수발이며 빨래나 청소는 물론 제사음식까지. 장찬*
주부 노릇을 해야 할 시어머니는 못된 팥쥐 어미처럼 신둥거리
며 밖으로 나돌기만 했다. 이유가 무엇인지 어렴풋이 짐작했기
에 며느리인 내가 떠맡아야 마땅하다 여기며 최선을 다했다.

시어머니와 같이 살던 때를 되돌아보면 내 인생에서 싹둑
잘라버리고 싶은 나날이었다. 사진으로만 보았고 그림으로만
보았던 농촌 일을 직접 하느라 상처도 많이 입었고 몸살도 났
다. 남편이 처한 입장을 이해하게 될 때까지 어머니에게 한 마
디 건의도 못 하는 남편의 무능이 참 원망스러워 앵돌아질 적
도 많았다. 그러나 잘못도 없이 어머니에게 당하는 남편이 가
여워서 따지며 닦달할 수도 없었다. 분가하고 나서도 시어머니
가 방문한 날은 예외가 없었다.

"돌밭에다 제아무리 씨 뿌려 봐라, 싹이 나는지. 남자는 팔
십에도 생남을 하니 네가 나서야 된다."

"엄니는 입으로 어찌 그런 말을 하세요. 내가 아버지처럼 어
머니 같은 여자를 또 만들란 말이요?"

남편의 목소리는 내가 있는 주방에서도 또렷이 들리게 격렬
했다. 시어머니가 건공에 뜬 행동을 하는 이유와 무관하지 않
은 내용이었다. 시댁 건넛마을에 어머니의 시앗이 살고 있었고
퇴근하는 시아버지의 자전거는 김유신의 말처럼 그쪽으로 갔
다. 길목을 지켰다가 행선지를 보고하라며 시어머니는 그의 등

---
* 掌饌. 조선시대 세자궁에 속하여 음식에 관한 일을 맡아보던 종칠품 궁
  인직 벼슬.

을 떠밀었다. 둥지를 지키려는 필사적인 어머니의 저항으로 이해한 장남은 착실하게 임무 수행을 했다. 그러나 서울로 유학 온 그는 더 이상 어머니를 돕지 못했다. 스스로 제 짝을 데리고 온 아들은 그 옛날의 믿음직하던 아들이 아니라 사사건건 어머니와 반목하는 상대가 됐다. 아들을 분리하지 못한 어머니는 흡혈귀 같은 이빨로 아들과 며느리 사이를 끝없이 이간질해대는 것이다.

이런 날이면 그는 철석같이 변함없는 자신의 심정을 애소했다.

"절대 아니다. 내가 어떻게 당신을, 하늘에 두고 맹세할게. 장인어른께 드린 약속은 이미 파기된 상태지만 당신을 배반하는 일은 절대 없을 것이다. 기적이라는 것도 있으니까 선화의 동생이 어서 오도록 우리 기도하면서 더욱 사랑하자."

그렇지만 우리의 신은 번번이 우리를 기만했고 지치도록 냉담했다. 남편과 선화, 우리 세 가족은 다정하고 평화스러운 원앙 가족이었지만 시어머니만 등장하면 어김없이 끈 떨어진 연이 됐고 모래알 가족으로 회귀했다.

남편이 출근하고 없는 날 시어머니는 선화를 제 방으로 몰아넣고 장난감을 안겨준 뒤 나를 불러 앉혔다.

"병원에서 이상 없다는 말만 믿고 언제까지 세월만 보낼 거냐. 시험관인가 뭐 그런 거라도 해봤어? 나만 속이는 건 아니지?"

똑같은 물음에 똑같은 질문은 허술한 틈을 파고드는 고문이나 다름없었다. 아뜩한 무력감에 빠진 나는 고개만 숙이고 있었다.

"그렇다고 이대로 마냥 기다리기만 할 거냐. 날 가고 달 가고 젊음도 잠깐이다. 언제까지 두 손 재배하고 있을 거냔 말이다."

시어머니가 바싹 다가앉았다. 뱃장구처럼 엇나가는 아들 대신 나를 향한 직접 공략이었다.

"이상은 분명코 너한테 있는 거다. 네 남편은 절대 그럴 리 없다."

시어머니의 입귀로 야릇한 냉소가 흘렀다. 시어머니는 더욱 낮춘 음험한 목소리로 잇달았다.

"선화가 누구를 닮았는지 눈으로 직접 보고도 모르겠느냐?"

또다시 쿵 하고 가슴이 내려앉았다. 종종 들었던 말은 사실이었다. 우리의 딸 선화를 보는 사람마다 덕담으로 그랬었다. 천생 이 집 핏줄이라고. 묘하게도 선화는 남편을 많이 닮았다. 아래위가 둥그스름한 얼굴형이며 가무잡잡한 피부와 간간이 알레르기 기침을 하는 것이며 몇 가지 기호식품까지 똑같았다. 남편이 하는 철석같은 맹세로 의혹을 누르며 마음을 안정시켰었는데 결국 이렇게 들통이 났다. 믿었던 남편의 기만에 나는 피를 토할 것 같았다. 남편은 지난 어린이날도 선화의 재롱을 보면서 복사꽃 핀 봄날 같은 의문 실린 웃음으로 나의 동의를 유도했었다.

"우리가 이런 세상을 모르고 살 뻔했다 그렇지?"

되짚어보니 그 속삭임은 우리 둘이면 충분히 행복하다던 다

짐의 실효였다. 어머니 같은 여자 안 만들겠다는 남편의 말도 공중분해 되었고 선화를 안고 왔던 시이모의 말도 거짓이었다. 애인이 변심해서 다른 데로 장가드는 바람에 아가씨가 혼자 아이를 낳았는데, 낳자마자 외국으로 멀리 떠났으니 정 들여 키우면 네 자식이 되는 거다. 이 아이에게 기울이는 에미의 정성에 따라 삼신할미는 꼭 감응할 것이다. 명심하거라.

게울 것 같은 충격을 어쩌지 못하는 내게 시어머니는 다시 목소리는 부드럽게 만들었으나 분명히 박힌 쐐기를 내밀었다.

"부부 금실이 너무 좋아도 언내가 안 생기는 수 있다는 말 때문으로, 작작 좀 좋은 티를 내라고 내가 경계했던 말이 무슨 뜻인지 인제 알겠나? 너도 다른 사람 만나면 아들딸 낳고 잘 살 수 있을 터인데 둘이 묶여 이리 사는 게 아니다. 그래서 말인데 네가 사람을 하나 구해 들여서 낳은 아이를 받아서 키우든지 아니면 자리를 비켜주든지 양단간에 기정을 낼 수밖에 더 시간이 없다. 너도 알다시피 내 아들은 나한테 그냥 아들이 아니다."

나는 이제 그토록 집요한 시어머니의 장남에 대한 사랑이 어디서 비롯된 이유인지 환했다. 시어머니는 그가 박사 학위를 받은 날 사각모와 가운을 받아 입고 같이 찍은 사진을 보여주며 자신이 했던 장한 일을 자랑삼아 설파했다.

"이런 시골에서 서울 유학은 웬만하면 꿈도 못 꿀 때다. 그 영감탱이가 있는 논밭을 솔랑솔랑 팔아서 첩년 밑구녕에다 처넣는 꼬라지를 우찌 보고 있을 기고. 에라 내 자식 머릿속에

든 것까지는 설마 못 빼내 가겠지 하고 남아 있는 논밭전지를 탕탕 팔아 서울로 올려보냈지."

자신의 장한 결단 덕분으로 자식도 못 낳는 네 년이 호강은 독차지한다는 식의 생색도 어지간히 냈다. 남편 역시 그런 어머니의 독기 속에 성장한 자신이므로 어머니를 극기하는 방법으로 어머니 앞에서는 차츰 무감한 듯 나를 대했고 말이 없고 우울한 사내로 변해갔다. 그가 물 가운데 떠 있는 섬이거나 뿌리내리지 못한 나무처럼 허허롭고 쓸쓸한 표정을 짓다 들킨 듯 흠칫 달라지는 걸 내 나름으로 감싸며 위무했다. 어머니의 아들이고 싶음과 동시에 사랑하는 여인의 남편이고 싶은 갈등이리라. 그의 이세를 싹틔워주지 못하는 내 불임으로 착하고 성실한 남의 효자를 고약한 외톨이로 만든다고 여겼었다.

시어머니는 은연중 선화의 생모를 찾아서 합치면 그들은 완벽할 테니 내가 피해줄 것을 강요하는 거였다. 결국 어머니 때문이라 할 테지만 남편도 나를 속였던 배신감에 나는 집을 나왔다. 눈물이 펑펑 쏟아졌지만, 운명이라 여겼다. 상호교감으로 시작된 연인관계가 아니었던 나는 사랑이 뭔지 의리가 뭔지, 고통의 연속 굴레에서 비교적 삼빡하게 벗어날 결심을 했다. 한 번뿐인 나의 인생을 되찾기로 했다.

친구가 만들어주는 영어학원에 다시 출근했다. 끔찍하고 지겨웠으나 관성적인 기억으로 간간이 지난날이 떠올랐지만, 그도 차츰 잊었다. 그러나 내 운명은 이미 일직선으로밖에 그 외의 길은 모두 터널화 되어 있었다. 어느 정도 분기와 억울함을 잠재웠을 무렵 그가 뜻밖에도 또 내 앞에 나타난 것이다.

"나를 이렇게 비참하게 만들어도 되는 거냐?"

나는 이미 이전처럼 차분한 이성을 회복하고 있었으므로, 용서를 빌러 온 질 나쁜 학생의 학부모를 대하듯 높낮이 없는 음성으로 그를 대했다.

"당신은 선화 동생을 다시 가질 수 있지만 나는 안 되잖아요. 나에 대한 의리 때문에 이럴 필요 없으니까 부디 돌아가서 선화 엄마 찾아서 잘 사세요. 당신 어머니가 어떤 심정으로 당신을 길렀는지 잘 알아요. 다 같은 여자로서 나도 내 아들에게 그랬을 것 같아요."

그 순간 벌컥 남편의 음성이 뒤집혔다.

"선화 엄마라니! 어머니 말은 믿으면서 내 말은 왜 안 믿는 건데?"

"당신 어머니가 나를 쫓아내려고 거짓말을 했는지 모르지만, 이제는 끝내고 싶어."

"어머니가 우리보다 더 오래 살겠냐고 조금만 더 참아달라고 했잖아. 두 분 금슬이 얼마나 좋았는지 아버지에 대한 배신감 분노의 불길에 당신이 억울하게 그을리는 것을 내가 알잖아."

"지금이 어느 시댄데, 도대체 그런 일로 내가 왜! 내가 왜!"

나의 반발로 남편은 또 눈물을 글썽거렸다. 각서대로 나를 북돋우지 못했고 존재감마저 피폐하게 만든 데 대한 자괴감의 발로였다. 마음 모질게 먹자고 외면했지만, 남편이 털어놓았던 어린 시절의 사연이 되살아났다.

'나는 어스름이 내리면 어머니께 등 떠밀려서 개울둑 밑으로 나가 풀숲에 몸을 숨기고 있어야 했다. 바람 난 아버지가 술집 여자와 살림을 차린 열 살 때부터. 읍사무소에서 퇴근한 아버지의 행선지를 득달같이 어머니께 보고하기 위해서였지. 여름이면 맨살 종아리를 모기 떼에게 물어뜯기면서도 꼼짝 못하고 한자리에 지켜 서 있어야 했고 겨울은 겨울대로 식칼 같은 겨울바람에 맨얼굴을 맡겨놓고 마냥 떨면서 기다려야 했던 기억은 지금도 지긋지긋해. 남자의 일탈은 그 아내나 자식들에게 저지르는 무서운 죄악이야. 금실이 유난했던 어머니가 반미치광이처럼 변해버린 행동을 보면서 나는 아버지를 증오했다. 그리고 어린 나이에 어울리지도 않는 옹골찬 각오도 끌질해 가면서 가슴에다 깊이 새겼지. 나는 죽어도 자기 아내를 울리는 아버지 같은 저런 남편은 절대 안 될 것이다. 그러나 청소년기의, 이성도 다 여물기 전에 내가 목격한 것은 새끼와 둥지를 지키기 위한 명분보다 또 다른 이성에 매도된 어머니의 엉뚱한 모습이었다. 내가 확실한 보고를 한 날 밤에, 어머니는 머리에다 똥통을 이고 아버지를 찾아갔지. 젊고 예쁜 각시는 아버지의 품에 안겨 문이 열린 줄도 모르고 단잠에 빠져 있었고. 눈이 뒤집힌 어머니는 연인의 침실에다 똥통을 마구 끼얹어 버렸어. 혼쭐난 그들의 광경을 보며 옷조차 찢어발긴 채 통통 뛰며 깔깔거리는 광인은 이미 내 어머니가 아니었다. 당신이 좀 참아 줘. 부러진 큐피드의 화살이 어머니를 변하게 한 거야. 나는 절대 아버지 같은 변심으로 당신을 광인으로 만들지 않을 거

26

야.'

모든 것은 이미 지나간 한때의 악몽으로 파기하면 그만이므로, 나는 다시 남의 사정 봐주느라고 어정쩡해질 이유가 없었다.

"사실은 나도 우리들의 아기를 낳고 싶었고, 당신이 기뻐하는 모습을 보면서 그것이 행복이라면 그렇게 살고 싶었죠. 그렇지만 이제 더 이상 타인에게 휘둘리는 바보가 되기는 싫어요. 두 여자 사이에서 어쩔 줄 모르는 당신의 모습도 꼴같잖고 싫어요. 당신이 나를 풀어주세요."

풀어달라는 말에 해쓱해진 그의 안색이 파르르 떨렸다.

"몸 고생 마음고생을 많이도 시켰으니 풀어달라는 당신 말도 무리는 아니야."

"그래요. 부디 어머니의 소원이 이루어져 당신에게 이세를 안겨주는 좋은 배필이 나타나기를 응원할게요. 이쯤에서 나는 수업 들어가겠어요."

나의 채근에 못이긴 그는 내 근무처의 간판을 몇 번이나 돌아보면서 멀어졌다. 사랑이란, 아니 부부로 묶여서 든 줄 모르게 든 정이 그런 것 같았다. 그가 아픈 것은 내 아픔이었고 내 아픔은 그의 아픔이기도 해서 실은 나도 이를 악물고 그를 보냈다.

결혼한 여자에게 임신 출산이 그렇게 중요한 것인 줄 막상 내 일이 되지 않았을 때는 몰랐다. 남편이 오늘의 위치에 오르도록 친정의 도움까지 끌어들이며 내가 얼마나 열심히 뒷바라지했는지, 내가 얼마나 절약하고 깔끔하게 살림살이를 불렸는지, 음식 솜씨가 얼마나 진 맛인지, 내가 얼마나 고상한지, 남들이 쉽게 못 하는 영어를 잘하는지보다 오직 출산 쪽으로 먼저 초점이 맞추어졌다. 인사를 트는 순간 사람들은 먼저 자녀의 학령부터 물었다. 무늬만 부부로 여기는 것 같아도 할 말이 없었다. 나보다 작고 못생긴 여자도, 나보다 아는 게 적은 여자도, 하물며 언덕 아래 빌붙어 사는 걸인 여자도 잘하는 임신을 나만 못했다. 나도 결혼한 여자인데 난들 왜 내 몸으로 아이를 낳아보고 싶지 않았을까. 나의 이상이나 존재감 따위는 아이를 낳지 못하는 자괴감으로 뒤덮여버렸다. 어이없고 서글픈 현상이지만 결혼한 여자의 귀책 사유를 불편부당한 테러처럼 항거할 수도 없었다.

　남편이 다녀간 지 얼마 후. 이번에는 선화를 내게 안겨 주었던 사려 깊은 시이모가 다시 찾아왔다. 이유도 말하지 않은 채 대기시켜놓았던 택시에다 황망하게 밀어 넣더니 이유를 밝혔다. 히말라야로 친구들과 산악 등반을 갔던 남편이 추락 사고를 당했다는 거였다. 주위에서는 그를 호사스러운 문화생활 마니아라고 불렀다. 붓글씨와 문인화, 테니스, 색소폰 연주, 스킨스쿠버, 자전거 트래킹, 스키, 대금 연주, 그의 취미 생활은 다양했다. 그가 얼마나 자신의 멍에를 벗어던지고 싶은 목매기처럼 숨찬 방황을 하고 있는지 남들은 몰랐다. 나는 이 호사의 어두운 뒷면을 알기 때문에 그가 무사히 귀가할 시간까지 조바심할지언정 거금 들인 장비 구입도 탓하지 않고 지원했다.

반 해골처럼 병상에 누워 있던 남편은 내가 들어서는 순간 먼저 고개를 돌려버렸다. 부상 정도를 검진하는 과정에서 뜻밖의 결과가 나왔다. 간관에 있던 폴립이 암으로 전이되었다는 선고였다. 놀랍게도 그는 이미 자신의 몸 상태를 알면서 등반을 나섰고 일부러 실족했으나 여의찮게 구조를 받은 것이다. 그가 겪었을 고독과 슬픔이 파도처럼 나를 휘감았다.

그날부터 나는 숙명적인 반려로 그의 곁을 지키기로 했다. 삼각으로 버팅기던 트라이앵글이 동강 나듯이, 소리도 없이 끊어지는 금슬의 현처럼 그가 상해 있는 현실의 늪에서 그를 구하기 위한 나의 간호는 필요했다. 그가 약을 먹고 항암 주사를 맞으러 다니는 동안에도 아들의 머잖은 생을 감안한 어머니의 편집증은 마치 곧 떠나갈 차 위에다 어서 짐을 실으려는 행동처럼 더 극렬하게 드러났다. 설상가상으로 어느 날은 이를 갈며 내지르는 시어머니의 고함을 선화가 듣게 되었다. 해쓱한 얼굴로 기다리던 선화가 시장에서 돌아온 나를 구석으로 끌어가더니 물었다.

"아빠한테 자식도 하나 못 낳은 것을 그렇게 싸고돈다고 할머니가 그러던데, 엄마 그게 무슨 소리야?"

가슴이 철렁 내려앉는 질문이었지만 나는 시치미를 뗐다.

"으응, 할머니들은 아들 손자가 우선인데 내가 아들을 못 낳는다고 그러시는 거야. 신경 쓰지 말고 흘려들어."

애초에 우리는 선화가 스무 살이 되면 입양된 자녀인 것을 밝히자고 했건만 키우는 동안 든 정 때문에 차마 꽃잎에 상처내는 짓을 할 수 없어 거의 잊어버리고 살았다. 투병 중에도 그가 온갖 문화생활을 체험시키면서 귀한 외동딸로 키운 선화는 어느덧 고등학생이 되어 있었다.

"내 집에 와서 해놓은 게 뭐 있느냐고도 했고 내가 너를 어떻게 키웠는데 그런 소리도 하던데?"

"네가 있는데도 그런 소리를 하더란 말이야?"

"그건 아니고, 또 다투는구나 싶어서 말리러 들어갔는데 내가 들어가는 순간 뚝 그치던걸."

"할머니가 어깃장 놓으시는 거니까 신경 쓸 것 없어. 봉제사는 누가 물려받을 거냐는 소리는 너도 종종 들었던 소리잖아."

나는 안타까웠다. 어머니의 아들 사랑은 명분과 투기가 자웅 한 몸인 것을 규정짓지 않았을 뿐이었다. 남편의 포상으로 부부동반 여행을 유럽으로 다녀온 날은 노골적으로 내지르는 질투의 목소리가 옆방에서 짐을 푸는 내 귀를 찔렀던 적도 있었다.

"내가 너를 어떻게 키웠는데, 외국 여행을 가면서도 에미한테는 한마디 말도 없어. 에미도 그쪽 나라는 안 가봤고 나 아직도 비행기 타고 잘 다닐 수 있다. 자식도 하나 못 낳은 년이 에미보다 호강은 더 하고 다니는데 그냥 보고만 있으란 말이냐. 너 나 돼보라고 속 시원하게 말 좀 해봐라!"

억울해 죽겠다는 어머니의 포악에도 그는 아무 대꾸를 하지 않았다. 떠날 준비를 하는 동안 빈집에 오실지도 모르는 어머니께 미리 말씀을 드리자고 했더니 그가 귀찮아하며 머리를 내둘렀다.

"한두 살 먹는 어린애도 아니고. 어머니가 내 마누라야? 부부동반으로 학회에 참석해야 할 스케줄도 있어. 동네 어른들 아무도 못 가본 외국 여행을 몇 번이나 보내드렸는데, 당신이 죄인처럼 주눅 들어서 그러니까 어머니가 더 기승을 부리는 거야. 그럴 필요 없어. 정 마음에 걸리면 옷이나 예쁜 걸로 한 벌 사드리던지."

우리도 어느새 이순이 되었고 남편만 아프지 않으면 시어머니의 강샘쯤은 그럭저럭 받아넘길 정신적인 여유도 생겼다. 하지만 우리는 평화스러우면 안 되는 것처럼 새로운 동티가 기다리고 있었다. 집을 나간 선화가 돌아오지 않았다. 몸살이 난 것처럼 식사 시간도 어기면서 제 방에 틀어박혀 있던 아이가 기죽은 모습으로 외출했다. 그 몸으로 어디 가느냐고 말렸더니 친구에게 과제물 받아야 할 걸 깜빡 잊고 있었는데 꼭 가야 한다며 고집을 세웠다. 현관을 나갈 때까지 한 번도 내 얼굴을 바로 보지 않았던 행동이 뒤늦게야 상기되었다. 우리는 아무리 티 없이 비밀을 지킨다고 했지만, 선화는 이미 아이 어른이다. 취합한 정황과 연관된 정보 분석으로 자신의 정체성을 간파했음이 분명했다.

내내 먹통이던 선화의 전화는 결국 없는 번호라는 단절음으로 우리들의 관계를 확인시켰다. 선화가 남편의 친자가 아닌게 밝혀진 이후로 솔직히 내가 수태하지 못하는 데 대한 죄책감은 반감되었다. 우리 부부 모두에게 불임의 징후는 없다 했으니 엄격한 의미로 내 잘못도 그의 잘못도 아닌 무자식이 우리의 운명인 거였다. 하늘이 무너지는 듯한 충격으로 내동댕이 쳐졌을 선화의 심정은 이제 제 스스로 회복할 과제이며 피 나는 상처에다 약을 바르고 입으로 호호 불어줄 어릴 때와는 다르다. 다만 부족함 없이 다정하고 화목했던 가족애를 되살리면서 충격을 달랜 선화가 어서 돌아오기를 바랐다. 남편의 병간호와 치매 증세에 돌입한 시어머니의 뒷바라지로 나도 지쳤다. 어린 미아처럼 적극적으로 찾아 나서기보다 기다리는 쪽으로 가닥을 잡기로 그도 뜻을 모았다.

남남이다가 우리가 되었으나 우리는 다시 멀어져서 각자가 되었음을 절감할 무렵, 시어머니를 요양원으로 모셨다. 도리로 따진다면, '해놓은 일 없이 남편의 '사랑과 호강'만 독차지 했던' 내가 시어머니를 직접 모시는 게 당연했지만 나만 보이면 폭행으로 치닫는 시어머니의 증세를 보다 못한 시누이와 그의 결단에 따랐다.

소식 없는 선화에 대한 지워지지 않는 걱정은 있었지만 얼마 남지 않은 우리들의 시간을 알뜰히 쓰기로 했다. 항암 주사를 맞으러 서울로 다니는 동안 남편은 여행 기분을 내자고 했다. 시술이 미루어지는 때면 대학로에서 연극도 보았고 평소에 못 가본 명승고적을 답사하며 신혼 시절 같은 기분을 만들었다. 언제 끝날지 모르는 시한부 여명이었기에 느낌은 더 애틋하고 각별했다. 나는 그의 간병에 최선을 다했고 그 역시 고생시킨 나에 대한 배려를 아낌없이 베풀었다.

'아이 없어도 행복하게 잘 사는 부부들 많아요. 요즘은 일이 바빠서, 개인 생활을 희생하지 않고 즐기려고 일부러 아이를 안 낳고 사는 사람도 많아요.' 구세대 어머니를 설득했던 말을 우리가 실천하며 누린다고 같이 웃었다. 그러나 병색으로 지친 그의 고독한 모습을 보면 죄인처럼 마음이 아렸다. 선화가 그의 진짜 핏줄이었으면 얼마나 좋을까. 남의 말로 오해해서 앵돌아졌을 때도 있었지만 그때는 그때고 지금은 지금이다. 아빠 약 잡수세요. 어깨라도 주물러 드릴까요. 아빠랑 피자 먹으러 가요. 인라인 탈까요. 스키를 타러 갈까요. 남의 자식들 못지않게 성가시도록 끝없이 조잘대며 정을 주고받았을 텐데. 시어머니가 꾸민 말로 선화가 그의 핏줄인 것으로 오해한 순간부터 아이를 먹이고 씻기는 것도 건성이었던, 배신감으로 치를 떨었던 옛날이 부끄럽고 미안했다. 선화로 인해 행복했던 시절은 사실 얼마나 감미로웠던가. 아이는 희망이고 꿈이라는 말 이상으로 사랑스럽고 귀한 존재였다. 목욕시킨 후 잠든 모습을 들여다보면 천사가 따로 없이 얼마나 성스럽기조차 하던가. 자라서 돈을 벌면 엄마 아빠 다 준다고, 다 아는 거짓말을 하는 입술은 또 얼마나 앙증맞고 깜찍하던가. 선화와의 추억을 되뇌면서 어디서 살더라도 행복하기를, 아니면 길러준 사랑 때문에 되돌아오기를, 우리는 맛있는 음식을 먹을 때도 선화의 생일 때도 간절한 기원을 했다.

병마는 우리 둘의 변주된 행복을 그나마도 길게 묵인하지 않았다. 남편은 혼자 남은 내가 감당하지 못할 것이라 당신의 묘 터와 묘비까지 정해놓고 떠났다. 할 만큼 했으니 아픔이 없는 곳으로 자신이 간 것에 미련 두지 말 것을 당부하고 갔지만 못 견딜 슬픔이었고 허망이었다. 이 세상에 달랑 혼자 남아서 겪어야 하는 상실감은 악몽 같은 아픔을 몰고 왔다. 이럴 때 자식이라도 있었으면, 비로소 포악스럽던 시어머니의 인생 선배다운 말뜻에 일정 부분 공감이 됐다.

안 죽을 만큼 많이 아팠다. 긴장이 풀어지자 마음도 몸도 안 아픈 데가 없었다. 끝내는 구급차에 실려 병원으로 갔다. 아이러니하게도 그가 죽으면 나도 죽으리라던 말도 잊어버리고 약을 먹고 주사도 맞았다. 회복이라는 것이 아주 깊게 긴 잠을 자는 거였다. 나는 그제야 셀 수 없는 그의 취미 생활은 그가 얼마나 고독하고 힘든 세상을 견뎌내려 애썼던 허우적거림인지 실감할 수 있었다. 끝까지 성과의 정점을 치지 않고 섭렵으로 그친 행위는 마음 붙일 데 없는 방황의 회돌이였음도.

마치 다른 집에라도 잘못 들어온 듯이 병원에서 돌아오니 그의 흔적이 모두 지워지고 없었다. 나를 일으켜 세우기 위한 친정 형제들의 배려였다. 옷이며 장신구 등 그의 지문이나 체취가 묻어 있을 듯한 것 하나라도 찾기 위해 엉금엉금 기어 다녔다. 가까스로 침대 너설에 끼어 있는 머리카락 한 오라기를 찾아냈을 뿐 이 세상에서 그와 내가 공유했던 흔적은 아무것도 없었다. 성급했던 자신들의 처리를 반성한 언니가 강아지 한 마리를 이름까지 '희망'이라 지어서 안겨주었다.

마지막 인사를 하러 갔을 때 요양원의 시어머니는 이제 아들의 안부를 물어보는 것도 잊었다. 전에 없던 연민으로 먹을 것이나 의복을 사 들고 찾아가면 영판 다르게 순해져서, 우리 며느리요, 하고 옆 사람들에게 소개했다. 주위 사람들이, 어쩌면 저리 선녀 같을꼬. 요즘 세상에 보기 드문 효부일세, 칭찬이라도 하면 존중받고 사는 척 폼 재느라 목 고개를 빳빳하게 세우는 것은 여전했다. 아들을 향한 시어머니의 편집적인 자애에 대한 이해도 나이가 가르친 교훈이었다. 만약 내가 낳은 손자를 몇이나 안겨드렸더라면 그처럼 입에 담기 민망한 투기 쪽으로 치닫지 않았을지도 모른다 싶었다. 하늘 같은 남편을 빼앗기고 남편 대신으로 공들여서 기른 아들마저 다른 젊은 여자에게 빼앗긴 심정까지는 아이를 낳아보지 못한 나로서는 여전히 알 수 없는 반쪽이다.

늦었지만 훌훌 털고 독자적인 내 길을 가야 했다. 어학원 친구들의 도움으로 동남아 쪽 교민학교 한국어 교사로 발령받아 출국까지 정해졌다. 나이는 먹었지만, 다시 홀몸으로 돌아온 이상 어디서 살아간들 자신의 능력을 인정받는 곳에서 떳떳하고 당당하게 살면 그만일 터였다. 그리고 남다른 헌신으로 자기 투척을 한다면 내 아이를 낳아 기르는 것 못지않게 많은 다른 아이들의 엄마로 거듭날 수 있을 거라는 각오도 새록새록 되새김했다. 하지만 왠지 고적하고 쓸쓸했다. 텅 빈 마음에서 헛헛한 울음소리가 공명을 일으켰다. 밥을 짓고 옷을 입히던 가족의 존재가 이런 따뜻함이었다니.

옛일을 그리면서 강아지 희망이를 목욕시키고 털을 말려주는데 낯선 전화가 왔다.

"거기 오선화 씨 집 맞아요?"

선화. 얼마나 오매불망하던 이름인가.

"맞아요, 우리 선화가 왜요, 거기가 어딘데요?"

숨 가쁜 내 물음과는 달리 저쪽의 목소리는 침착했다.

"여기는 산부인관데요. 선화 씨가 좀 아파요."

나는 금방 어미 새가 되었다. 날개를 다친 새끼가 어디선가 끼룩거리고 있다는데 무엇을 망설일 건가. 달리는 차 속에서도 더 빨리 달리고 싶은 안타까움으로 선화를 향해 달렸다.

선화는 지독한 임신중독증으로 위험한 상황이라 했다. 눈도 못 뜨게 퉁퉁 부은 얼굴에 온몸은 멍들고 피부 역시 헌 딱지로 빠끔한 데가 안 보였다. 먼바다를 떠돈 난파선 같은 몰골로 내 앞에 나타난 선화. 산모의 형편으로 양육이 어려울 것 같아 조심스럽게 입양 문제를 꺼냈더니 엄마, 엄마를 부르며 울더란다.

나는 선화의 얼굴을 닦았다. 엉클어진 머리를 빗고 옷을 갈아입혔다. 고생이 덧입혀진 얼굴에다 가방에서 꺼낸 스킨로션을 발랐다. 어쩌다가 이 지경이 되었는지, 내가 씻겨주었고 얼렀던 예쁜 몸이 저런 만신창이가 되다니, 걷잡기 어려운 눈물이 앞을 가렸다. 선화가 엄마를 찾았고 내 앞에 나타난 것만으로도 한없이 고맙고 벅찼다. 하염없이 알 수 없는 눈물을 흘리고 나자 허황했던 가슴이 거짓말처럼 흐뭇하게 꽉 차올랐다. 그제야 진정된 눈길 속으로 선화 옆에 뉘어놓은 갓난이가 들어왔다. 제 어미가 내게로 올 때와 달리 선화의 딸은 나를 바라보고 있었다. 울컥, 선화가 몹시 부러웠다. 내 몸으로 낳은 내 새끼인 새 생명은 얼마나 뿌듯한 성취감과 보람으로 어미를 감동하게 할 것인가. 내게는 상처뿐인 열망으로 끝난 출산이지만, 그 꼬맹이였던 선화는 해냈다.

선화의 아기가 젖을 찾는다. 쫑긋거리는 입을 보자 슬며시 웃음이 났다. 겨우 옹알이 수준인 선화의 말문에다 내 전공인 영어를 주입하던 때가 떠올랐다. 먹이를 받아먹는 듯이 쫑긋거리며 따라 하던 입 모양은 얼마나 기막힌 환상이던가. 자식 키우는 재미의 극치였다.

나는 날라져 온 미역국을 선화에게 권했다.

"아기가 젖 달란다. 어서 먹고 기운 차리자."

너는 장하다. 격려하고 싶던 말을 입안에서 꿀꺽 삼켰다. 문득 모호한 내 입지가 각성되었던 것이다. 본의 아니게 말려든 이 흐름에서 나는 또 어떤 처지에 놓일 것인가.

도서관에서 길을 잃다

늘 안대를 했거나 가위눌린 것 같았다. 그 불안의 축대 위에서 나는 벌레가 되어서 달리는 일에 집착했다. 타인으로부터 받은 이름인 '벌레'는 전시에 획득한 훈장처럼 기뻤고, 살갗이 빛나도록 부푸는 자존감이 되었다. 그에 따라 나는 모든 것을 다 갖춘 몇 프로 안 되는 최고 수준의 엘리트 우먼이다. 그런데 나는 지금 불붙은 도화선을 눈으로 뻔히 바라보고만 있는 입장이다. 나를 낳고 길러 준 엄마와 자기 부모의 뜻을 반하면서까지 나를 선택한 남편, 그들 사위와 장모 간의 묘한 대립이 원인이다. 우리는 한때 이상적인 가족 구성으로 상부상조하며 아름다운 공생을 유지했다.

이 시간에 내가 왜 여기 있는지. 파탄 직전인 내 고뇌에 대해 아무런 조언도 안 들려주는 이 위대한 스승 집단의 차가운 묵언. 서가를 가득 메우고 있는 책들이 앞뒤가 꽉 막힌 숲에

간힌 것처럼 가슴을 압박한다. 요즘 새로 나온 신간은 물론이고 자부할 만큼 꽤 많은 고전까지 섭렵했다. 예민해진 신경이 마치 줄이 긴 두레박 샘의 알 수 없는 깊이에 낚인 것처럼 자꾸 목이 마르다. 희망과 신뢰감으로 다가갔던 많은 날에 조롱당하는 미아가 된 기분까지 든다. 나의 영향으로 책과 벗하기를 좋아하는 아들과 딸에게 읽힐 책을 반납하고 고르기 위해 룰루랄라 드나든 숫자까지 감안하면 입구의 타일이 만약 닳는 소재였다면 홈이 푹 패었을 것이다. 기쁨이 머문 시간은 바람처럼 가볍고 괴로움에 점유당하는 시간은 고픈 배로 걷는 먼 길처럼 막막하고 지난하다.

주둥이 긴 짐승이 집요하게 땅속에 든 먹이를 파내듯이 책 갈피 속에 든 지식과 지혜를 흡수하면서 세상에 대한 불만과 시기, 질투의 감정을 뛰어넘을 수 있었던 성취감. 친구들이 '책벌레하고 놀지 말자' 왕따 시킬 때조차 나는 인재로 시샘 받는 거라며 얼마나 뿌듯하고 행복했던가.

엄마는 멸치 똥만 계속 발라냈다. 지금 필요 없는 것인 줄 알지만, 남편을 두남두었던 미안함에 슬그머니 앞에 놓인 멸치 그릇을 끌어당겨 손을 댔지만, 엄마는 그냥 그러거나 말거나 내버려 두었다. 사위 말이 맞는데, 엄마는 뭘 그렇게 다 아는 척 나서고 그래. 싸움거리도 아닌 걸 늘 이런 식이니까 엄마 때문에 내가 명대로 못 살겠어. 나는 찬찬히 엄마 얼굴을 응시했다. 태어나서 이제까지 새겼을 좌절과 슬픔, 고뇌 등이 암호처럼 드러난 주름과 반점들. 한 움큼의 세숫물이면 드러날 것들을 감추고 있는 화장으로도 어쩔 수 없이 도드라지는 강건하고 투박한 인상. 침울하게 가라앉은 이 분위기가 무안하고 머쓱해서 손 따로 눈길 따로 엄마를 살폈으나 엄마의 입은 일하는 데 열중한 듯 굳게 닫혀 있을 뿐이다. 식탁 한쪽에는 엄마가 내 책장에 있던 것을 가져와서 굳어진 머리를 굴리며 읽어 보려 했던 듯 올더스 헉슬리의 『멋진 신세계』가 놓여 있었으나 그 책은 지금 내 눈앞에서 사라지고 없다. 자기가 키운 딸에게 필요 없는 열등감을 느끼다니. 깔깔거리며 놀리고 싶었지만, 엄마가 무안할까 봐 책의 내용이 어땠는지 묻지 않았다. 언제나 당당한 엄마의 도전이었지만 보통의 독서 능력으로는 어려운 책인지라 나와 공명점이 형성되지 않고 멀어지는 심리의 어떤 곳에 홀로 서 있는지 짐작이 갔다.

"엄마 내일 아침 메뉴는 뭐야? 내일 출근할 때는 얼마 전에 쇼핑한 그 옷 입고 갈까? 그 왜 엄마가 골라 준 아이보리 투피스에 진주목걸이 앙상블, 엄마가 화사하고 귀티 난다고 강추해서 골라 준 거."

또 그날이 그날이다 싶어 괜히 이 말 저 말을 꺼내 툰드라의 분위기를 회복해 보려 했지만 가라앉은 육십 대 여인의 복잡한 심리는 물에 흠씬 젖은 털옷처럼 좀체 부양되지 않는다. 타인을 위해서 가식적으로 하는 언행을 제일 역겨워하는 엄마의 성격상 복잡한 심사를 들키지 않으려는 동작으로 멸치 똥 하나를 따내는 데 그토록 집중하는 척하고 있다. 야, 이것아 그릇도 한 기명 통에 많이 들면 달그락달그락 비명을 지르는데, 사람이, 한 식구끼리 그런 복대김도 없겠느냐? 말이 되는 소리를 해라. 나나 남편을 나무라기 위해 내질렀던 음성도 오늘은 더 나올 기미가 없다. 나는 어색한 자리를 피해 시부저기 식탁 앞을 물러났다. 마디가 거칠고 뻘건 엄마의 손을 물끄러미 바라보니, 죽은 닭발을 닮은 천 손 만 손의 어머니가 내 영혼 전체에 실핏줄처럼 얽혀 있는 미안함이 궁색하고 섬뜩했다.

서재에 있을 줄 알았던 남편은 없었다. 산책을 나가거나 아이스크림을 사러 가까운 마트에 갈 때도 장모가 걱정할까 봐 시시콜콜 보고를 하는 사람인데 그가 말없이 사라진 휑한 공간에는 확대된 그의 심사가 고여 있다. 퇴근 후 직장 후배의 부인 장례식장에 다녀 온 느낌을 입 밖으로 냈는데 그 불티의 탄흔이다.

"장례식장에서 본 영정 사진이 그런 아이러니로 보일 줄 몰랐어."

"사진이 어땠는데?"

엄마와 남편이 거의 같은 말을 물었다.

후배의 아내는 영정 속에서 마치 자신의 죽음을 기뻐하는 듯, 화려함의 극치로 갖가지 꽃들이 만발한 배경 앞에서 활짝 웃고 있었다. 후배는 회식 후의 들뜬 기분이면 종종 집에 들어가기 싫어했다. 그들도 우리 집처럼 합가한 장모가 살림을 맡아주는 관계로 맞벌이 부부의 수입으로 꽤 윤택한 생활을 누리는 것으로 외벌이 동료들의 부러움을 사고 있었다. 그런데 뜻밖에도 사무실을 소요시키는 후배 아내의 죽음이 떴다. 더구나 자살이었다. 총집한 전언에 따르면, 전전날 그들 부부의 집에 시어머니가 왔다. 전대의 의식에 머물러 있는 시어머니의 착각은 똑똑한 현대 며느리의 입살은 미처 모르고 대소가의 일에 불성실했던 며느리의 행위를 차곡차곡 모았다가 터뜨렸다. 이에 질세라 숟가락 하나 보조받지 못했지만, 사글세를 전셋집으로 자가로 실하게 만드는 동안 지쳐 있던 며느리는 당연히 악다구니 음성으로 항의를 했다.

"어머니는 올 때마다 왜 이러세요? 유산 물려 줄 형편도 안 되면서 시어머니 노릇 좀 작작 하세요. 아파트 대출금이나 어머니 생활비는 누가 공짜로 준다고 그러세요? 올 때마다 이럴 거면 정말 저희 집에는 오지 마세요."

"친정어매는 끼고 살면서 내 아들 집에 에미를 오지도 말고 발 끊으라니, 세상에 이런 법이 어디 있노."

시어머니의 권위를 가난으로 가격당한 충격에 빠진 후배의 어머니는 아들의 멱살에 매달려 펄펄 뛰었다. 자기 어머니에게 멱살을 휘잡힌 채 이리저리 휘청거리는 남편을 향해 아내가 달려갔다.

"어머니가 대체 이 아들에게 뭐 잘해준 게 있어서 맨날 빚쟁이처럼 다그치세요."

그 순간 당차고 도도한 아내의 뺨으로 망나니 쾌도처럼 남편의 손이 휘날렸다. 경제력 취약한 모자의 수치심이 인내의 결을 찢고 뻗어나간 순간 아차, 싶었지만 때는 늦었다.

전해 들은 사건의 개요 뒤에 엄마는 엄마대로 남편은 남편대로 평소의 앙금이 빤히 읽히는 대화로 설왕설래했는데 남편이 슬그머니 자리를 뜨는 것으로 마무리되었다. 하지만 정면으로 내가 당할 차례가 기다리고 있었다. 아무리 부부지만 너까지 내 편 안 들고 그럴 줄 몰랐다. 딸자식 결혼시키고 나면 이웃 아줌마밖에 안 된다더니, 이것아 나는 참 섭다. 세상에 내 편이 어딨냐. 남편은 또 남편대로의 루틴으로 수박과 토마토를 감별하듯 내 와이픈지 장모의 딸인지 내가 보내는 관심의 경중을 살핀다.

우선 내가 찾아야 할 사람은 남편이어서 밖으로 나가려는데 부지런한 새의 날개처럼 분주한 엄마의 절뚝거리는 움직임과 그 손길에 의해 깔끔하게 정돈된 세간들이 어정쩡한 내 처신을 성토하는 듯 또렷또렷한 눈길로 쏘아본다. 불안 불편한 시간을 집에서 견디느니 늘 하던 방식대로 남편을 어서 집으로 들어오게 해야 한다. 집안의 평화를 지키기 위한 내 몫의 오래된 책임이다. 현관을 나서는데 엄마의 목소리가 뒤따라왔다.

"내일 아침에는 네가 잘 먹는 쇠고기미역국에 찰밥 할 거다."

데면데면했던 분위기를 염두에 두었던 모양, 생색나게 큰 엄마의 목소리였는데 나는 그만 현관 앞에 우뚝 멈추었다. 거의 삭았던 아픔 하나가 후딱 되살아서 뒤통수를 찔렀다. 말하지 않으면 묻혀질 수도 있는 엄마와 나의 과거가 아픈 기억으로 딸려 나온다.

외할머니의 부름으로 외가에 다녀오겠다는 날 엄마가 해놓고 간 음식이 그거였다. 아무리 즐겨 먹는 음식이라도 거푸 사나흘을 먹게 된다면 역겨움이 올라온다. 갈수록 절절한 후회로 가슴을 치게 되는 그 철없이 가볍던 인내심. 메마른 사막에서 살아가는 식물이나 곤충도 있건만 비록 어리지만 만물의 영장이라 터득되는 생존방식쯤 있기 마련일 텐데, 밤마다 파고들던 엄마의 품이 사라진 데 대한 어떤 비유도 아량도 겨우 아홉 살 어린 나에게는 공룡알을 품는 거나 마찬가지였다.

병원 침대에서 엄마의 새 삶을 낚아챈 지 어느덧 40년, 내 삶의 헐거운 틈에다 완벽하게 엄마를 욱여넣은 햇수도 10여 년 포함된다. 하지만 성장한 이후부터 엄마를 내 생의 숙주로 영원히 치댈 생각은 추호도 없었다. 엄마도 이제 다른 여인들처럼 노후의 여유시간을 즐겨야지, 점잖은 노신사 애인이라도 생기면 근사한 식사 한 끼쯤 대접할 양심치레는 작정하고 있던 터였다.

결론적으로 나는 엄마의 태반 속에 잠겨 있을 때의 편안함을 사탕처럼 핥으면 됐다. 거기다 부모와의 대치 중에도 끝끝내 나를 선택해 준 든든한 남편까지 떡 버티고 있다. 소위 갖출 것 다 갖춘 청년인 그에게 나는 좋은 직장에 다닐 만큼 우수한 두뇌와 근검밖에, 결 고운 실크 천에다 일곱 개 삼베를 덧댄 꼴의 환경밖에 내세울 게 없었다. 그러나 전적으로 나에게 올인 한 그의 사랑 덕분에 나는 현대판 신데렐라 이상의 것들을 차지하게 되었다.

그런데 선병질적인 첫째 아이가 태어나면서 부족하지 않은

나의 부족함은 낱낱이 민낯을 드러냈다. 도우미를 불러서 겨우
겨우 지속하던 집안일은 두 아이 중 누구 하나라도 병이 나면
법석을 치러야 했다. 보다 못한 남편의 구호 요청에 온갖 취미
생활로 일정이 빠듯한 시어머니는 일언지하에 입주 도우미를
쓰라 했다. 돈으로 산 보살핌보다는 아무래도 손자한테는 할머
니 사랑이 최고 아닌가요. 인정 없는 할머니로 몰아붙임 당한
시어머니는 당장 나의 퇴직을 종용했다. 물론 내 직장은 얼마
간 휴직해도 복직이 가능한 자리여서 그럴 수도 있었지만 만
만하지 않은 조건을 감안해서 종일 파출부의 도움을 받기로
남편과 합의를 했다. 그런데 병이나 사고는 어쩜 그렇게 틈새를
잘 노려서 어미가 집에 없을 때만 아이들을 공략하는지. 해열
제로 해결되는 병이거나 놀다가 무릎 정도를 쓸리고 숙제장을
빠뜨리거나 준비물을 안 챙겨 가는 것 등 내가 집에 있어도 생
겼을 크지 않은 문제들인데도 어미의 부재중에 생긴 문제는 더
크게 부각되었다.

드디어 시아버지의 직접적인 호통이 떨어졌다.

"너희들은 직장이 중요하냐? 자식이 중요하냐?"

시아버지의 질문을 곁에서 듣고 있던 시어머니가 뾰족한 것
을 감추고 사는 평소의 성격대로 입바른 대꾸를 달았다.

"아, 말해 뭐해요. 돈이죠. 자식이야 저절로 크는 거니까."

그 순간 나는 모멸감이 확 끼쳤지만, 저를 얼마나 안다고 그
리 당당하세요. 비웃으며 참고 참았다. 시어머니의 말씀 일부가
정곡에 콕 박히는 대로 내 생의 최고 목표는 나의 가치대로 많

은 월급을 받을 수 있는 직장이었다. 벌이가 시원찮은 엄마의 딸인 나는 성적 장학금을 받기 위해 잠이나 용돈을 아끼는 대가로 빈혈이나 코피는 달고 살아야 했다. 열심히 꾸준히 책과 씨름해서 천하장사가 될 때까지 곁눈질할 여유도 용납하지 않았고 오직 외길로 후회 한 번 하지 않고 달리는 것으로 나 자신의 존재 가치를 높였다. 하지만 상부의 물처럼 유능한 그들의 능력은 나를 덮쳐 눌렀다. 넉넉하다고 자부하는 나의 지식과 상식은 이미 그들 가족도 적당히 구사할 줄 아는 부류의 것들이었으며 방만한 인생의 투망 속 한계에서는 한 마리 피라미 취급에 불과했다. 하지만 나는 이미 분수와 주제 파악을 너무 잘하는, 재원의 반열에 올라 있는 여성이다. 돈을 모으는 데 시부모가 성공했듯이 나 역시 공부로 성공을 했으니 자기 자식들이 따르지 못한 나에 대한 열등감이나 시샘으로 치환시키고 넘어가면 그만이었다.

시아버지의 항우장사 같은 발길질은 그치지 않고 나를 향했다.

"그깟 월급은 내가 어떻게 채워 줄 거니까 아이들이나 대학 갈 때까지 잘 키우도록 해라."

시아버지가 아무렇지도 않게 '그깟'이라고 짓뭉개는 비참하고 초라한 내 인격. 시아버지의 가슴에 박치기라도 할 듯 빳빳하게 고개를 들었다.

"아버님, 너무 하세요. 그깟 월급이라뇨. 누가 아버님의 인격을 모독하면 아버님은 어떠실까요? 저도 제 인격을 모독당하고 싶지 않습니다!"

"과연 듣던 대로 참 발칙하고 당차구나. 그렇다면 답해 봐라. 자식 키우는 어미보다 더 큰 무슨 이유라도 직장에 있는 거냐?"

막상 그에 대한 또렷한 답변은 얼른 도출되지 않아 속으로 흠칫하는데. 거기다 말뚝을 박듯이 시어머니의 일갈이 쏟아졌다.

"나야말로 겉으로 미끈한 네 체면을 생각해서 꾹 참고 지냈다만, 네 집에 갈 때마다 나는 내 자식이 한심해서 울었다. 우리가 널 싫어할 것을 미리 알고 빙벽 등반인가 뭔가로 동행한 김에 일 먼저 저질러 버린 놈이라서 입 다물어버렸지만 말이다. 너희 아버님 앞에서 대놓고 이런 걸 까발리기는 같은 여자로서 제 낯에 침 뱉기 같지만, 집구석 꼴이 그게 뭐냐. 내가 해다 준 반찬은 냉장고에서 악취를 풍겨 코로 숨을 못 쉴 지경으로 썩어빠져 있고, 꾀죄죄한 아이들 꼬락서니는 한창 뛰어놀 개구쟁이니 또 그렇다 하더라도 구석구석 쌓인 먼지며 쓰레기장이 따로 없게 널린 빨래는 빤 건지 안 빤 건지 구분도 없이 뒹굴고, 하여튼 나는 내 아들이 그런 집에서 탈 없이 산다는 게 도저히 이해를 못 하겠다. 딱 깨놓고 말해서 여자의 본분은 뭐니 뭐니 해도 자식 양육 잘하고 살림 잘하는 게 기본이라는 게 내 생각이다. 집구석은 그 모양으로 개가 똥 싸게 해놓고 살면서 알량한 지식 자랑이나 하면서 잘난 척하는 여자들이 제일 꼴사납다. 하나를 보면 둘을 안다고 너 하는 짓을 보면 다 안 봐도 환하다. 네 동서들도 공부할 만큼 했고 전문

분야가 달라서 그렇지 너보다 못한 사람들 아니지만, 너처럼 선과 후를 못 가리지는 않는다. 너만 특출난 사람 아니니까 속히 결단을 내려라."

사사건건 냉소적인 시어머니였지만 나의 방어막은 공고하다.

'당신의 아들딸보다 사회적으로 제가 잘나가니까 이세에 대한 기대로 자주 손자들의 성적을 물어보면서 사랑과 관심인 척 능치는 것도 잘 알아요. 당신들의 재력에 관계없이 내 수입과 남편의 수입으로도 우리는 잘살 수 있으니까 제발 시부모라는 시대착오적인 개념으로 남의 사생활에 대한 간섭은 일체 사절합니다.'

궁리만 성성했지 본데없는 홀어미 자식이라고 찍힌 약점 때문에 답을 찾지 못하고 어물거리게 됐다. 그 참에 자리에서 일어선 시아버지가 앞질러 입을 막았다.

"나가는 길로 부동산에 가서 사무실 하나 네 이름으로 돌려놓을 거니 그리 알고 처리해라."

물오른 사회생활로 아무리 충천해 있다 하지만 집으로 돌아오는 내내 나는 산만하게 설렜다. 사실 무리 지어 운영되는 직장에 대한 나의 가치관은 나 아니면 안 되도록 뚜렷이 확립된 게 없던 터였다. 배운 대로 아는 대로 쥐락펴락 남자들을 꿇리는 상관 자리를 차지했고, 또 꼭 그래야 하는 것처럼 당당하고 도도하게 굴었을 뿐, 사실은 나도 여자이며 속물이다. 아니 바로 말해서 기약 없는 그 속물성의 완착을 위해 그토록 기를 쓰고 악전고투를 했던 것 아닌가. 그러나 이제 시부모의 만만찮은 지원의 힘으로 한낮 카페에서 품위 있게 담소를 즐기고 각종 취미생활을 폼나게 시도할 수 있게 된다.

내가 사표 낼 것을 지레 겁낸 엄마가 헐떡거리면서 뛰어들었다.

"야가 미쳤나. 그래서 직장을 때려치우고 집구석에 들어앉겠다고?"

"솔직히 시간도 돈도 모자라서 못했던 일들이 얼마나 많은데. 훨훨 직장 스트레스 벗어나서 여자로서 애들 엄마로서 내가 누릴 수 있는 것들을 다 해보고 싶은 것도 사실이야."

그 순간 엄마의 주먹이 해머 같은 강한 느낌으로 정수리를 타격했다.

"내가 어떻게 널 키웠는데, 여자라고 남한테 기죽지 말고 당당하게 살라고 그랬다. 이 에미 모지라진 손발톱을 봐라. 관절염 수술한 무릎을 보면서도 그딴 소리가 나오냐?"

"돈 버는 것 아니면 뭣 땜에 직장 다닐 거냐고 정침을 꽂는데 변명할 이유가 없었어."

"이 에미도 정침이다. 사표는 절대 안 된다. 시대가 어느 땐데 며느리인 네 인생을 시부모가 감 놔라 배 놔라 하는 것도 되알머리 없는 착각이다. 며칠 짐 정리해서 올 거니까 그리 알아라."

"엄마가 다시 내 뒷바라지를 하게?"

"요새 세상에 친정엄마가 딸 살림 살아주는 거 당연하더라. 어떻게 한 공분데 고작 졸업장이나 받자고 그랬냐? 너는 억울하지도 않아? 파리가 낙상하게 야무진 살림살이가 문제라면 네 새끼들까지 모두 반짝반짝하게 내가 책임진다.”

자신이 버린 젊음과, 딸이 쌓아 올린 탑이 평가절하의 나락으로 떨어지게 되었으니, 된 숨을 몰아쉬는 엄마의 공격과 분노에 찬 합가는 물리칠 명분이 없었다. 난공불락의 요새를 지키느라 결기를 불태우는 것은 호승심 충천한 장수만의 전유물은 아니었다.

이로써 엄마와 나는 모계로의 시대적 흐름에 편입되었고 한동안 나는 이런 행복도 있구나, 뼛골이 노골거리도록 행복을 누렸다. 엄마가 만든 풍성한 요리들이며 맵짠 살림 치레는 탄탄하고 생기 어린 에너지원으로 딸의 둥지를 떠받쳤다. 이 바람직한 가족 구성으로 인해 남편과 나는 아이가 생기면서 단절되었던 둘만의 데이트도 즐겼고 맛집 투어며 영화 구경이며 주말여행도 거리낌 없이 동행했다. 이럴 때면 내가 즐기는 남편의 호칭도 아빠나 오빠가 되는가 하면 아저씨, 선배, 청년 등 내 기분에 따라서 종횡무진 개명되었다. 엄마는 엄마대로 자신의 집에서 자기 자식들을 뒷바라지하는 윤택하고 부지런한 주부 역할에 열중했다. 물샐틈없는 배려와 방어로 엄마가 만들어주는 하루하루를 누리다 보니 개체인 엄마의 존재는 차츰 흐린 날의 그림자처럼 내게서 까맣게 잊혔다. 엄마는 종종 내게다 자신의 존재 이유를 인지시키는 강고한 예로, 이미 고인이 된 지 오래된 외할머니를 불러내 현재의 당위성을 강조했다. 똑같은 여자면서 딸자식한테 얼마나 무식하고 모질었는지, 차

별은 또 얼마나 심하게 했는지, 오빠하고 남동생은 논밭 팔아 가면서 높은 학교를 보내면서 나는 육괴기나 물괴기 한 동가리 천신을 몬하고 물 여다 나르고 나무하고 불 때는 기억밖에 안 난다. 우리 엄마가 나한테 한 걸 보면 무식한 미련퉁이 개선 없는 그 정신머리가 더 징그럽고 밉다. 그래도 엄말 재혼시키려던 사람은 할머니였잖아. 듣기 싫다! 난 절대 그런 엄마 안 될 거라고 혼백 깊이 새겼던 사람이다. 지금 다니는 회사의 마지막 면접이 있던 날 공교롭게도 할머니는 돌아가셨다. 어머니가 위급하니 생전 모습을 보려면 어서 오라는 외삼촌 전화를 받고도 엄마는 아주 멀리 있다는 핑계를 대며 나의 귀가 시간까지 기도원에서 꼼짝도 하지 않았다.

자기 주도권이 없는 자식 집에서 진땀으로 해결하는 노부모의 노동력을 갈취하지 마라. 그런 충고를 하는 구절도 없는 건 아니었지만 나를 아는 대개의 지인은 확인되지도 않은 전생 공덕을 뇌이면서 무척이나 우리 가정을 부러워했다. 남모르게 내리는 가을밤 이슬이 얼마나 차갑고 쓸쓸한지 아는 이는 많지 않았다.

정확하게 기억할 수 없는 어느 날이었다. 음식쓰레기를 비우고 돌아가다 슬쩍 돌린 눈길에 낯익은 뒷모습이 보였다. 아무도 없는 놀이터 벤치에 앉아 있는 큰아이는 얼굴을 든 채 멍하니 하늘을 올려다보고 있다. 필요한 문구를 사러 간다던 아이가 저 모양을 하고 있다니. 아이는 사춘기다. 우리 가족은 왜 그렇게 싸우는지 이유를 모르겠어요. 우리한테는 사이좋게 잘 지내라면서. 그건 싸우는 게 아니라 한 집 식구니까. 할머니가 그러셨지. 그릇도 한 개수대에 같이 들어가면 알그락달그락 하는데 너도 기준이도 아빠도 우리 모두 성향이 다르니까 각자의 소리를 내는 뭐 그런 거야. 하다가 뒤끝이 저절로 흐려졌다. 선명한 미늘에 대한 설명이 부적절하고 궁했다. 어른이 되기 전이며 나와 똑같은 경우 아니면 이해 안 될 일이다. 남 보기에는 그럴듯하지만, 문제를 감추고 서로를 존중하지 않는 환경 속에서 아이가 키워왔을 불신과 의혹, 문제 집안의 피해로 젖어드는 아이를 두고 부족함 없이 다복한 가정에서 잘 자라고 있는 아이로 간과하고 있었다니. 아이가 밖으로 돌더라는 얘기는 남편이나 엄마 그 누구에게도 말하지 않았다.

엄마는 세면대의 물이 안 빠진다거나 전구를 갈아야 할 것이 있으면 으레 남편을 불렀다. 그러면 남편은 무심하게 사람 불러서 나중 하세요, 하는데 득달같이 달려온 엄마는 사위를 나무랐다.

"집에 남자가 있는데 이깟 걸 가지고 사람을 불러?"

"전 그런 거 안 해봐서 잘 몰라요."

"어른이 시키면 예, 하고 하는 시늉이라도 해야지. 매를 들까?"

사위 자식도 자식이라는 전제하에 늘 일어나는 농담 반 진담이다. 그의 말대로 사람 불러서 부담스러울 만큼 금액이 큰 일이 아닌데도 엄마는 굳이 남자를 들먹이며 돈 나가는 데 대한 거부반응을 강하게 보였다. 이런 자잘한 일들과 함께 딸 살림을 알뜰하게 살아주려는 장모의 노력을 고맙게 여기지 않는 남편의 불편함 표출도 차츰 하늬바람으로 변해 우리 주변에서 넘짓거리고 있는 것이다.

주방에서 달그락거리는 어머니의 기척을 평화스럽게 흐르는 교향곡 정도로 여기면서, 남편의 어깨에 기대 안개처럼 서서히 밀려오는 고층 아파트의 저녁노을을 감상하는 재미가 얼마나 낭만적인 행복인지 맛보지 않은 사람은 모를 것이다. 그런데 어느 날 전에 없이 분위기 써늘해지는 음성으로 그가 입을 열었다.

"당신 어머니 요즘 나한테 왜 그래?"

"뭐가?"

"전과 다르게 뾰족뾰족, 아주 정나미 떨어지게 해."

"그래? 난 잘 모르겠던데."

"당신은 당신 엄마니까 그렇지."

"우리 엄마는 자기 혼자 이 세상을 헤쳐 온 습관으로 어투가 좀 투박한 면은 있어. 그렇지만 당신을 얼마나 생각하고 있는데. 사위 사랑 장모라고 엊그제도 당신 보약 한 재 지어야겠다고 하더라. 그러고 보니 요즘 당신이 더 이상해진 것 같다? 그러고 보니 호칭도 달라지고."

반박은 그렇게 했지만, 남편의 첫마디를 듣는 순간 실금의 균열이 내리꽂히는 송곳처럼 예리하게 가슴을 찔렀다. 불평과 불만의 깐죽거림을 별것 아닌 척 가정사의 자잘한 일상으로 무마해 온 허다한 것들이 떠올랐다.

"밖에서 일하다 집에 오면 당신도 쉬고 싶잖아. 근데 이건 뭐 현관문 열기가 바쁘게 아랫것 부리듯이 원."

"어머나, 꼭 남의 집 하숙생 같이 말하네. 여기는 당신 집이고 내 집 일거리를 만드는 건 우리 아이들인데 왜 그렇게 받아들여?"

"하여튼 집에 오기 겁난다니까. 일을 안 시키면 어디든 따라다니며 말을 시키고. 사람을 좀 편히 못 있게 한다니까."

"엄마도 대화가 고프니까 그래 놓고 딴에는 맘에 걸렸나 보다. 언젠가 이런 말은 했어. 아이들도 나도 없이 집에 자기랑 둘만 있으면 당신이 말을 잘 안 하니까 꼭 싸운 사람들처럼 손이 아프다고."

"손이 아픈 게 뭔데?"

"살갑게 대하기 어렵다는 말이잖아."

"요컨대 대화가 안 된다는 말인 것 같은데 노인네 데리고 내가 정치를 논할 거야. 회사 일을 논할 거야."

"나도 당신 어머니가 면전에다 대놓고 여우 같은 며느리가 정감 있고 좋다는 말씀을 하실 때면 난감해 죽겠어. 습관이 안 된 애교는 꼭 코미디처럼 어설프고 기분 나빴지만 어쩔 수 없는 거잖아. 당신을 친아들로 생각하는 우리 엄마는 관념적으로 시부모하고는 다른 입장이니까 당신이 더 친숙하게, 서먹한 분위기를 만들지 않았으면 좋겠어."

딸과 사위가 회식 없이 퇴근하는 시간에 맞추어 엄마는 엄마 자신이 누려보지 못한 화목한 가정의 저녁 한때를 구성해

놓고 그와 내가 맛있게 식사하는 것을 무슨 작품이라도 감상하듯 지켜보았다. 그가 거실로 퇴장하면 식탁 정리를 돕는 내 등을 힘껏 밀어서 그와 같이 마실 찻잔을 들려준다. 남자가 집에 와서 심심하면 걸돈다. 재잘재잘 대화도 하고 애교도 부려. 부모로부터 보고 배운 적 없는 이런 행위가 정말 낯설고 서툴렀지만, 엄마가 시키는 대로 해보려고 노력했다.

어느 날 남편은, 당신도 직장에만 너무 치중하기 말고 요리나 가재도구 인테리어, 하다못해 꽃꽂이 같은 거라도 좀 소양을 길러. 하는 거였다. 또 시어머니로부터 무슨 언질이 있었구나. 감이 왔다. 얼마 전 시댁에서 있었던 일이었다. 시아버지 생신이라 손위 동서 둘과 시누이들까지 다 모여서 정신이 혼미해질 지경으로 넓은 거실이 꽉 찼다. 며느리 노릇 한다고 주방으로 들어갔는데 시어머니와 두 동서가 분주하게 음식상 차릴 준비를 하고 있는 틈에 끼어들 자리가 없었다. 그냥 우물쭈물 서 있기가 곤란해서 저는 무얼 할까요. 말을 꺼내는 순간 바쁘게 돌아가는 서슬에 휙, 시어머니의 둔부가 치듯이 나를 밀어 냈다.

"아서라, 네가 이런 걸 해보기나 했겠니? 네 형님들이 다 알아서 잘하니까 나가서 청소나 좀 하고 있든지."

흠결을 가격당한 무안함으로 확 달아오른 나는 표정을 숨긴 채 씻을 그릇이 쌓여 있는 개수대와 다듬어야 할 식재료가 쌓여 있는 곳으로 발길을 돌렸다. 시아버지가 증여한다는 사무실도 지금은 필요 없다고 반납했으니 기죽고 물러설 이유도 없었다.

"일하는 데 걸리니까 어서 좀 비키지 않고 뭐해?"

시어머니의 재촉이 다시 떨어지는 순간 누군가가 내 어깨를 탁 잡고 끌어내는 데 그의 손길이었다. 엄마도, 모르는 건 옆에서 보고 배우게 해야지 그렇게 대놓고 무시하는 데가 어딨어요. 그의 볼멘 두둔으로 인해 그들의 집에서 나는 무시당하는 존재인 것이 확인되었다. 직장을 핑계 대며 시댁과의 왕래를 잘도 모면했는데 이런 뒷담화가 오가고 있었다니.

"살림이랑 아이들 케어는 엄마가 잘해 주는데 여기서 더 부족한 게 뭐야? 결국 당신도 당신네 부모처럼 내 직장을 단순히 돈을 버는 곳으로밖에 생각하지 않는구나. 그렇게 가볍게! 하찮게!"

"나야 당신 뜻 존중하지. 다른 주부들처럼 평범하게 푹 퍼지지 않는 자기 관리도 대견스럽고 보기 좋고."

"대견스럽다니! 그 말도 그런 뜻이잖아. 노인네도 아니면서 당신도 날 그렇게 얕보고 그래?"

"얕보다니. 지식은 밥이고 상식은 요리라는 말도 있잖아. 좀 다양하게 삶도 즐길 줄 알아야 한다는 뜻으로 하는 말인데 뭘 그렇게 자격지심으로 꼬여서 화는 벌컥 내고 그러냐? 돈독 오른 것처럼 그러지 말고 들어봐. 솔직히 말해서, 거창하게 역사에 회자될 업적을 위한 것도 아니고 거저 남의 밑에서 남이 하라는 대로 움직인 노임의 대가를 받는 건데……."

나도 모르게 남편의 가슴팍을 획 밀어버렸다. 나처럼 가난한

편모의 피땀을 먹으면서 미래의 비전을 꿈꾸고 치달려 온 사람의 투쟁사는 절대 저 같은 있는 집 자식들의 잣대로 그어서는 함수가 엉망진창이다. 막상 동년 지기인 남편의 입에서 나온 평가절하는 내가 점유해 낸 위치에 대한 모욕이며 아이러니다. 뒷벽에 받힌 뒤통수를 만지고 있는 그를 보고 아이들 간식을 만들던 엄마까지 쪼르르 달려 나왔다.

"시대가 어느 시댄데 여태도 여자, 여자. 여자라고 은근히 집에 가두고 깔보는 놈들, 나는 사내로 못 본다. 걸핏하면 늙은이들처럼 제 마누라 직장 때려치우고 종노릇시킬 궁리나 하고. 내 딸도 너 못잖게 똑똑한 걸 어른들 앞에서 아직도 인정 안 시킨 거야?!"

보석을 몰라주는 얼뜨기 감정사를 나무라듯 자부심과 비난을 실은 엄마의 화통은 가차 없이 사위에게로 날아갔다. 풍부한 사회 경험대로 원만하고 이해심 많은 사람이라는 소리를 듣는 엄마지만 자식인 내 문제와 직결되면 포란 중인 암탉처럼 예민하고 표독스럽게 변한다. 엄마가 지금 만지고 있다 나온 식재료는 앞집 시어머니가 고향에서 가져온 농산물들이다. 처음에는 방문객의 위아래를 일별하면서 얻은 상식대로 대뜸 '우리는 백화점에 주문해서 먹지 그런 것 안 먹어요.' 했으나 '물론 이런 집에는 귀한 것 없이 꽉 찼겠지요. 그렇지만 이거는 내 밭내 흙에서 농약도 안 치고 난 걸 직접 가져온 거닝께, 돈 주고 사는 거하고는 다를게요.' 그렇게 문을 튼 약간 무교양한 방문객은 나날이 엄마의 자존감에 풀무질했다. '이 집 딸은 최고 좋은 직장에서 돈도 많이 번다니 얼매나 좋겠수. 잘 키운 딸 덕을 톡톡히 보고 사는 것 보니 참 배 아프게 부럽소. 우리 며느리는 새북부터 밤늦게까지 알반가 뭔가로 발바닥에 티눈이 박혔네요. 뱁새가 황새 따라가다 가랑이 찢긴다고 말렸지만, 현대는 뭐 그래야 된다니 할 말은 없지만……. 즈이 내외가 수태 벌어들이는 돈도 이번에는 안방 다음에는 거실 뭐 그렇게 한 평 한 평, 그러는데 대체 어느 세월에 옳은 제집을 맹글란지…….' 한숨 쉬는 동갑네 여인의 앞에다 엄마는 우아한 크리스털 컵을 꺼내놓고 고급 양주와 안주 대접을 하면서, 우리 자식들은 언제 이리 잘 갖춰놓고 살까 싶네요, 하는 부러움과 한숨을 온몸으로 받아 챙겼다.

무뚝뚝한 겉모습과는 반대로 성품이 온순한 남편도 지렁이 성깔은 있다. 서서히 토착해가는 외래종처럼 자기네 집보다 축이 낮고 간단한 엄마의 문화에도 격 없이 동화하며 친가의 어머니보다 더 친숙한 가족으로 흡수되었다. 그런데 언제부턴가 그들 장서 간의 불편은 실금이던 것이 차츰 크레파스화 되면서 문제의 숫자도 늘어났다. 그중에는 이런 날도 보태졌다.

어느 휴일, 아이들까지 용돈을 듬뿍 주어서 내보낸 뒤 우리는 모처럼의 사랑 자리를 폈다. 엄마마저 오랜만에 만난 친구와 저녁을 먹고 영화까지 보고 올지 모른다고 했기 때문에 만들어진 절호의 기회였다.

"둘만 있으니 이렇게 홀가분하고 좋은걸."

아이처럼 좋아하는 남편의 리드로 사랑의 분위기는 모처럼 충만하게 무르익었다. 내 쪽에서 보면 젊은 시절에 혼자되어 오로지 나만을 위해 살아 온 엄마가 한집안에 같이 있다는 도덕적 죄의식으로 원활하게 즐길 수 없었던 부부생활……. 우리는 점점 심취되었다. 아무도 없는 빈집에 지금은 건강한 남편과 낭창하고 사랑스러운 아내만 있는 것이다. 해방감이 부른 절정은 그도 마찬가지인 모양이었다. 그런 어느 순간, 집이 왜 이리 조용해. 다들 어디로 나갔나? 벌컥 문을 여는 엄마의 기척에 놀란 그가 수습 안 되는 벌건 얼굴을 한 채 석상처럼 뻣뻣하게 굳어졌고 방문을 잡고 놀란 엄마는 주방으로 내뺐다.

"당신 어머니를 우리가 집에 없는 낮에만 오시게 하면 어때? 우리들 사생활도 중요하잖아."

남편은 은근히 분가 제의를 했다. '너네 집 살림이 철철 넘치게 풍족해서 내 딸이 돈벌이 안 나가고 집안 살림만 해도 된다면, 나도 내 인생 싹 쓸어 넣어서 이런 지랄은 안 한다.' 친정엄마의 이 말 한마디로 은근히 가부장의 잔재를 행사하던 사위의 기세까지 팍 꺾은 뒤 장서의 갈등 없이 잘 산다는 여자 후배도 있었지만, 나의 경우는 달랐다. 남편의 뜻을 따르자니 평생 나 하나만을 위해서 산 엄마를 단물 짠물 다 뽑아먹고 내친 못된 딸년이라는 지탄은 내 것이 된다. 또 의존했던 엄마에 대한 생살 찍히는 분리의 아픔을 함께 지고 나갈 담력도 갖고 있지 못한 나는 대안을 찾아보자며 어물쩍 남편을 요리해 넘기면서 지낸 익숙한 습관이 배었다. '미운 사람 안 미운 데 없고 예쁜 사람 안 예쁜 데 없다'는 상황은 자주 내 곁에서 일어났다. 엄마가 잠시 저녁 찬거리에서 빠진 재료를 사러 나간 뒤인데 집안을 이리저리 서성거리던 남편이 골난 음성으로 꽥, 소리를 질렀다.

"당신 어머니는 대체—!"

시선이 자주 안 가는 베란다 구석에서 찜통에 담긴 닭발이 부글부글 끓고 있는 게 보였다.

"아아, 이건 엄마 약인데 당신 먹으라는 것도 아니고……."

미안해서 삐져나온 웃음으로 얼버무렸지만, 평소에는 과묵한 그의 불뚝성이 칠 듯이 야무지게 나를 타박했다.

"그것도 변명이라고 하는 거야? 사람을 무시해도 정도가 있지. 내가 닭발에 대한 트라우마 있는 거 다 알잖아!"

"너무 그렇게 과민하게 굴지 마. 이건 콜라겐, 엄마 약이잖아. 여기다 숨겨놓고 끓이는 건 바로 당신을 의식하고 그러는 거구만 뭐."

엄마는 신혼여행에서 돌아온 사위를 위해 토종닭 삼계탕을 끓였다. 암탉 열 마리를 족제비로부터 거뜬히 지켜 낸 용감한 장닭에다 몸집이 큰 만큼 필요한 장기도 대단할 거라고 주인이 익살스럽게 표현했던 낯간지러운 부분도 덧달아 설명했다. 그런데 그날 만든 사람 성의를 봐서라도 한 숟가락만 떠보라는 엄마의 간절한 권유가 이어지자 그는 끝내 자리를 피하는 것으로 삼계탕을 먹지 않았다. 초등학교 다니던 길옆 시장에 닭을 파는 가겟집이 있었는데 털 뽑는 기계가 위잉 돌아가면 지금까지 살아서 푸드덕거리던 닭들이 모두 털이 죄 뽑힌 하얀 몸으로 죽어서 나와. 그때 본 죽은 닭발이 어떤 섬뜩한 모양을 하고 있었는지 알아? 그건 복수를 다짐하는 마귀의 발톱이야. 상상을 해봐. 난 그때 너무 충격을 받아서 절대 삼계탕, 닭요리는 안 먹어. 이유는 나중에 들어서 알게 됐지만 참 별나다, 남자가 아무거나 잘 먹고 식성이 좋아야 마누라가 살기 편한 법인데. 식어 빠진 삼계탕을 처리하는 내내 엄마가 중얼거리던 후환의 앙금은 두 사람의 눈치를 살펴야 할 때면 종종 되살아나서 나를 빡빡하게 조이는 운신의 폭이 되었다. 그날도 엄마는 질풍 같은 분노로 쏟아버리던 뜨거운 국물로 발등에 입은 화상을 치료하면서도 아픈 만큼 앙다문 이빨 사이로 불쾌함을 쏟아냈다.

나는 얼마나 소아적으로 일상사의 무능함을 즐겼으며 의존적이고 이기적으로 내 앞가림도 못 하는 물텅이가 되어버린 걸까. 결론은 간단하게 엄마와의 관계를 원점으로 돌리는 거여서 엄마의 속마음을 은근한 변죽으로 떠보았지만, 당신이 최종으로 이 집을 나가는 곳이 요양원임을 사명감처럼 못 박는 엄마. 오히려 당신이 이 집에 없을 때를 대비해 딸의 가정적인 남편 만들기를 계획한 대로 차근차근 밀고 나갔다. 그의 출근길에 들려 보낸 음식물 쓰레기 사건도 그에 속했다. 양손에 들었던 가방과 쇼핑백을 몰아들며 내가 손을 내밀자 엄마는 내 손을 뿌리치고 사위 앞으로 그걸 내밀었다.

"요즘 남자들 다들 그리하더라. 제집 식구들이 먹은 음식 찌꺼긴데 모두 같이 해야지. 나가는 걸음에 힘 좋은 팔뚝 됐다 어따 써먹을라고?"

남편의 거부반응은 평소처럼 픽 웃는 얼굴 속에서 만들어졌다.

"요즘 보니까 싱크대에 장착하면 음식쓰레기가 저절로 처리되는 기계도 있던데 그거 사세요."

"아이구 저런. 또 돈, 돈. 월급은 뭐 흙 파서 오는 거냐? 돈이 썩어나냐? 걸핏하면 돈 주고 사라, 사라."

"장모님 말씀도 틀리지는 않는데요. 신제품이 무시되면 회사가 안 돌아가고 국가 발전이 없는 겁니다. 경제는 동맥 같아서 원활하게 돌아야 한다고요. 사회 물정을 모르시면 그저 믿거라 하고 저희 말을 좀 들으세요."

엎친 데 덮친 격으로 그 주일 금요일 오후 퇴근한 남편과 엄마는 또 부딪쳤다. 내일 조기 축구회에서 신을 운동화를 챙기던 남편은 엄마가 있는 주방 쪽으로 화살처럼 빠른 시선을 던졌다.

"아직 제 운동화 안 씻어 놓으셨네요?"

도마에 잔칼질하고 있던 엄마가 미안한 표정을 살짝 짓다 말았다. 한창 먹성이 오른 손자들이 좋아하는 것을 만드느라 노상 부엌에서 살다시피 하는 엄마였기에 말로나마 호들갑을 떨면서 내가 집안일에 바빠서 깜빡했네, 변명했으면 별스럽지 않게 넘어갈 수도 있었을 테지만 엄마는 못 들은 척 도마 소리만 만들어냈다. 그러나 사위의 굳은 안색이 못마땅해서 구시렁거리는 엄마의 목소리는 의외로 컸다. 하이고, 저 사람이 이젠 내가 뭐 이 집 종이나 되는 듯이 나오네, 한 번쯤 그냥 신어도 될걸. 귀 밝은 남편이 그냥 있지 않았다.

"말씀 좀 가려서 하시지, 제가 언제 종이라고 했어요?"

"내가 보기엔 낯빛에 딱 그렇게 씌어 있네 뭐."

엄마의 대꾸가 끝나기도 전에 그의 반발은 나를 향해 날아왔다.

"당신은 당장 회사 때려치우고 살림이나 해. 당신이 집에 있으면 이런 억울한 오해는 안 생길 것 아냐!"

"저런 밴댕이 소갈머리하고는. 내 딸은 어데 자네 종이가? 운동화 빨라고 그 좋은 직장을 그만두라니 참 서천 쇠가 웃을 노릇이다야."

꼬리를 단 두 사람의 실랑이는 원뿔 같은 각의 촉수로 발전했다.

"정 이러시면 우리 같이 못삽니다. 보자 하니 이제는 적반하장으로 누가 주인이고 누가 객인지 점점 모호해져요."

튀기다 만 고구마탕 그릇을 탁, 내려놓은 엄마가 억하심정을 쏟아놓기 시작했다.

"그래, 나도 입 있으니 말 좀 하자. 하다못해 음식점 종업원도 설 추석날은 논다는데 나는 일 년 삼백육십오일 철이 있어? 밤낮이 있어? 죽으나 사나 저들 종노릇만 하고 산 나를 이렇게 몰아세우다니 억울해서 못 살겠다."

"딸내미 생각해서 자원해서 들어오셨지 제가 언제 종노릇 해달라고 초빙했어요?"

주고받는 말발은 거칠어도 그가 어느새 평소처럼 능갈치는 어조로 돌아서자 불길이 확 일어나는 기세로 엄마가 다가섰다.

"그래 병 주고 약 줘라. 평소에도 나한테 불만이 많은 건 알고 있다만 선은 이렇고 후는 이렇고 니가 언제 고분고분 대화나 하는 인간이냐?"

"도대체 나는 뭘 잘못했는데요. 오히려 제가 장모님이나 이 사람 비위 맞추고 눈치나 보면서 사는데, 말해보세요. 제 친구들은 친부모님을 모시고 사는 사람도 없어요. 내가 월급이라도 지불했다면 식모 취급했다고 정말로 엎어치기 당할 뻔했네요."

묵인하고 지냈던 일상사들이 사사건건 찍혀 나오자 약 올리듯이 서로를 헐뜯어대지만, 말발이 억세고 빠른 엄마 쪽이 더 길고 강하게 늘어놓는 바람에 어른 대접을 염두에 둔 남편이 피했고 남편을 달래서 평상으로 돌려놓는 마무리는 내 차지가 된다. 서재에서 잠이나 퍼 자는 외에 집안일에는 손끝도 까딱 안 보태고, 그게 어디 하숙생이지 이 집안 가장이야? 집안에 말하다 감옥소 가서 죽은 귀신이라도 있는지. 엄마는 건조기에서 꺼낸 빨래를 갤 때도 화풀이를 멈추지 않는다. 저 인간 빨래도 인제는 해주기 싫다. 제 옷은 제가 빨아 입으라고 해라. 엄마는 사위를 미워하면서도 사위를 먼저 챙기는 자신의 습관을 잊고 사는 중이다. 그런데 생각지 못했던 호된 지적을 남편으로부터 받았다.

"나는 왜 이렇게, 언제까지 이렇게 살아야 하는 거니?"

회식을 핑계로 밖에서 자고 온 남편이 그랬을 때 뜨끔하게 얼마 전에 상처한 후배의 경우가 떠 올랐다. 가장으로서의 권위도, 처자식을 책임진다는 자부심도 모호해진 자괴감은 남자인 그의 한계를 이간질하고 있음이다. 그가 만약 직장동료였다면 충분히 그의 입장이나 심정을 이해하고 성의 있는 위로를 해주는 것이 마땅한 상황이었다.

그 며칠 후, 이 첨예한 관계를 감당하기 위해 내 나름의 역발상 기지를 발휘했다. 내 인감을 먼저 찍은 이혼장을 남편 앞으로 내밀며, 엄마도 남편도 세상에 하나뿐인 내 소중한 사람들인데 방법을 몰라 터널에 갇힌 생쥐가 된 기분이라고 눈물을 찍어냈다.

"불용 처분하듯이, 이제까지 우리 살림 살아주느라 고생한 엄마를 집에서 혼자 내보낼 수는 없어. 당신도 잘 알지? 나한테 엄마가 어떤 존재인지. 그런 내가 엄마 하나를 품지 못하다니, 우리의 도량이 그렇게 협소한 걸 요즘에야 깨닫게 됐네."

좁은 도량이란 말에 떼꾼해진 복잡한 시선으로 나를 쏘아보던 남편이 한참 만에 입을 열었다.

"결국 생각해 낸 게 이런 방법이야? 당신 어린애야?"

"나도 힘들어. 이쪽저쪽 눈치 보면서 버티는 것도 힘 부쳐서 죽을 맛이야."

고백해 놓고 나는 왈칵 솟구치는 설움에 못 이겨 남편을 끌어안고 그의 가슴에 얼굴을 묻었다.

"정 그렇다면 알았어. 최선이 아니면 차선도 있겠지."

다음 날 남편은 도장을 찍었고, 우리는 이혼 절차를 밟았다.

숙려기간 동안 어떤 답이 나올지도 미지수인데 그 순간은 왜 그렇게 후련했는지. 돌아오는 길에 우리는 무감했던 세계를 향한 커튼을 젖히고 아름다운 기억의 장소에서 거한 외식을 했다. 딸과 사위가 당신 모르게 하는 짓을 알 리 없는 엄마는 사위가 좋아하는 장국 재료인 고사리와 토란대를 내년 것까지 흥정할 때 있었던 이야기를 자랑스럽게 늘어놓는다. 또 내게 짐 되지 않을 때까지 같이 살다 요양원 길이 자신의 앞날이라 못 박아서 자랑하는 깐으로, 친척들과 회동하는 자리에 입고 나갈 멋진 차림에 대한 아이디어를 구한다. 이 툰드라를 견딘다면 어떻게 견디느냐, 벗어나려면 또 어떻게 벗어나느냐. 귀여운 강아지처럼 쓰다듬을 받고 싶었고 상사로 군림하고 싶었고 여왕처럼 지배하고 싶은 욕망이 분명코 죄는 아니다. 그런데도 죄짓는 것 같은 이 허기진 비상의 충동은 어떻게 하나.

의식의 바깥세상은 도서관 직원들의 퇴근 준비가 한창이다. 스위트홈. 과연 몇 프로나 이 범주에 들까. 또 일상적인 암묵으로 숨 막히는 현실을 늘어놓은 채 기다리고 있을지 모르는 곳으로 모두들 귀소본능은 충실하다. 깊은 숲에서 길을 잃은 토끼처럼 나는 또 울컥 목이 메었다. 대체 어떤 방법으로 이 숙제를 풀어내게 하려는지, 선택해 놓은 책들은 눈앞에서 침묵이다.

각성제를 주입하듯 찬물 세수를 하는데 맞은편에서 엄마가 우수 어린 눈빛으로 묻는다. 너는 네 자식에게 어떤 어미가 될 것 같으냐? 아직 한 번도 간절하게 숙고해 본 적 없는 문제였다. 욕망에 먹히는 이 길에서 나는 온전히 나일 수 있기나 할까. 노력의 궁극에 있으리라 짐작만으로 상정해놓은 완전한 행복에 눈멀어 정작 고귀한 인생을 탕진하고 있지는 않을까. 답을 모르는 황당함을 수습 못 하고 있는데, 폰이 진동을 한다. 하루의 마침표로 삶은 행주를 털어 널면서 사위의 늦은 귀가를 걱정하는 엄마의 시간, 완벽한 퍼즐의 순간이다.

"기준 아빠는 벌써 들어왔는데, 인제는 거꾸로 네가 진상을 부릴 참이냐, 왜 이렇게 늦어?"

언제나 그랬듯이 이렇게 봉합되어 또 하루는 넘어가리라. 나는 또 어느 때일지 모르는 그날까지 어름사니 균형을 잡아야 한다. 나의 나날은 알 수 없는 미래에 대한 노예였다. 거머리처럼 영혼과 육신을 감도는 불안에서 유일하게 나를 지키며 불안을 이겨낼 수 있는 방편, 나는 다시 습관 된 동작과 꺼뜨릴 수 없는 신념의 열정으로 도서 대출 앱을 찍는다.

먹골 벼루

"당신, 이 사진 좀 보라니까. 우리 형국이 얼굴이 점점 하얘지는 것 같죠? 혹시 지 어미 얼굴색 닮아서 새까맣게 나오면 어쩌나 얼마나 걱정했는데 한시름 놔도 되겠네."

"거참, 수선도 떨어쌓네. 며늘애가 들으면 얼마나 서운하라고."

"에이구, 또 그놈의 옛날의 금송아지 쫓느라 그딴 TV에 정신이 쏙 빠져 있으니 남의 말 듣기 성가셔 하지."

그는 끄응 한숨을 쉬었다. 겉으로는 아닌 척하지만, 사실 이 시간만 되면 그 벼루가 떠올랐다. 산맥처럼 솟아오른 세 오름과 학문 연단의 협곡이라고 칭하던 검은 골짜기 넷. '네가 바로 이 벼루의 주인인 거야. 이게 무슨 벼룬지 아니? 이게 바로 먹골 벼루다. 전에도 몇 번 네 종형들이 욕심내는 듯해서 혼쭐을 냈지. 주인이 바로 넌데 어디서 감히. 너는 귀한 몸이니라. 그놈

들 몇 트럭을 갖다주어도 너 하나를 못 당해.'

사실 그에게 지금 그 벼루는 없다. 이 시간만 되면 가슴이 쓰라린 것은 바로 그로 인한 지난 행적들 때문일 것이다. 아내의 말처럼 차라리 안 보는 것이 속 편한 일이다. 그러나 눈 가리고 아웅 하듯 훔쳐서라도 보고 싶은 것이 사실이었다.

드디어 손뼉이 터졌다. 고려청자 한 점. 감정가 2천만 원. 아까도 말했지만 생산 연대나 희소성, 보존상태 등을 감안해서 감정가는 매겨지는데요. 보다시피 여기 이 흠만 없었다면 이보다 훨씬 높은 가격이 책정됐을 겁니다. 감정위원의 말이 덧붙여지자 우정 꺄악 소리까지 섞인 방청객들의 탄성이 요란해졌다. 출근 채비를 하고 있던 아내까지 쥐어박듯이 그의 어깨를 두들겨대면서 끼어들었다.

"뭐야, 뭐야. 저게 이천만 원이라고? 당신네 집에선 개밥그릇 하던 거라고 했잖아!"

"아야, 이 사람이. 그게 언제 적 일인데."

"이 화상아, 그딴 걸 눈깔 빠지게 보고 있기만 하면 뭐하노. 선산발치를 뒤져서라도 저런 거 하나 찾아오라 그 말이지 내 말은."

아내의 성깔에 의해 화면이 팍 죽어버린 건 그 순간이었다. 멍하니 앉아 있는 그의 귓속으로 사막이 물 흡수하는 소리가 검은 화면에서 들리다 사라졌다. 아내가 던져놓은 리모컨을 바라보고 있을 뿐 그가 다시 티브이를 켜지는 않았다.

가구처럼 앉아 있는 그를 보고 여느 날처럼 아내가 일렀다.

"레인지에 된장 데우고 냉장고에 김치하고 깻잎 꺼내서 자시고. 오늘은 돌잔치까지 보고 와야 하니까 늦을 거야."

아무 말도 없이 기죽은 듯 있는 그를 보자 조금 안쓰러운 듯 아내가 돌아섰다. 작업복이 든 쇼핑백을 놓고 되돌아 좀 전에 자신이 꺼버렸던 티브이를 다시 켜놓고 씩 웃었다. 푼더분하게 부푼 얼굴 가운데 헤벌어진 큰 입이 빈 곳간처럼 헛헛해 보인다. 그놈의 임플란튼가 뭔지. 죄지은 것처럼 민망스러워진 그는 화난 듯 괜히 얼굴을 찡그리며 고개를 돌린다. 문을 열고 나가던 아내가 다시 돌아서며 말했다.

"애들이 온댔으니까 냉장고 둘째 칸에 있는 김치 가져가라고 해요. 애들 왔다 가도록 또 어디 가지 말고."

아내가 닫은 문소리가 낡은 뼈가 아물거리는 것처럼 어기적거리는 소리를 낸다. 여전히 성난 듯한 표정으로 그는 창가로 간다. 녹슨 방충망 저 너머로 보이는 것은 앞을 콱 막은 앞집의 허물어진 시멘트벽뿐이다. 그 옆에 좁은 옥상이 삐죽 보였지만 무엇이 들었는지도 모를 자잘한 오지항아리 몇 개가 옹송그리고 있어 그 역시 가슴 답답한 경관이기는 마찬가지다. 시선을 비키면 지붕을 타고 내린 낙숫물 자국 옆으로 이름 모를 잡초들이 어우러져 바람결에 몸을 흔들고 있어 한참 눈길이 머문다. 손수건 서너 장 펴놓은 것 같은 작은 공간이지만 오래 보고 있어도 싫증 나지 않는다. 비록 나약한 생명일지라도 자연의 갈래 사이로 드나드는 생각을 밀착시켜 상념의 나래를 펼치다 보면 많은 위안이 된다.

그 잡초들 사이로 폐원의 잔해처럼 뒤덮어지거나 쓰러져 있는 낡은 플라스틱 화분 서너 개가 의식되면 자신도 모르게 시름이 겹쳐진다. 작년까지만 해도 그는 아내의 지청구를 들어가면서 고추도 심고 가지도 심었다. 어느 해는 호박 넝쿨이 앞집의 지붕으로 기어 올라가 노란 꽃을 피웠는데 지붕에서 물이 샌다고 집주인이 난리를 치는 바람에 한창 기세 좋은 놈들을 끌어내린 적도 있었다. 올해는 심심파적으로 저 화분에다 눈도 즐겁고 입도 즐거운 무슨 모종을 사서 심을까 계획하는 단계에서 그의 농경은 거덜이 났다. 나빠진 건강 때문에 그가 일을 나가지 못하게 되자 그가 하는 어떤 움직임조차 아내의 눈에는 청승스럽게 거슬리는 모양이었다. 놀고먹으라니 얼마나 좋아. 그의 친구들은 열녀비 세울 준비하자고 웃겨댔다. 그 시시덕거리는 소리를 귓전으로 흘리며 그는 아린 코끝을 문질렀다. 일을 접으면, 세 닢 벌이라도 하지 않으면 대체 무엇을 하란 말인가. 인생 막장에 갇힌 양 기가 콱 막혔다.

그 스스로 이제는 아무것도 하지 않는 일에 익숙해졌다. 모든 게 시들했다. 염치 불고하고 견뎌보니 또 아주 못 견딜 만한 것도 아니었다. 그러나 무언가 손에 쥔 소중한 것을 놓쳐버린 아쉬움 때문에 늘 텅 빈 가슴은 쓸쓸하고 허망한 냉기만 가득했다. 이날까지 무엇 때문에 왜 살았는지도 모를 허무함에 허깨비가 된 듯도 했다. 남들은 잘 키운 아들 덕에 노년 복을 누리게 됐다며 은근히 부러워하기도 한다. 그러나 남의 열 자식 부럽지 않을 그 장한 자식을 키운 자부심으로도 채워지지 않는 허황함의 실체 때문에 그는 점점 말수까지 줄여갔다.

인생은 포물선과 같다는 말을 어디선가 들었는데 요즘 그의 심정을 꼭 집어서 누가 미리 말했던 것 같았다.

요즘 들어 자꾸 그곳이 떠올랐다. 버리고 떠나온 그곳으로 다시 가고 싶었다. 어떤 날은 사뭇 눈앞에 아롱거리는 그곳을 헤매다가 하루해를 넘기기도 했다. 나이 탓인가 했다. 그게 왜 나이 탓인지에 대한 철학적인 인식도 없으면서 자꾸 그런 생각이 들었다. 의학으로 정명이 백이십이라고 했다니 나이 칠십이면 많은 나이도 아니다. 그렇지만 무위도식하는 인생의 연장을 그는 환영할 생각이 전혀 없다. 불러서 일 시켜주는 곳이 없으니 쓸모없는 늙은이가 된 것을 인정하지 않을 수 없는 처지로서는 하루하루를 넘기기가 더욱 곤고할 뿐이었다.

우와, 이 낡은 고문서가 그렇게 가치 있는 거예요? 폭포수처럼 쏟아져 나오는 손뼉 소리와 탄성에 그는 고개를 돌렸다. 쇼 감정단으로 나와 촐싹거리던 여자 개그맨이 제가 맞히고도 실감이 안 나는 듯 오두방정을 떨면서 좋아하고 있는 장면이 화면 속에 꽉 찼다. 낱장이 너덜거리는 낡은 한서漢書 두 권이 대중의 시선을 집중시키고 있었다. 훅 불면 보풀이 날고 먼지로 화할 것 같은 얼룩진 책들…….

그는 리모컨을 꾹 눌러서 전원을 꺼버렸다. 모으고 앉은 무릎 위에다 턱을 괴고 고개를 숙였다. 앙상하게 뻗어 내린 오른쪽 발등 끝에 발가락이 네 개, 그나마 온전한 발톱이 없다. 그는 눈을 감았다. 원래 일을 가기로 한 친구의 장모가 갑자기

죽는 바람에 그가 땜방을 나갔을 때였다. 귀신 들끓게 뭘 저런 것들을 들여놨담. 구시렁거리면서 석등과 석장승 따위가 늘어놓여 있는 집 정원의 잔디를 깎는데 그 집 주인이 나타났다.

'형이 내 집에서 이런 일 할 줄 몰랐네. 우리 아버지가 형 업고 학교까지 가는데 나는 얼마나 억울하고 부러워서 죽을 맛이었는데.'

그쪽에서 먼저 알은체를 하는데 도시 알 만한 인물이 떠오르지 않아 한참 씀벅거린 뒤에야 '종도'의 아들인 것을 기억해 냈다. 충직한 머슴이었던 종도의 그에 대한 편애 때문에 멍들었던 옛날의 그 심술궂던 아이. 제 아비 종도가 할아버지로부터 책망이라도 들은 날은 뒷산 너럭바위를 걷어차면서 앙앙불락하던 깐에 비하여 아주 그럴듯한 풍채였다.

놈이 날개처럼 두 팔을 활짝 펴서 기지개를 켜면서 말했다.

"나라고 언제나 머슴 새끼로만 사란 법 있어?"

그래서, 고소하다는 거야 뭐야 이 새끼야! 속으로 욱하는 순간, 기계가 모로 뒤집히는데 아찔했다. 놈의 아들이 원장으로 있는 병원에서 절단된 엄지발가락 수술을 받자 그는 도망치듯 몸을 숨겼다. 문병을 빌미로 나타난 녀석이 더 어떻게 비위를 긁어댈지 감당할 자신이 없었다. 그는 자신의 속에 있는 또 다른 자신을 그제야 보게 되었던 것이다. 그러나 차라리 손 내밀면서 빛나는 발전과 성공을 빌어주지 못한 치졸한 자존심에 대한 자괴감은 두고두고 그를 더 쓰리게 했다.

접힌 바지 끝을 펴서 발등으로 내린 뒤 그는 부엌으로 갔다.

당뇨를 친구로 사귄 뒤부터 시도 때도 없이 시장기가 든다. 냉장고에서 반찬 그릇을 꺼내놓고 밥공기를 챙겨 들다가 또 바뀐 밥공기가 눈 설어서 그는 손을 멈추었다. 좀 전에 텔레비전에서 본 그릇들이 얼핏 떠올랐다. 비록 아내가 제 돈 주고 산 것들은 아니지만 돈 많은 집들에서 싫증 난다고 내친 것들인지라 그의 앞에 놓인 그릇들이 훨씬 더 모양도 예쁘고 태깔도 빛이 난다. 그렇지만 이것들은 그만큼 비싼 값이 주어지지 않는다.

그는 밥 푸는 것도 잊어버리고 무너져 앉았다.

공룡 뼈처럼 크고 낡은 기와집 속에서 그는 울고 있었다.

"이놈아, 네 에미는 어디 갔고 네 애비는 또 어딨느냐?"

인분이 박힌 긴 손톱으로 할퀴고 드는 할아버지를 피해 어린 그는 아직도 맴을 돈다. 그는 징징 울면서 악다구니를 했다.

"친엄마는 내가 세 살 때 죽었고요. 서모는 모두 도망갔잖아요!"

차마 못 할 말을 쏟아놓고 도망간 죄로 문턱에 걸려 넘어지는 바람에 앞이만 두 개 부러졌다.

"그럼 내 아들 네 애비를 찾아오란 말이다."

할아버지의 담뱃대는 죽비처럼 그가 피를 흘리며 아파하는 것도 아랑곳없이 그의 등짝을 내리쳤다.

"아버지는 증조할머니 제사 장 보러 갔잖아요. 제발, 할아버지 정신 좀 차리세요!

오락가락하는 정신으로 짜증 부리는 할아버지의 성화에 못 이겨 그의 어린 영혼은 시르죽은 애늙은이로 변해갔다. 흔들리는 성곽 위에 서서 안간힘을 써서 버티는 것도 한계가 있었다. 아직 어른들의 보호벽을 벗어나 본 적이 없는 어린이인 그로서는 달리 방법이 없었다.

으이고, 답답. 아직도 어제처럼 생생한 옛날의 기억 때문에 그는 툭툭 가슴을 쳤다. 묵묵히 밥을 퍼서 물에 말고 물에 만 밥을 떠 넣다 이내 토할 듯이 상을 찡그리고 말았다. 그나마 오복 중에 한 복은 지녔다고 자랑하던 건치인데 덧씌운 앞니가 또 탈을 낸다. 그는 씹지도 않고 후루룩 밥을 마셨다. 밥을 그렇게 넘기다 보니 개들이 급하게 음식을 먹을 때의 모습이 상기되었고 친동생처럼 안고 놀던 그때의 누렁이 생각이 났다. 지금은 무엇으로 환생했을지 만난다면 미안하다 사과라도 하고 싶었다. 걸핏하면 축구공처럼 걷어차였으니 누렁이는 아마 축구공이 되었을지도 모른다. 전에 또 한 번 누렁이를 떠올렸던 적이 있는데 친구들과 같이 박물관 견학 갔을 때였다. 씻기 싫어서 여기저기서 꺼내 담아주었던 누렁이의 밥그릇들이 누가 모아다 준 듯이 거기 진열되어 있었다.

그는 그때 무릎 밑이 어디로 사라진 듯 둥둥 뜬 허망한 기분으로 친구들이 채근하는 것도 무시한 채 온 전시실을 누벼 다녔다. 할아버지의 서재에 있던 책장과 서함, 머리통만 한 주석 자물쇠가 항상 호기심을 자극하던 반닫이도 거기 있었다. 할머니가 시집올 때 가져왔다는 삼층장과 박쥐 떼가 어디론가 끌고 달아날 듯하던 어머니의 의롱과 문갑도 어느 서모가 훔쳐가서 바친 것인지 그대로 모셔져 있었다. 그뿐 아니었다. 행사 때면 펼쳐지던 열두 폭 격조 높은 병풍이며 윤기도 바라지 않은 온갖 칠기까지 모두 거기 모아져 있었다.

연 며칠 생병을 앓다 간신히 정신을 차렸다. 그것들이 값나가는 보물이 될 줄 그때는 정녕 몰랐다. 집에 있는 것은 모두 귀신이 붙은 것 같아 무서웠다. 자신의 능력으로 감당할 수 없는 그 트고 질긴 것들은 먼지 한 점 남김없이 다 없어졌으면 싶었다. 누가 훔쳐 가도 좋고 뒷산 까마귀라도 와서 모조리 물어가 버렸으면 속이 후련하게 짐이 가벼워질 것 같았다. 그때 그는 겨우 열두 살, 철부지였다. 게다가 할아버지는 해소 낀 목소리로 그만 데리고 앉으면 몇백 년 묵은 가문의 역사를 읊었다. 귀한 손자라고 아무도 안 주는 귀한 꿀을 단지째 맡겨놓고 머리를 쓰다듬을 때마다 그는 일부러 자라목이 되었다. 그 부드러운 손길에는 층층 귀신의 혼령이 실려서 자신의 영혼 줄을 당겼다 늘였다 하는 듯 으스스했던 것이다. 가위눌린 밤은 자위하는 짓으로 자신의 존재를 잊어버리려 했다.

넝마 형국으로 퇴색된 그의 폐 사진을 확인한 의사가 언제부터 담배를 피웠느냐고 물었다. 그는 차마 열두 살 때라고 말하지 못하는 대신 요즘은 아주 적게 핀다고만 얼버무렸다. 종손이니 대를 이을 손을 보아야 한다는 고모들의 성화에 못 이겨 사십 넘어서 병원에 갔을 때 어이없게도 의사는 또 그의 성생활에 대한 여러 가지 질문을 했다. 그로부터 납득할 만한 답을 얻어내지 못한 의사는 연신 고개를 갸웃거리며 성가시도록 여러 가지를 딲나게 물었다.

형제도 없었던 그는 재종이나 삼종형제들처럼 친구 따라 자유롭게 걱정 없이 한 번 제대로 놀 수도 없었다. 지치도록 돌아다니고 방종하고 싶은, 더구나 의지할 곳 없이 외로운 사춘기 소년의 반항심을 어른들은 너무 몰라주었다. 아이들이 그만 남기고 떼 몰려서 어디론가 놀러 가버린 소외감과 열등감으로 쳐져 있는 그런 어느 날이었다. 어디 외출이라도 하는 것처럼 말끔히 소세를 하고 의관까지 갖추신 할아버지가 그를 자신의 무릎 앞에다 불러 앉혔다. 모처럼 일필휘지하기 위해 먹이라도 갈리실 건가, 마음의 준비를 했다. 할아버지는 잠자코 곁에 있는 연상을 끌어당겨 놓고 손자를 바라보셨다. 그리곤 말보다 먼저 당신이 아끼시는 벼루에다 그의 손을 끌어대 놓고 입을 여셨다. 그 목소리는 전에 없이 은근하고 너무나 다정하여 넌덕스러움이 느껴질 정도였다.

"내가 정신이 조금이라도 있을 때 너한테 이걸 전해야 하겠다."

넌지시 그의 기색을 살피며 뜸을 들인 할아버지의 손이 그의 손등을 덮었다.

"이 화초석 벼루는 임금님의 하사품이고, 내 생각에는 국 중 제일이다. 벼루는 화초석, 청석, 청석연이 있는데 보령의 청석이 유명하다. 문방사우로 괴산 한지, 증평 붓, 음성 먹, 벼루 진천이 있지만, 아직 그것은 다 알지 못할 것이다. 그러나 너는 우리 집 장손이니 꼭 알아 둬야 한다. 할애비는 대국 제일이니 조선 제일이니 하는 유명한 벼루를 더러 봤다만 이 벼루만 한 것을 아직 보지 못했다. 이게 어째서 국 중 제일이라 하는지 들어봐라. 여기 이렇게 볼록볼록 산맥의 기상처럼 솟은 아래로 사철 마르지 않는 절차탁마의 근기를 실어 나를 심원한 협곡. 이 골짜기의 깊이를 봐라. 추사 김정희가 생전에 남포 벼루 세 개를 구멍 냈다고 자랑한 일화가 있는데, 조상님 대대로 높은 학문을 익히고 새길 때, 붓으로 먹을 찍으면서 낸 자국이고 흔적이다. 얼마나 고매한 얼이 새겨진 흔적인지 지금은 모를 거다. 한 번 더 말하지만, 벼루의 먹을 가는 부분을 '연당'이라 하고 먹물이 모이는 부분을 '연지'라 한다. 벼루를 만드는 돌은 너무 딱딱해도 안 되고 너무 물렁해도 안 된다. 단단하면 먹이 잘 갈리지 않고, 무르면 먹을 갈 때 벼루가 떨어져 나가기 때문에 좋은 벼룻돌을 캐내기 쉽지 않다. 또한 벼룻돌을 조각할 수 있는 돌이어야 하는데, 이는 산의 겉돌과 달리 갱 속에서 세밀한 입자 형성이 된 속돌을 말한다. 청화석은 그 같은 점을 고루 갖춘 벼룻돌로 최상품으로 꼽힌다. 후대로 갈수록 빛이 나고 영광스러운 일을 불러올 우리 집의 보물이라 부디 잘 간수했다가 네 손자들한테도 가문의 명성과 정신을 전해주었으면 한다. 세상을 봐라, 온통 상것들 세상이라 정신 똑바로 채리지 않음사 니 존재도 뭣도 가망 없이 사라진다. 그래서, 네 애비도 있지만 저렇게 정신을 못 추스르니 이 할애비가 굳이 너한테 전하는 거다."

목에 올가미가 걸리는구나 싶은 찰나 그는 기겁하며 꽁무니를 뺐다.

"하, 할아버지 전 싫어요. 공부도 하기 싫고 전 아무것도 못
해요."

그는 정말 죽어도 싫었다. 어느 지방의 돌로 만들어진 벼루
가 제일 좋고 색깔이나 모양도 여러 가지인 것도 싫었다. 분명
하지 않은 발음도 상관없이 열성적이고 지극한 그 음성이 몸에
쩍쩍 달라붙는 것 같아서 더 진저리쳤다. 할 수만 있다면 자신
의 의사와는 상관없이 퇴락한 가문의 중심에 놓인 자신의 운
명과 연결된 어떤 끈도 싹 잘라버리고 싶었다. 그 길로 집을 뛰
쳐나왔던 그는 할아버지의 누이동생인 고모할머니 댁에 머물
다가 할아버지의 부음을 듣고 집으로 오게 되었다. 면 관내가
들썩하게 치러지는 장례행사 내내 할아버지의 마지막 모습이
어른거려 갈피를 잡을 수 없이 서성거렸다. 사실 할아버지가
애착하시는 먹골 벼루의 상속에 대한 언질은 벌써 받아오고
있었던 터여서 그 같은 과민반응까지 보일 필요는 없었다.

군 복무로 집을 떠날 때도 할아버지가 그렇게 물려주고 싶
어 하시던 먹골도 선명한 그 유서 깊은 벼루를 챙기지 않았다.
그가 챙기지 않은 것은 비단 벼루뿐 아니었다. 든 발 난발한 여
러 명의 서모에 의해 값나갈 듯싶던 물건들은 이미 자취를 감
추었지만 죽은 고기 옆에 독수리 떼 모이듯 쏠려 나오는 고물
을 챙기느라 모여드는 엿장수 고물 장수들에게 대문을 열어놓
고 출입을 허락했다. 그 당시의 기분으로서는 그저 몸 하나 쏙
빠져나가는 것으로 모든 것을 다 얻은 것 같은 희망이 있었다.

십여 년 동안은 훨훨 날아다녔다. 한없이 자유롭게 매인 데

없는 무한한 방종을 맛보았다. 그리고 무엇보다 중요하게 깨달은 것은 구절양장인 사회의 켯속이었다. 자신이 속해 있던 세계보다 더 넓고 깊고 후미지고 힘든 곳도 있는 한편 거칠고 투박한 가운데 맛보게 되는 삶의 감칠맛이었다. 막노동판의 인부로 하루 벌어 하루 먹는 생활이었지만 신선하고 즐거웠다. 생업에 쫓겨서 자주 불참하는 바람에 화수회에서는 연락도 없이 저들끼리 종중을 운영하기 시작했지만, 그것도 개의치 않았다. 그는 점점 유야무야한 존재가 되어가는 것도 상관하지 않았다.

그런데 텅 빈 속 어딘가에 핵이 되어 박혀 있었던 먹골 벼루에 대한 회억이 몽실몽실 피어오르기 시작한 일이 생겼다. 죽살이치면서 어학연수를 보낸 아들놈이 새까만 처녀애 하나를 제 짝으로 데려온 충격만 아니었다면 그는 영영 과거의 기억을 묻어버리고 살 수도 있었다.

외국인을, 더구나 흑인을 며느리로 들일 수 없다 하자 그의 아들은 선웃음 치는 얼굴로 그에게 따졌다.

"아버지가 뭣 땜에 그러시는지 참 우습네요. 멜라니 쟤 집안은 재력이든 뭐든 우리보다 못하지 않아요. 만약 쟤네 집에서 아버지처럼 따진다면 우린 뭐 내놓을 게 있어요? 가만 보면 아버진 겉모습만 욕심 없는 은자 같애요. 그런데 제 눈엔 엄청 뒤틀려 있는 모순투성이 속내가 훤히 들여다보이는데 정작 아버지 자신은 그걸 인식도 못 하는 것 같아요."

채찍 이상의 아픔으로 그는 고개를 꺾었다. 자식은 늙은 타인 정도로 아비를 대하고 있는 것이다. 아비가 아무리 격랑 치는 인생고를 겪었다 한들 자식의 눈에 비치는 아비는 결국 배알도 없는 허풍선이 늙은이로밖에 비칠 게 없을 것이다. 대꾸할 건더기 없이 당하는 모멸감은 상대가 자식이라서 더했다. 그때야 그는 해체하기 갈망했던 자신의 정체성에 대해 곤두박질쳤다. 그리고 문득 떠올린 인물이 종도의 아들이었다. 그는 병원을 도망치듯이 나온 이후 멀리했던 종도의 아들 집을 찾아갔다.

소문대로 종도의 아들이 보여준 방에는 그가 수집해 들인 골동품으로 발 디딜 틈이 없었다. 그의 집에서 종도의 손으로 건너간 것들로 보이는 여러 물건 속에서 벼루는 번쩍 눈에 띄었다.

"나 장사꾼인 거 알고 오셨지?"

저 벼루 하나만이라도 되갖고 싶다는 말을 어렵사리 꺼냈더니 대뜸 건너온 말이었다. 무언가 모를 억하심정이 울컥 치받았지만, 성깔을 누른 낮은 소리로 물었다.

"얼마면 되겠는데?"

"그야 갖고 싶은 사람의 욕심에 따라서 값이 달라지겠지요."

"욕심이라고 그랬나?"

모욕을 당한 것처럼 아린 낯가죽을 휩뜬 웃음으로 덧칠을 해서 간신히 가렸다.

"형이야 아닌 줄 알지만, 즤들이 언제부터 얼마나 문화재를 사랑했다고, 요즘 소나 개나 골동품, 골동품 하는 것 보면 속으로 침을 뱉고 싶어요. 돈 된다는 소리 듣고 횡재나 할까, 그런

요행수는 얼굴에 단박 안 나타낼 재간 없죠. 점잖게 헛기침하면서 부지런히 공부하고 일하는 사람이 성공하느니라. 입으로 설교하시던 할아버지는 참 멋져 보였지요. 그렇지만 형하고 놀 때 내가 좀 잘했다 싶으면 눈을 흘기셨죠. 그 점잖으신 분이 어린 나를 자극했던 멸시 냉소, 형은 모를 거요. 네깟 놈이 감히. 할아버지의 눈에는 항시 당신네 집 꼴담살이 대물림밖에 안 보였겠지요. 그때부터 내가 어떤 생각을 했는지 모르지요? 세월은 흐른다. 시대는 변한다. 반드시 쥐구멍에도 볕들 날 있는 것이 인간 세상의 이치다. 이런 말 하면 내가 너무 치사해 보일지 모르지만, 이 자리에 형의 조부님을 좀 생전에 모셨으면 어땠을까 싶네요. 하하하, 그러고 보니 내 자랑 같지만, 우리 아버지 자식 노릇은 성공한 거 맞지요?"

그는 더 이상 아무 말도 못 하고 돌아섰다. 염원했던 성취에 기고만장한 사람에게, 얼뜬 그로서는 스스로 장사치라며 자신의 단단함을 내세우는 상대를 설득할 화술도 시원찮았다. 장사치가 부를 듯한 거금을 낼 형편도 안 되지만 새삼스럽게 씨줄날줄 맞추어서 진열시킬 의미 있는 공간도 마련돼 있을 리 없었다. 문화재를 향유하는 것은 정신적 품격을 바탕으로 가능한 것일 터였다. 이제 와서 그가 고유물에 관심 두는 것은 종도의 아들이 비웃듯이 졸부의 뒤꿈치를 밟는 유치한 속물 취급만 따를 뿐이다.

차마 버리지 못한 미련으로 얼마의 돈을 준비해서 다시 종도의 아들 집을 찾아간 것은 몇 달 후였다. 그가 골목 어귀에 들어서자 세워놓은 특장차 속으로 그 집에서 나온 짐이 실려지고 있었다. 종이나 보자기 따위로 묶은 파손 방지 포장을 보니 그 집에 있던 물건이 죄 옮겨지고 있는 거였다. 얼른 감잡히지 않은 현장을 멀리서 바라보고 있는데 험상궂은 사내 둘이 종도의 아들을 연행해 나왔다. 종도의 도굴범, 장물아비, 문화재 밀반출 등 죄명도 여러 가지였다. 그렇게 허접쓰레기처럼 수거되는 것들 속에서 행방도 모르게 먹골 벼루는 표류해 버렸다. 하도 애석해진 그는 손쉬운 대로 고문서점을 뒤져 벼루에 대한 것을 알아보았다.

벼루의 기원은 대략 중국의 한나라 천자가 옥으로 만든 벼루 '칠연漆硯'을 태자에게 하사했다고 기록은 전한다. 우리나라의 오래된 벼루로는 낙랑고분 유적에서 출토된 정방형의 '점판암' 벼루가 있다. 또한 삼국시대의 것으로 국립중앙박물관에 소장되어 있는 '원형다각도연'과 단국대 박물관에 있는 '원거사각도연'을 들 수 있다. 그리고 신라의 벼루는 대부분 안압지에서 출토된 것이다. 조선 시대에는 뼈로 만든 골연, 상아로 만든 장식용 벼루인 상아연, 나무로 만든 목연, 석분이나 토분을 물에 혼합해서 만든 칠연, 먹이 필요 없이 아무것이나 물을 붓고 갈면 먹물이 되는 묵연 등이 있다. 특히 우리나라 충남의 남포석이 대표적인 벼룻돌로 꼽히는데 멀리 중국에까지 명성이 널리 알려져 있는데 벼루의 형태는 다양한 무늬에 의해 이름이 붙여진다. 네모반듯하고 평범한 것은 '민연' 연지와 연당을 합쳤을 때 목탁처럼 생겼다면 '목탁연' 연당이 해와 초승달 모양이면 '일월연'이라 하며 문양은 크게 나누어 '산수문' '식물문' '동물문' 등이 있다. 또 용도나 쓰임새에 따라 '행연'은 조그맣게 들고 다니는 벼루이다. 요즘에 볼펜이나 만년필처럼 쓰인 벼루라 보면 된다.

그는 각 벼루의 명칭과 용도에 따라 까다로운 한자 용어가 적혀 있는 것을 해석할 때도, 어릴 때, 그때 좀 야무지게 익혀둘 것을 쓴 입맛을 다시며 읽던 책을 덮었다.

잘 씹지 않고 넘긴 깐으로 곤두서서 넘어올 것 같은 밥알을 다스리기 위해 커피를 한 사발 타서 마시려는데 아들 내외가 들어섰다. 며칠 있으면 평생 눌러살게 될 줄 알았던 이 집을 떠나 새 아파트로 가서 살게 된다. 아들은 부모와 같이 살라는 저쪽 부모의 명령이라며 제 아내의 돈으로 마련한 집에서 같이 살게 된 것에 대한 생색을 냈다. 보세요, 제가 사귀었던 국내 여자애들 모두 제가 종손 집 가난뱅이 외아들인 것만 알고도 모두 떠났잖아요. 며느리 친정에서 살 집을 마련해주고 시어른까지 잘 모시라는 사돈댁이 있다는 말을 주변에서 듣지 못했던 그는 아직도 어색하고 반신반의했다. 그러나 이삿날은 차츰 다가오고 있었다.

이삿짐 정리를 하러 온 아들 내외는 작업복을 갈아입더니 여기저기를 들쑤시며 버릴 물건을 챙겨내기 시작했다.

"아직 날짜가 남았는데 뭘 그렇게 서두르나?"

"시간 날 때 해둘려구요."

"무른 감도 쉬어가면서 먹으라고, 네 엄마도 없는데 갑자기 이러니까 뭐가 어떻게 되는 건지 괜시리 건공에 뜬다."

사람만 싹 빠져나가고 불 싸질러버리면 그만일 묵은 살림이
라 가져갈 것보다는 버릴 것들이 더 많다고 아내도 그러긴 했
다. 그러나 막상 분리 작업에 들어가자 같이 살던 살붙이를 내
치는 것처럼 아쉽고 애달파졌다. 여러 벌이 선물로 들어왔던
관계로 채 포장도 뜯지 않고 모셔두었던 돌배기 그릇까지 버릴
물건으로 분리되는 것을 본 그가 놀라는 목소리로, "이거는 네
첫돌 때 집안 친척들로부터 선물 받은 건데 안 된다."

하자 아들은,

"에이, 아버지도. 이 그릇으로 제가 밥을 먹는 것도 아니고
이제 다 소용없어요!"

하면서 그가 들고 있는 식기 일습을 도로 빼앗아서 버릴 물
건들 위로 던졌다. 거기에는 탈피하지 못하는 아비의 궁색한
면모에 대한 불만이 노골적으로 드러났다. 그는 자신도 모르게
커진 목소리로 아들을 나무랐다.

"야 이놈아, 쓸데없이 걸리적거린다고 다 버리면 머잖아서 에
미 애비도 버릴까 겁난다."

"왜 갑자기 화는 내고 그러세요. 쌔고 쌨는 게 새 물건인데
새집 망가뜨릴 일 있어요?"

"사람 사는 집에는 새 물건도 있어야 하고 헌 물건도 어울려
있어야 구색이 맞아. 새 물건은 지금 너희들 형편을 통해서 볼
수 있는 미래라면 헌 물건은 우리 가족들이 그동안 살아온 생
의 내력이 담겨 있는 역사 아니냐."

"아버지 말씀이 무슨 뜻인지는 아는데요. 이젠 저희들 하는 대로 그냥 가만히 바라보기만 하세요. 이 솥이랑 찬장에 있는 그릇들도 우리들 취향에는 안 맞는 거라 거의 버릴 거예요. 엄마도 아버지처럼 나오면 곤란하니까 아버지가 좀 도와주세요. 저도 이제 어린애 아니니까 우리가 다 알아서 할게요. 엄니 아버지는 간섭만 안 하시면 돼요."

그는 잠자코 입을 다물고 밖으로 몸을 돌렸다. 막상 나왔으나 달리 어떻게 연이을 이차적인 행동도 떠오르지 않고. 에미 애비도 버릴까 겁난다고 자신이 지적했던 말과 간섭하지 말라는 아들의 말만 자꾸 눈앞을 흐리게 했다. 넘겨줄 자산도 신념도 없는 한 늙은이 외에 그는 이제 아무것도 아닌 거였다. 고깝다고 다시 들어가서 말 트집을 잡을 수도 없고 또 그들의 일손을 돕기도 계면쩍어서 담배 한 개비를 꺼내 물며 문간에 걸터앉았다. 나도 너 같은 감정으로 경도됐던 적 있었다고 고백한들 아들은 또 아들의 생각과 환경으로 반박할 말은 얼마든지 만들어 낼 것이다.

그때 통시가대기* 옆 텃밭 한 토막이라도 남겨 두었을 것을……. 가슴 밑바닥에 감춰놓았던 후회 한 조각이 가시처럼 목에 걸렸다.

고독하고 신산한 노후에 시달리던 아버지가 세상을 떠나고 첫 아내마저 이혼해서 떠난 뒤 그는 선산 벌안만 남기고 고향

---

* '화장실(분변을 모아놓는 가건물)'을 뜻하는 경상도 방언.

을 정리했다. 속 시원히 깨끗해지기를 원한 대로 버릴 것은 버리고 태울 것은 태우고, 원하는 사람이 있는 물건은 아무거나 다 주어버렸다. 그 후 노동판에서 어울렸던 리어카꾼을 통해서 그가 버렸던 것들의 값어치가 달라진 세상의 시류를 타고 급상승되는 것을 알게 되었다. 그 사람은 아예 대놓고 보아하니 묵은 양반 출신인 것 같은데 작은 간장 종지 하나라도 남의 손타기 전에 건져 놓았으면 이 고생 안 해도 될 것을, 친하다는 것을 빌미로 제 아시동생처럼 책망했다. 환장할 것은 그 후에도 계속 며칠 만에 신수가 훤해져서 나타난 그 리어카꾼이 횡재했다고 주워섬기는 물건들 모두 그가 버린 것들과 비슷한 종류였다. 어떤 날은 쓰레기 더미 속에서 몇 달 치 임금과 맞먹는 횡재를 했다고 어깨를 으쓱거리는 거였다. 옛날 물건이면 뭐든 주워다만 놔 봐. 어떻게 냄새를 맡았는지 돈 싸 들고 와서 팔라 야단이라니까. 어정어정 그 리어카꾼과 같이 다니기만 해도 일당벌이는 수월할 것 같았지만 그는 나서지 않았다. 무식하고 어리석은 놈이, 세상을 좁고 어둡게만 본 인간이 제 물건은 가치도 모른 채 내동댕이쳐놓고 돈이 된다니까, 이제야 환장한 놈처럼 남의 쓰레기를 뒤지고 다닌다니 낯부끄러워서 못 할 짓이었다.

말 못 할 회한으로 씁쓸해 있는데 뒤에서 문 열리는 소리가 났다.

"아빠 캄온!"

며느리가 손짓으로 그를 불러들였다.

거실에는 그들이 창고나 고미다락에서 꺼낸 묵은 물건들이 수북하게 쌓여 있었다.

매캐한 먼지로 호흡이 불편한 그를 이끌면서 며느리가 한곳을 가리켰다. 연탄광 선반에 얹어 두었던 서책들이었다. 보자기에서 삐죽 모서리를 드러낸 족보도 보였다. 그가 얼른 그 보퉁이를 들어 올리자 며느리가 손가락으로 그것을 가리키며 서툰 한국말로 용도를 제안한다.

"이거 티브이 진품 명품 나가요. 이런 거 전에도 봤어요."

무슨 답을 할까, 그가 망설이고 있는데 곁에 있던 아들이 제 아내가 우리말 뉘앙스까지 알아듣는다면 무안하게 비웃었다.

"야아, 아무거나 다 진품명품이냐. 돈 안 된다, 꿈 깨. 어때, 아까 그 고물 장수한테 전화했어?"

그는 사뭇 바장이듯 족보를 끌어당기며 고물 장수한테 전화를 거는 아들의 손에서 전화기를 낚아챘다. 물에 빠진 사람을 구하듯이 그는 조급해졌다. 이 순간을 그냥 넘겨서 족보마저 쓰레기장으로 가게 해서는 안 된다.

"아버지 이러시는 거 참 이해가 안 돼요. 더구나 저하고 형국이 엄마를 보면 한국식 족보가 무슨 의미가 있어요?"

늦게 얻은 아들이라 어리광 받아주면서 길렀더니 말이든 행동이든 어려움 없이 간명했다. 하지만 그는 이제 객기 찬 젊은 시절을 보낸 노회한 늙은이가 되어 선대와 후대의 어우름에 서 있었다.

"야 이놈아, 숨 좀 쉬자. 저기 가서 너도 좀 쉬어."

그는 억지로 아들을 밀쳐 냈다. 주방으로 간 아들 내외가 음료를 믹서하며 잠시 휴식을 취하는 동안 그는 재빠르게 손길을 놀려 중요하다 싶은 물건들을 집어냈다. 손을 대니 골라낼 이유가 자꾸 늘어났다. 그는 주방으로 눈길을 돌려 아들 내외의 동정을 살폈다. 냉커피를 만든 며느리가 아버님도 한 잔 드리자고 하자 아들은 '우리 아버진 귀하신 몸이라서 찬 건 안 좋아하신다.' 며 제 아내의 앞이마를 귀여워 죽겠다는 듯이 콕 쥐어박는 시늉을 한다.

혼자서 차근차근 다시 분리하는 것이 좋을 것 같다. 아들 내외를 얼른 돌려보내고 싶어 안 해도 될 참견까지 했다.

"놀이방에서 애 데려올 시간 안 됐냐?"

"리어카 아저씨 오면 이거 실어 가는 거 보고 가도 돼요."

아들의 대꾸를 듣는 순간 그는 자신도 몰래 의자에 펄썩 주저앉았다. 제이, 제삼의 먹골 벼루가 그의 결단 앞에 놓여 있는 것이다. 버리는 것은 순간이다. 지우는 것도 순간이다. 실수나 실패에 관한 오점은 평생을 간다. 하물며 가문의 근간에 관계된 결정임에랴. 아들의 결혼을 앞두고 교도소에 있는 종도의 아들을 찾아갔지만 끝내 벼루는 손에 넣지 못했다. 이만하면 되겠지 하고 준비해간 돈이 많고 적고 상관이 없었다. 구멍 뚫린 면회소의 유리창 너머로 아마추어 달래듯이 차근차근 종도의 아들이 일러주었다.

"잊어버리쇼. 이제 와서 되찾을 수도 없겠지만 그거 되찾아도 돈 안 됩니다."

"네 눈에는 돈밖에 안 보이냐?"

"그렇다면 더 이해가 안 되죠. 나 몰라라 하고 팽개칠 때는 언제고 이제 와서 새삼스럽게 박물관 차릴 여건이나 문화재 공부를 하는 것도 아니면서, 그게 더 우스운데요."

그는 가져간 돈으로 영치금 얼마와 사식을 신청해놓고 허튼 걸음으로 교도소 문을 나섰다. 떠나온 곳으로 되돌아가는 기차는 있을지라도 역사는 거슬러서 되돌아가지를 못한다. 깊이 모를 애달픔으로 가슴이 메었다. 목숨이 지는 날까지 그가 사는 이유는 이제 연명밖에 없을 것 같아 스스로의 모습이 뼛골 시리게 초라했다. 그날 그는 끊었던 담배를 피우면서 한없이 흐느꼈다.

아들은 제 아내를 데리고 돌아가면서 고물상이 오면 빼놓지 말고 다 쓸어서 주라고 다짐했다. 그는 그럴 듯이 고개를 끄덕였다. 하지만 그들이 탄 차가 멀어지자 부지런히 손을 놀려 중요한 것들을 골라냈다. 그 속에는 아들이 고사리손으로 처음 쓴 글씨와 일기장과 성적표 꾸러미, 가난을 극복하기 위한 아내의 짜증과 한숨이 배인 가계부 등. 물론 일부나마 자신이 가지고 있던 서책과 족보 꾸러미도 빼놓지 않았다.

그날 밤 아내마저 잠이 들기를 기다린 그는 준비해 놓은 비닐과 노끈으로 낮에 챙겨 둔 물건들을 돌돌 말아서 몇 겹으로 쌌다. 잠자리에서 눈을 뜬 아내가 그딴 건 뭐 하러 그리 소중하게 싸느냐고 물어오자 그는 타임캡슐이라는 걸 들어봤느냐고 했다. 아내는 자신의 빈약한 상식을 들킨 것이 부끄러운지

입을 한 발이나 삐죽 내밀어 비틀더니 다시 잠자리로 들어가 버렸다.

그는 다음 날 정오 무렵 선산 발치에 도착했다. 들고 있는 짐 꾸러미의 무게를 지키느라 꺾여 드는 허리만은 자주 꼿꼿하게 폈다. 언덕길을 걸을 때 그는 줄곧 아들이나 손자. 자신처럼 버리고 떠난 정체성에 혼란을 느낄 사람들을 생각했다.

생흙을 파는 동안 숨결이 헐떡거리고 기침도 자주 났지만, 그는 손길을 멈추지 않았다. 깊이 판 구덩이 속에다 자기만의 먹골 벼루를 묻어놓고, 돌아온 탕자의 심정으로 깊은 절을 올리는데, 어디선가 그를 위로하듯 뻐꾸기 소리가 들려온다.

부레

"박사님은 이제 집에 가서 좀 쉬어. 나도 양심이 있는 놈인데."

굳이 '박사님'이라는 호칭을 쓰며 녀석은 또 둥글고 통통한 얼굴에다 웃음을 피워 올렸다. 넉넉하게 웃음이 많으면 인성이 좋다는 평을 듣는다. 하지만 묘했다. 갈수록 짙어지는 그 웃음에 대한 의구심은 사뭇 야릇해진다. 자격지심이 빚어낸 너무 과민한 분석은 아닌가. 그는 헷갈리는 생각을 지우며 시장과 마을로 가는 갈림길에서 차를 세웠다. 장이 쉬라면 쉴 것이지, 운전석으로 바꿔 앉은 용수를 보고 다시 또 물었다.

"정말 같이 안 가도 되겠어?"

벌써 상하관계로 습관이 된 물음인 것 같아 쑥스러움이 낯가죽을 간지럽혔다. 용수 그는 또 사람 좋아 보이는 웃음을 웃으면서 집에 가서 쉬었다 농장으로 바로 가라 지시했다.

"물건도 점검해야 되고, 만날 사람도 있고."

일마들이 작업을 다 해 놨는지도 모르겠다, 어쩌고 중얼거리면서 용수는 자세를 바로잡는다. 그는 다시 덧붙였다.

"부탁해 놓은 물건이 뭔지는 모르지만 힘쓰는 일 안 한 지 오래됐잖아."

"에에이, 나 같은 핫빠리 인간은 뼛속에서 힘이 나온다는 거 모르재? 어흐음, 각설하고, 언제 염색도 좀 하고 그래. 전에는 너 그런 머리통이 나 같은 인간은 흉내도 못 내게 폼도 나고 멋져 보였는데, 사람들이 자꾸 어르신 대접을 하니까 기도 안 찬다."

또 그 소리. 그는 주먹으로 치는 시늉을 하면서 차 문을 닫아주었다. 멀어져 가는 용수의 차를 바라보던 그는 거스러미가 붙은 것 같은 안면을 마른세수질로 쓰다듬으며 일없이 몇 번 땅바닥을 걷어찼다. 지금 내가 어디서 무슨 짓을 하고 있는 거냐. 묘한 자괴감이 또 내장 속에서 꼬물거렸다.

당연히 용수보다 그의 위치가 찬란하게 높을 것이라 생각했다. 꼭 그럴 것이라 믿었지 의심하는 사람은 아무도 없었다. 그런 후 이십여 년의 세월이 흘렀다. 전에는 용수가 그의 책가방을 들었고, 이제는 용수의 기사가 된 그가 용수를 모시고 다녔다. 거래처 곳곳을 지시에 따라 하루 종일 참 많이 끌려다녔다. 엊그제는 일없이 폐교된 중학교까지 갔다.

"봐, 이렇게 먼 길을 불알에 요령 소리 나게 다녔지. 너 이번 달 월급 받거든 내 탈모제 사줘야 된다, 알았지?"

"탈모제?"

"내가 벌써 이렇게 대머리가 된 걸 생각해 봐. 하도 많이 네 책가방을 이고 다녔어? 교과서는 물론이고 참고서에 도시락에 웬 도서대출은 그리 허벌나게 했는지. 내가 퇴학을 하고 나서 제일 홀가분하게 날아갈 것 같은 게 뭐였는지 모르지? 김박 너, 하긴 그때는 박사도 뭣도 아닌 꼬맹이 너 가방모찌 그거 할 필요가 없어진 거였다고."

어이 김박. 녀석은 거래처 사람들과 만나는 자리에서도 이름이나 호칭 대신 굳이 '김박'이라고 불렀다.

한동안 들판도 산도 아닌 곳을 목적 없이 휘둘러보던 그는 천천히 부모님이 사는 동네로 발길을 돌렸다. 도시에서 온 사람들이 지은 별장과 펜션이 강둑을 따라 드문드문 동화 속의 집들처럼 들어앉아 있는 게 우선 먼저 눈에 들어온다. 병풍을 두른 듯한 경치 좋은 벼리 아래에도 이색스러운 펜션 건물이 들어서 있는 것을 처음 목격했을 때는 귀중품을 탈취당한 것처럼 몹시 서운하고 안타까웠다. 출세해서 여유를 즐길 때쯤 되면 자신의 별장을 지어놓고 이곳에서 주말이나 중요한 프로젝트라도 마무리한 휴식을 즐기리라 대학 때부터 그려보며 꿈꾸었던 곳이다. 잘 손질한 잔디 정원에다 바비큐 그릴을 설치해놓고 친한 친구들을 초대해서 파티를 열고, 가족들과 차를 마시고 담소를 나누는 멋진 가장이 되는 것은 어렵지 않게 실현될 미래였다. 실제로 지금의 아내에게는 연애할 때부터 별장 자리를 금 그어주며 설치될 인테리어 비용을 팍팍 백지수표로 떼 주었다.

집주인은 어떤 목표를 이룬 사람일까. 그가 지나가자 축대를 높이 쌓고 모양 좋은 정원수를 돌려 심은 마당에서 제 소임을 다하는 '시베리안 허스키'가 컹컹 이빨을 드러내며 곧 공격해 올 듯 몰아세운다. 주인은 어떤 사람인지 궁금했지만 올 때마다 사람은 보이지 않았다.

썰렁하게 빈 아버지의 집으로 들어서자 탈골된 운동선수의 어깨처럼 기울어진 처마 귀퉁이에서 뜬금없이 풍경소리가 났다. 그는 뒷걸음질하며 눈길을 보냈다. 순간 별빛 같은 미소가 반짝 떠올랐으나 이내 표정이 굳어졌다. 우리 집에 박사가 났네. 내 아들이 박사가 됐네. 동네잔치를 벌여놓고 아버지는 너울너울 춤을 추었다. 이웃 동네 아주머니가 무엇이라도 축하선물을 하고 싶다며 자기네 집에 있던 풍경을 가져다 달아주었다. 특별한 집은 뭔가 좀 특별한 데가 있어야 하는데 잘됐다며 모였던 사람들 모두 환호와 손뼉을 치는데 덩달아서 요란하게 화답을 하던 물건이다. 저 소리 들을 때마다 내 생각해줘. 그 아주머니뿐 아니라 대단한 눈도장이라도 먼저 찍은 듯이 동네 사람들 모두 그를 안고 헹가래 쳐댔다.

아무렇게나 소파에 몸을 눕히려던 그는 섬뜩한 어떤 시선 때문에 그쪽으로 얼굴을 돌렸다. 이 막막한 늪을 이제 어쩔 거야. 실제로 그런 소리가 들리지는 않았지만, 그보다 더한 소리라도 내지를 것 같은 팽팽한 시선은 정면으로 그를 쏘아보고 있었다. 아버지의 칠순 때 가족사진을 찍은 뒤 우리끼리만이라며, 아이 둘과 그를 아내는 억지로 끌어모았다. 극치에 오른 자부심과 단란함으로 누이와 형제들을 약 올리던 장면이기도 했다. 형편에 따라서 사진 속의 표정도 바뀐다. 그녀는 왜 아직 송금 소식이 없느냐고 소리라도 칠 기세다. 자리 만들어 놓았으니 어서 오라는 스승의 채근에도 아내는 저런 표정이었을까. 들떴던 그의 눈썰미는 그냥 묵살했던 게 분명했다.

아내는 일부러 유학도 시키는데 아이들 장래를 봐서 거기 눌러앉자고 했다. 적당하게 안주할 수 있는 여건도 이미 만들어져 있었다. 그러나 그는 귀국을 감행했다. 다인종들 속에 묻혀서 이방인으로 그냥저냥 존재감도 없이 사는 것은 이미 선배의 부름을 받아 놓은 그의 자존심이 용납하지 않았다. 아메리칸 드림을 품고 떠난 이들이 갖은 고생을 하며, 이러려고 여기까지 왔나 의기소침한 모습도 많이 보았다. 그저 생존일 뿐인 짓을 연장하느라 이국에 붙박여 있을 이유는 더더구나 없었다.

따사로운 훈풍 속에 피어난 화사한 꽃이나 벌이나 나비이고 싶었다. 어디로 가든 말을 걸고 손을 내밀어주는 잘 아는 사람들 속에서 인정받아야 그의 삶은 풍요해질 거였다. 소복하게 채운 그릇을 육신으로 마음으로 향유하며 사는 것만이 그토록 열심히 곁눈질 한 번 없이 살아온 지난 세월에 대한 깨소금 같은 가치이며 보람이기도 했다. 그는 그때 처음으로 인간이 느끼는 행복에 대한 성찰에 눈을 떴다. 인간의 행복이란 높은 자리에 앉아서 가진 것만 헤아리는 데 있지 않았다. 그러나 아이들을 위한 아내의 반박도 만만찮았다.

"당신은 오를 만큼 올라봤으니 그렇지. 그럼 우리 아이들은 밑바닥을 기면서 살아도 된다는 거야?"

"당신도 알잖아. 나는 아이들조차 나처럼 고단하게 남 따라 몰려가는 것 말고 자기가 하고 싶은 일 하면서 사람답게 살게 하고 싶을 뿐이야."

"알았어. 그렇지만 당신 인생과 우리 아이들 인생은 다르다는 걸 명심해. 당신만 출근하고 나면 우리는 다시 떠날 거니까. 봉급 받으면 송금이나 제때 딱, 딱 잘해."

아내의 다짐에 그도 흔쾌하게 동의를 했다. 잘될 때는 모든 것이 잘 되는 쪽으로 흐름을 믿었고, 여건은 이미 형성되어 있었다. 그러나 그가 된장국, 김치맛과 함께 잘 키운 과육까지 고향 맛을 흠씬 즐기고 있을 때, 얄궂은 기류는 그를 제외하며 흘러가고 있었다. 약속된 자리는 재단 이사장의 조카에게 넘어가고 그에게 면목 없어진 선배는 임기응변으로 자기의 강의 시간 얼마를 할애해 주었으나 진도는 그뿐이었다. 당분간이라는 전제하에 아버지의 집으로 내려와서 닳도록 열어본 문자판에는 그의 날개가 될 희소식은 닿지 않았다.

그때, 진흙에 빠진 사람에게 하듯이 용수가 손을 내밀었다.

"할 일 없으면 우리 집에 와. 빈둥빈둥하다가 병 생기기 전에 운동도 할 겸."

용수는 적선 잘하는 사장이라고 이미 소문이 나 있었다. 수십만 평이나 되는 용수의 땅은 꿈꾸는 설계대로 위락이나 실용을 위한 각종 시설이 자리 잡고 있었다. 젊은 농장주의 기질은 쉴 새 없이 사업 확장을 하느라 전설 속의 불가사리처럼 주변의 토지를 계속 사들이고 개발하는 중이었다. 일손이 필요하다고 도와달라는데, 머리도 식힐 겸 운동도 겸해서 와달라는데, 상하관계라는 치졸한 개념에 걸려서 마다하는 것도 졸렬하기는 마찬가지였다. 놀기 삼아, 운동 삼아, 그 말에 낚여서, 못 이긴 듯이, 그는 상대방의 제의를 받아들이는 흔쾌함을 보였다.

용수의 땅은 통 큰 개발업자가 말뚝이라도 박는다면 단박 수백억의 가치로 둔갑할 수 있는 방만한 덩치였다. 커다란 독수리가 양 날개를 짝 벌리고 있는 산세의 가지 사이에 용수의 영지는 펼쳐지고 있다. 농사짓던 늙은이들이 세상 떠나고 돌보는 이 없이 버려진 땅이라 값도 비싸지 않았다. 용수는 돈이 필요하다는 사람 있으면 거절하지 않고 땅과 바꾸어주었다.

"어찌어찌하다 보니 이렇게 규모가 커졌는데 이제는 시작할 때하고 마인드가 좀 다르게 돌아가네. 예비 박사님 가방모찌나 하던 때하고는 처지가 달라졌다 이 말이지."

첫 출근 날, 말하다 말고 슬쩍 돌아오던 용수의 눈길을 그는 못 본 척 해버렸다. 미묘한 모멸감이 싸하게 몰려왔다. 하지만 어디까지나 현실은 현실이다. 녀석은 과연 어떤 일을 시킬 것이며 일에 대한 대가는 얼마나 산정해놓고 끌어들이는 건가.

늘어난 용수의 재산에 대한 부러움도 잠깐 그를 몰아친 것은 거기 종사하는 종업원들의 면면에 대한 놀라움이었다. 일 없으면 우리 농장에 와서 놀아. 닭도 있고 돼지도 있고 입맛대로 잡아먹고. 내가 똑똑하게 놀던 사람들 여럿 집합시켜 놨으니께. 씨언 씨언 말도 잘 통할 것이고. 용수의 자랑대로 거기 전직 조교수 최도 있었다. 중등학교 교장 출신 장 씨, 무역선 선장으로 오대양 육대주를 누비던 이웃 동네 형, 기자 출신인 면장 아들 한 씨, 여나므 명 넘는 직원들 모두 반거충이들이라 일꾼다운 일꾼은 없었지만, 용수는 노동력 따위를 별로 개의치 않았다.

"시대가 사람을 이렇게 만드는군요. 줄 늘어선 게 대졸자 석박사 아닙니까. 여기 와서 보니 더 한심하네요."

얼굴을 붉힌 최 교수가 수인사를 끝낸 뒤 동병상련으로 덧붙인 소회였다. 용수는 그를 일컬어서 내로라하는 외국 대학 출신 박사 교수라고 굳이 그럴 필요도 없는 전직까지 까발려서 소개해놓은 모양이었다. 말 들어보니 전직 조교수였던 최도 노숙자 신세 초입에서 용수의 은전을 입었던 것이다.

"돌아가야지요. 언제까지나 이렇겠습니까?"

최는 그에게 하는 말로 자신에게도 희망을 던졌다. 그도 정말 잠시 놀러 온 사람처럼 그의 말을 받았다. 사람의 앞일이란 정말 모르는 것 아닌가.

초등학교 6학년 어느 날이었다.

"임시키야, 잘 좀 커라!"

산적 같이 큰 사내가 타고 달리던 핏물이 말라붙은 짐바리 자전거에서 내려서더니 다짜고짜 용수의 머리통을 쥐어박았다. 그 바람에 용수의 머리통에 얹혀 있던 그의 가방이 땅바닥으로 나둥그러졌다.

"아부지, 와 그랍니꺼!"

용수가 아픈 머리를 문지르며 볼멘소리를 내지르자 사뭇 시비조로 쏘아보는 사내의 눈길이 그에게로 쏟아졌다.

"보자 보자 했더마, 비싼 밥 처묵고 남의 가방모찌나 하고, 임시키 어떤 놈 거냐?"

용수의 지목이 돌아오기 전에 그가 먼저 가방을 들어 올려 먼지를 털었다.

"옳아, 니가 그 공부 잘한다꼬 소문난 아아가? 생긴 거는 뿔 쥐만 한 놈이 뭔 대갈빡이 그리 좋단 말이고."

사내는 한쪽 콧구멍을 엄지로 꾹 누른 채 코를 핑, 소리 나게 풀더니 그를 정면으로 돌려세워 놓고 마주 들여다보았다.

"니 내하고 좀 같이 가자."

어디냐고 물을 사이도 없이 사내는 용수와 그를 피 찌꺼기가 말라붙은 빈 고기 광우리에다 담아 실었다. 타박타박 걷기 싫었던 친구들이 기대에 찬 눈빛으로 다가섰지만 사내는 곧바로 둘만 실은 자전거를 앞으로 밟았다.

용수 아버지는 꽤 큰 정육점을 하고 있었다. 멋진 청년과 연애를 하던 용수의 큰누나는 생고깃집 딸이라는 이유로 결혼도 못 한 채 정신병원을 들락날락하는 것으로 소문 난 집이었다. 지금은 신분의 차이가 없어진 세상이지만 용수와 같이 있을 때면 갖고 놀면 위험한 장난감을 경계하듯이 어른들이 호통치던 시절이 있었다.

그날 용수의 집에서 그는 귀빈 대접을 받았다. 용수의 아버지는 육즙이 쪽쪽 혀에 감기는 꽃등심 구이와 곰국까지 배부르게 먹게 한 뒤 돌아올 때는 사골과 살코기가 든 묵직한 꾸러미까지 덤으로 안겨주었다.

"참 잘 먹는구나. 갑자기 신수가 훤해졌다야. 이 맛있는 걸 날마다 먹게 해줄 텐께 내일부터 우리 용수 저 놈아 과외선생 좀 해라. 이놈아, 중학교만 제대로 읍내 가서 댕기게 해주면 네 월사금은 내가 다 해주꾸마."

그 밥상 앞에서도 용수 아버지는 맛나게 먹고 비운 용수의 밥그릇에다 자신의 밥을 푹 떠넘겨 주면서 '임시키야. 제발 밥 값 좀 해라' 하면서 아들의 머리통을 쿡쿡 쥐어박는 지청구를 멈추지 않았다.

돌아오면서 그는 고민에 빠졌다. 용수의 머리에다 숫자 하나를 인식시키는 것 때문에 학년마다 담임 선생님들은 손을 든 상태였다. 못한다고 하기로는 학비를 다 대준다는 데 대한 유혹이 너무 컸다. 형이나 누나들의 학비 때문에 늘 어둡던 부모님의 표정이 커다랗게 눈앞을 가로막았다. 사흘 만에 그는 용수 아버지의 제의를 응낙했다.

"약속은 꼭 지키실 거죠?"

"하이 이놈아 보래. 사흘씩이나 고민을 했다 이거네. 그래 사나 일언은 중천금이란다. 남자 대 남자로 약속하자. 역시 똑똑한 놈은 어데가 달라도 다르네."

이후 일 년간 석수장이가 된 그는 열심히 용수의 머리를 정질하며 끌고 다녔다. 그러나 아무리 노력해도 안 되는 건 안 되는 거였다. 용수 아버지는 다시 용수의 고입시와 관계해서 거래를 텄지만, 중학교 졸업을 앞두고 용수가 다시 가출해버리는 바람에 계약은 끝이 났다.

"지놈만 잘하면 외국 유학이든 뭐든 얼매든지 뒤를 밀어줄 낀데."

자식 때문에 골머리 아픈 심도만큼 자신을 향한 용수 아버지의 부럽고 뜨겁던 눈길을 그는 잊을 수 없었다. 제 딴에는 탄식하는 아비의 처사가 억울하고 분했던지 맞아서 통통 부은 볼을 씰룩거리며 이미 산만큼 커진 덩치로 용수도 대거리를 했다.

"공부만 잘 하모 뭐하는데요?"

"이 놈의 시키가 꼴값을 떨고 있네. 공부만 잘 하모 그 속에 모든 기 다 있지. 배아지 터지게 밥만 처묵고 돼지 모냥으로 낮잠이나 처잘래? 카다마이 쫙 빼입고 좋은 차 타고 신선한 직장에서 펜대 놀리면서 돈도 벌고 대우도 받고 얼매나 좋노. 저 천치 등신을 우째야 되노. 이 애비 가슴에 맺힌 한 좀 풀어주면 안 되나!"

용수 아버지는 아들 앞에서 우정 가슴을 탕탕 치며 눈물까지 비쳤다. 아부지가 그러니까 숨 막혀서도 더 못해요. 앙칼스럽게 악다구니 친 용수는 다시 집을 뛰쳐나갔다. 기막힌 듯이 이 모습을 지켜보고 있던 용수의 아버지는 그래도 미련을 버리지 않고 무릎이라도 꿇듯이 그에게로 다가앉으며 간절한 부탁을 했다.

"재호야, 한 번만 더 부탁하자. 미꾸라지 속에도 부레가 들었다는데, 저 놈아도 때가 되모 제 깜냥대로 뭐이 되도 안 되겠나. 네가 좀 끌어다오."

숙소는 폐가 몇 채를 수리해서 쓰는 관계로 사람의 거처라기보다 농막을 겨우 면한 수준이다. 한쪽은 집이 먼 날품팔이 인부들이 잠을 자는 칸칸이 만든 작은 방들이 있고 주방을 좀 크게 개조한 식당에서 밥을 먹고 차를 마셨다. 넓은 농장이 내려다보이는 장소에서 담배를 피우고 커피믹스를 마시는 최 교수나 한 기자와 동석이 되지만 그들은 되도록 한담도 나누지 않는다. 어느 날 한 기자의 자괴감이 보인 말과 행동으로 자각된 처지 때문이다. 짐승보다 못한 이놈의 신세, 그래도 살겠다고, 무슨 영화를 보겠다고. 얼잔이나 취한 한 기자는 씩뚝깍뚝 넋두리를 늘어놓으며 새롭게 건축되는 대형 축사까지 자신을 버려두고 멀리 떠나는 유람선을 저주하듯이 손가락 총을 겨누었다. 그러고는 그 손으로 곧장 옆에 있는 통나무에다 화풀이 도끼질을 해댔는데 서툰 도끼질은 자신의 정강이까지 찍었다.

주방에는 사내들이 수컷 하이에나처럼 둘러앉아 있었는데 그들 앞에는 갓 삶은 염소고기가 김을 피워 올리고 있었다. 그가 들어가자 사장의 지근임을 의식한 양씨가 먼저 변명을 했다.

"다리가 부러져서 어차피 돈 안 될 것……. 교수님이 잘못 몰았다기보다 이놈이 엇질로 뛰는 바람에."

"증거 인멸인데, 박사님도 동참해여."

"거 뭐, 크게 문제 삼을 것도 아닌데 증거 인멸은 무슨."

"나도 그랬는데 면목 없다고 어찌나 교수님이 안달하는지 당최 그냥 있을 수가 있어야지."

말없이 고깃점을 손질하고 있던 최 교수가 밖으로 나가버렸다. 웃으면서 용수가 했던 말을 모두 기억하고 있었다. 우사에서 수거한 우유를 실수로 쏟았던 최 교수에게 사실은 손해 본 만큼 월급을 깎아야 할 것이나 워낙 손댈 데 없는 금액이라서 주인이 손해 보는 쪽으로 가닥을 잡았으니 그리 알라며, 용수는 사람 좋게 보이는 너털웃음을 한바탕 크게 웃으며 흘려버렸다. 그러나 서투른 일손은 능숙해질 때까지 실수를 잇달게 되어 있었는데 기어코 또 저지레가 생긴 것이다.

"역시 복 있는 넘은 먹을 복도 많아."

그를 향한 이죽거림이 누군가의 입에서 흘러나왔다. 복 있는 놈. 복 있는 놈. 저들이 얼마나 남의 속을 안다고. 그는 기름기 번질거리는 상대의 입을 걷어차 버리고 싶었다.

"어서, 어서들 치워 곧 도착하기 전에."

운전자인 그가 왔기에 사장도 같이 온 줄 안 경비 양씨가 보관용 비닐 팩에다 고기를 옮겨 담느라 분주하게 손을 놀렸다. 옆에 있던 전직 기자 한 씨가 갈고리 같은 양씨의 손을 쳤다.

"당신, 그 욜랑 강생이 같은 아부 좀 그만할 수 없어?"

"아부라고? 이 인간이, 니가 물러날 데 설 데도 모르고 뻣뻣하게 굴다가 직장에서 떨려 나온 거 모르는 사람 여기 아무도 없어. 동네 사람들한테 다 들었다고. 사람도 눈치가 있어야 절 간에서 젓국도 얻어먹는 법이야. 내 입에 밥 들어가게 해주는 사장 대우하는 게 어찌 아부로 보이냐. 내 재산 축내는 거 좋아할 사람이 어딨냐고. 심뽀하고는 개똥구녕이다. 세상에 공짜가 어디 있노."

자존심 상한 한 씨가 팔뚝을 걷는 사태가 만들어지자 그가 만류했다. 흙 땀투성이 초라한 개싸움만은 막아야 했다.

"사장님은 지금 안 오십니다. 누구 만나기로 약속이 있대요."

"그래요? 그러면 현장 사람들도 불러다가 안주해서 같이 한잔 합시다. 말난 김에 다 먹어치우는 게 상수니까요, 허허허."

헛웃음 날리는 양 씨의 말을 신호로 다시금 고기 그릇 주위로 둘러앉는 검은 뒷모습들이 긴 음영의 벽화가 되어 너울거렸다. 그는 종류 가려서 육류를 먹지는 않지만, 왠지 같이 어울리기 싫어 깔깔한 입맛을 듣기로 했다. 뒷문으로 나오자 현장에서 날라 온 붉은 소나무 등걸에 앉아 담배를 피우고 있는 최 교수가 보였다. 그 옆에서 한 기자는 이를 갈고 있었다.

"떠날 때는 절대 그냥 안 갑니다."

그가 나오는 것을 본 최 교수가 집적하면서 말을 잘랐지만 한 기자는 멈추지 않았다.

"내 말이 틀려요? 머리부터 발톱 끝까지 똥만 가득 찬 놈이. 나, 한다면 하는 놈입니다. 떠날 때는 그냥 안 가고 뽄대를 보일 겁니다."

그제야 문 뒤에서 나오는 그를 힐끗 돌아본 한 씨는 더 기승

해지며 소리를 높였다.

"다 같은 처진데 숨기고 말고 할 게 어딨어. 두고 보시오, 내가 당한 만큼 다이나마이트를 묻고 말 거요. 이현령비현령이라고, 좆가랑이 샅에 끼인 비리까지 작품으로 갈기면 어쩌겠어, 제까짓 놈이. 우리가 눈감아 주는지도 모르고 살찐 돼지 같은 새끼가. 목구멍에 똥만 꽉 찬 새끼가. 씨발놈, 능글능글한 놈. 여기 저보다 못한 사람이 어딨어. 최 교수 당하고 있을 때도 간이 근질근질한 걸 억지로 참았어. 우리 같은 사람들을 소 돼지 똥 치우고 젖 짜고 사료 만들게 했으면 됐지. 생색은 뭔 놈의 생색. 노동착취라고 이건 명백하게. 내 옛날만 같아도 이런 새끼는 가만두지 않았어."

월급날마다 용수로부터 받았던 스트레스를 이참에 또 쏟아내고 있다. 뭐니 뭐니 해도 '머니'는 현금이 좋다는 농담까지 섞어가며 용수는 꼭 현금 봉투를 건네주었다. 노동의 대가에 대한 헛헛함을 가장 심하게 느끼는 시간이다. 말은 그냥 와서 놀면 된다고 했지만, 그 나름으로 움직인 깜냥과 전직 대우의 기대는 부풀기 마련이었다. 그 역시 첫 월급날 기막혔던 기억이 새롭다. 셈 바른 것이 주인이며 용수는 이제 얕봐도 그만이던 옛날의 가방모찌는 더더욱 아니었다. 금액을 확인한 뒤 어색하게 서 있는 그를 보고 용수가 묘한 미소를 흘렸다. 어정잡이 일꾼이 양심도 없느냐는 뜻이 담긴 것 같아 표정 관리를 하고 있는데, 돌연 그의 봉투를 확인한 한 기자가 들고 있던 돈 봉투를 책상 위에다 휙 집어던졌다.

완만한 인상을 바꾸지도 않은 채, 사장 용수가 한 기자를 건너다 보았다.

"와, 기자님 남의 돈을 던지고 그랍니까. 그놈의 자존심은 품 앗이도 하는 갑지예? 노동의 대가, 귀한 돈, 침 발라가면서 세 는 게 돈인데, 번번이 이라모 남 보기도 안 좋습니다."

"자존심? 야 이 새끼야! 니 밑에 있다고 사람 함부로 하지 말란 말이야. 우리 모두 통장번호도 적어줬는데, 꼭 이렇게 가 지고 놀아야 돼? 악어 같은 새끼. 또 실실 웃고 쳐 자빠졌네."

"악어? 후하하하……."

악어라는 단어를 되뇌인 용수가 무언가를 팡 터뜨리는 듯 한 웃음을 날렸다. 그리고 나를 싸잡은 게 분명한 어투로 덧붙 였다.

"야 이 형님아. 당신이 와 그렇게 뺑 해 있는지는 알겠는데, 반일 해놓고 온 품삯 바라는 심보 그건 또 뭐라꼬 설명해야 하 는 거요?"

"씨발 놈, 남 보기에는 선하고 인정 많은 낯가죽을 하고 있지 만, 장아찌보다 짠 놈이야. 우리 같은 고급 인력을 눈도 깜짝 안 하고 부리면서, 하룻저녁 술값을 얼마나 썼다고 자랑이나 하지 말든지 이 새끼야!"

"그렇게 아니꼬우면 형님이 나한테 월급을 주던가. 어이 김 박, 이런 걸 두고 물에 빠진 사람 구해놓으니 보따리 갖고 시비 한다는 거 아니가?"

방패와 창을 휘두르며 한바탕 유치한 입씨름을 한다. 그러나 성깔대로 털털 털고 그곳을 떠나는 사람은 없었다. 날이 밝자 사람들은 제자리로 돌아가 서툰 솜씨로나마 맡은 일을 했고 헉헉거리며 땀을 흘렸다. 최 기자 역시 그랬다.

"우리 신세가 어쩌다가 이런 개 값이 됐는지, 참 한심해 죽겠습니다."

옆에서 묵묵히 최 기자의 푸념을 듣고 있던 한 교수 대신 그가 위로했다.

"사람이란 자기의 가치관을 좇아서 나아가게 되어 있으니까 너무 속상해하지는 마세요."

좌절한 빈 눈동자로 허송세월하고 있을 때 아버지가 했던 말이다. 당신의 고상한 아들을 안달해서 익숙하지 않은 막일로 내몰지 말라는 시아버지의 뜻이었지만 그의 아내는 소리 나게 챗독을 긁었다. 다만 얼마라도 수입이 있어야죠. 노동은 신선하다고 배웠는데 뭐든지 해야죠. 그것이 가족들에게 보여주는 희망이고 살아 있는 증거 아녜요? 남편 대신 투잡으로 지친 며느리가 밥 먹듯이 아들과 다투며 가장을 홀대하는 장면을 보다 못해 아버지는 자주 집을 비웠고 이 꼴을 보다 못한 어머니 역시 이모의 간병인이 필요하다면서 떠났다.

최 교수가 물고 있던 담배에다 불붙인 새 담배를 그에게로 내밀었다.

"저는 못합니다. 어떨 때는 한 대 피워보고 싶을 때가 있지만 콧물 눈물 흘리며 뎁다 기침만 하게 돼요."

"참 착하시네요, 역시 모범적이고."

비꼬는 말 같지만 그리 고깝게 들리지는 않았다. 하다가 중단했던 말인지 최 교수가 말을 이었다.

"나도요 최소한 여기까지 오기 전에는 나 자신의 존재에 대해서 회의해 본 적이 없는 사람입니다. 고학이나 다름없던 유학 생활도 거뜬히 해냈고 어쩌다 보니 기회를 놓쳤달 뿐이지, 까짓 해지고 달뜨면 내일도 해가 뜨고 달이 떠 듯이 기회는 또 오겠지 믿어 의심치 않았거든요."

실실 웃고 있던 한이 찍자 붙듯이 최의 말을 받았다.

"그런데 지금은 어떻다는 말입니까? 재워주고 멕이주고 용돈도 주고, 세상에 이런 데가 또 있습니까?"

"나도 사람인데 참 이상하네, 엎어진 놈 뒤통수 차는 재미가 어떻습니까?"

"이하 동문이요. 천지가 맷돌질하는 이변도 안 생기고 세상을 팍 등져버릴 용기도 없고, 그게 바로 우리 처지 아닙니까, 내 말이 틀려요?"

아무도 다른 어떤 말로 토를 달지 않자 분위기는 삽시간에 가라앉았다. 모두들 이력서 내고 온 사람들이 아니고 알음알음의 연줄로 사장의 긍휼함을 입고 있는 처지는 젖혀두고 묘하게 감겨드는 뒤틀림을 삭히고 있다. 그 뒤틀림 속에는 그에게 했듯이 운동 삼아 지내보라고 사장은 권했고 그들은 설마라는 동상이몽을 품고 다가들었다. 당신들같이 대단한 인재들이 와서 둘러보고 땅만 밟아주어도 영광이라는 말을 물리칠 마땅한 이유를 찾지 못했다.

하이고 너거 아부지는 전생에 무슨 적선을 그리 많이 해서 니 같이 재주 있는 아들을 낳았을꼬. 공부하라고 잘 꾸며놓은 책상에서 자기 아들은 졸고 있는데 누가 들어오는 줄도 모르고 그 혼자 공부에 몰두해 있는 것을 본 용수 아버지는 환장할 듯이 그를 부러워했다. 한풀이 한 번 하자며, 실제로 그의 한 학기 등록금을 학부형인 양 생색내며 은행 창구에다 밀어 넣은 적도 있었다. 씨발, 대학만 나오면 다 잘 사나. 안 그런 사람들도 많다. 대놓고 그를 좋아하는 자기 아버지를 볼 때마다 용수는 용수대로 뿔이 나서 대놓고 그의 앞에서 부룩소처럼 씩씩댔다. 오직 한 사람을 위해서 세상이 돌아가는 것 같을 때가 있는데 쓰나미처럼 몰려온 개발 바람은 용수에게 꼭 그런 때가 도래한 것 같았다.

다음 날 새로 산을 깎는 현장에서 잔일을 돕고 있는데 사무실로 모이라는 전갈이 왔다.

불그레하게 주기가 느껴지는 용수가 또 하나의 말쑥한 남자를 데리고 들어왔다.

"인사들 해요. 우리 식구로 같이 있게 될 건데 전직 교감 선생님. 마나님이 병원 생활을 한 지 오래돼서 뭐 그렇고 그런 사연이 있습니다. 한때 우리 같은 로터리에서 테니스도 가르치고 잘나갔던 적이 있지요."

"대단한 분들의 집단이라는 말은 사장님으로부터 들었습니다. 잘 부탁하겠습니다."

타칭 대단한 선임들은 느긋한 품새로 손을 내밀었다. 수인사가 진행되는 동안 양 씨에게 용수가 지시했다.

"양 대리는 내 차에 가서 짐 좀 가지고 와요. 우리 새 식구 맞이하는 회식도 한 번 합시다. 한 과장 우리 그때 밉본 수탉 그놈하고 한두 마리 더 해치웁시다. 김박은 가마솥에 물 끓이고, 최 교수님은 술하고 다른 안주나 양념도 준비 좀 하세요. 준비 다 되거든 현장 사람들도 모두 불러요."

넨장, 생색은 푸짐하다. 꼴랑 닭 한두 마리 잡아서 뉘 코에 붙이라고. 끙끙 앓는 소리를 내면서도 모두들 맡은 일로 위치를 잡는다.

"사장님, 짐 가지고 왔는데요."

양 씨가 짐꾸러미를 가지고 오자 용수는 다시 자기 옆으로 일하는 사람들을 불러 모았다.

"풀어 봐요."

용수는 점잖고 여유 있는 목소리로 부리는 사람을 턱짓했다. 이해 안 되는 묘한 미소를 지으며 꾸부정하게 들여다보는 직원들을 둘러보던 눈길을 돌려 그를 슬쩍 바라보았다. 그는 사장의 명령에 따라 묶은 끈을 자르고 비닐 포장을 뜯었다. 드러난 물건의 정체를 확인한 사람들은 의아스럽고 낭패한 얼굴로 서로의 눈길을 맞추었다. 안에서 드러나는 물건은 요즘 한창 광고가 뜨고 있는 업체의 등산복인데 한두 벌이 아니었다. 점잖은 음성으로 용수는 다시 말했다.

"현장 인부들하고 한 벌씩 입어요. 같이 로터리 하는 회원이 개업했는데 가격이 좀 합디다."

"지금 우리더러 단체복을 입으라는 말인가?"

"같은 일장에서 일하는 한 식구들끼리 좋잖아요. 한 과장님은 이제 기자도 아닌데 습관이 천성으로 변했나. 남의 호의도 꼭 빼딱하게 삐져요?"

선뜻 손 내밀지 않는 분위기 파악도 못 한 양 씨만 현장 인부들께 기쁜 소식을 전하느라 이리저리 신이 났다.

"허헛 참, 누구를 어린애로 취급하는 거요? 교도소 작업장도 아니고 이 우스꽝스러운 연출에 우리더러 꼭두각시 춤을 추라 그거요?"

"씨펄, 잘해줘도 탈이네. 아무도 까다롭게 딴지 안 거는 데 당신만 왜 그래? 목마른 놈이 샘 먼저 판다고 절 싫으면 중이 떠나면 되겠네."

농담을 한 것처럼 용수는 웃음기를 달았다. 그러나 여느 때와 다름없는 웃음이지만 긴 듯 아닌 듯 씰그러지는 용수의 입 모양을 그는 놓치지 않았다. 선뜻 나서서 한 기자의 뜻에 동의할 수도 없는 난감함에 빠져 있는데 아내로부터 전화가 왔다. 밖으로 나와 통화버튼을 눌렀는데 평소에 들어보지 못한 밝은 음성이라 우선 안심이 되었다.

"당신 힘들지? 당신이 보내 준 돈이 액수의 많고 적음에 관계없이 우리한테 얼마나 큰 힘이 되는지 격려하고 싶었어. 여보, 화이팅!"

무릎 팍, 꿇리는 심정이 된 그는 요의라도 있는 것처럼 화장실로 들어갔다. 요란하게 물을 틀어놓고 한동안 가만히 있었다. 염색할 시기를 놓쳐 허옇게 부푼 머리털이 곤두서 있는 늙은 사내 하나가 물끄러미 자신을 내다보고 있어 얼른 거울에다 물을 끼얹어 버렸다. 운동선수도 아니면서 똑같은 유니폼을 입은 농장 사람들의 우스꽝스러운 모습을 아내는 뭐라고 할까. 보기 좋아. 당신한테 어울리는 색깔이야. 저도 몰래 복잡한 한숨이 나왔다. 뺨 맞아서 퉁퉁 부은 용수의 옛날 얼굴이 떠올랐다. 대학 나온 놈만 잘사는 것 아니라고. 자기 아버지의 떡대 같은 가슴팍을 쳐다보며 맞대거리하던 목소리도 되살아났다.

그들은 며칠 후, 작업복으로 입으라니 치사하게 거부할 명분도 없어 단체복을 입어야 했다. 이 모습을 흐뭇한 표정으로 둘러본 용수가 그를 지목했다.

"바쁘다 보니 아버지 산소에 한참 성묘를 못 갔어. 같이 안 갈래? 내 농장이 잘 보이는 곳으로 이장을 했거든. 얼마 안 멀어."

용수의 아버지와는 그냥 친구 아버지라는 단순한 관계 이상이다. 싱그럽고 희망찼던 유년이 되새겨지는 순간인데 안 갈 이유가 없다.

"우리 아부지 너라면 깜빡 죽었지. 우리 아부지하고 니하고만 생각하면 자다가도 나는 경기가 났어. 밥 먹고 살 가치도 없는 인간 취급 그런 거 너는 상상도 못 하겠지?"

사람은 어떤 순간에 스스럼없이 자신의 아킬레스건을 보여주는가. 용수는 지난날의 고통을 남 이야기하듯 늘어놓고 있었다.

용수는 준비해 온 음료수를 상석 위에다 놓고 절할 자세를 취했다. 칼 잡고 일하는 놈이 술 취하면 어떤 불상사가 날지 몰라 술은 아예 안 먹는다. 오직 자식이 잘되는 것밖에 없다며 의지 굳게 실토하던 용수 아버지의 산소다. 대단한 효자라고, 잘 꾸며놓은 산소 이야기를 그도 몇 번이나 아버지로부터 들었다. 용수가 절하는 옆에서 그도 따라 절을 했다.

"아부지 지금 절하는 사람이 눈고 알지 예? 아부지가 아들인 내보다 더 부러워하던 김 박사, 재호 아입니꺼. 월급은 삐가리 눈물 수준이라 새피하지만 노느니 농장에 와서 같이 있자꼬 지가 데꼬 있십니더. 아부지 지가 언젠가 했던 말이 딱 맞지 예? 아부지 말대로 천지개벽이 났어예. 공부는 죽어도 싫다고, 치를 떨며 도망 다니던 놈이 박사님 교수님, 산천초목도 떨게 했다는 기자님을 밑에 두고 밥 믹이고 안 있십니꺼."

칭찬 듣고 싶은 아이가 모처럼 이룬 성과를 보고하듯이 용수가 말하는 것을 듣고 있자니 순간 머리끝이 쭈뼛했다. 그러나 그는 치미는 모멸감을 가라앉히기 위해 지금 여기서 할 수 있는 최선이 무엇인지를 찾아내는 것이 급선무였다. 하지만 겨우 나온 말은 정색으로 반박하느니 농담을 만드는 것이 고작이었다.

"너를 아주 대단하게 봤는데 지금 보니 넌 옛날하고 달라진 게 별로 없는 것 같다?"

"니 쪼대로 생각해라. 나도 내 생각이 따로 있는 인간인께."

"그렇다면 다음은 뭐냐?"

"재수 없게. 뭐이 더 궁금한데? 따지는 것 보니 콱 밟아 줄 약점은 뭐 없는지 노리는 것 같다? 내가 골치 아프게 물고 늘어져도 모르는 문제를 해결해 놓고, 태연히 웃고 있던 그 자신만만하던 얼굴, 내가 아무리 공부 머리는 없어도 그것까지 까먹은 줄 알아?"

"어허이, 빼딱하기는. 이 정도 재력이면 거침없이 할 수 있는 일이 얼마나 많을 텐데. 다음 단계의 청사진, 내가 궁금한 건 일테면 네 꿈과 희망 같은 것."

"고상한 놈은 똥통에 빠졌다 나와도 금도금했다고 우긴다 카디, 내 배알이 궁금하다? 새삼스레 별것도 다 묻네. 머리 좋은 박사님이 그기 뭐 그리 알고 싶노."

순간 궁지에 몰린 듯한 용수의 표정이 전에 볼 수 없었던 예민하고 복잡한 감정을 드러냈다. 해놓고 보니 얼굴이 화끈 달아오르는 것은 그도 마찬가지였다. 어색해진 묘한 감정을 숨긴 채 묘소 주변의 잡초를 뽑으며 서성거리고 있는데 양 씨로부터 사무실에서 전화가 왔다.

"박사님, 어서 좀 오이소. 큰일났십니다."

"큰일이라니요?"

"중장비 기사, 이 자발없는 인간이 월급은 지가 더 많다꼬 또 자존심 상하는 말로 부애를 질렀는지, 한 과장이 폭발해서, 쥑인다 살린다 난리가 그런 난리가 없십니다."

같은 유니폼을 입었지만 일당은 자기가 훨씬 높다고 약 올리며 깝죽거리던 중장비 기사 때문에, 한 기사는 어제부터 분통을 끓여왔다. 이건 꿈이다. 아주 엉터리로 만들어진 난장판 벅수 놀이!

별안간 몸을 돌린 그가 용수를 덮쳐 안고 패대기쳤다.

"너 이 자식, 선심 쓰는 척 우리를 조롱하려고 일부러 같은 유니폼을 입게 한 거지?"

졸지에 나둥그러진 용수가 누운 자리에서 일어나지도 않고 하얀 웃음을 날리며 그를 올려다본다.

"없는 놈들이 삐치기는 잘하지. 뭐 늬들 모양으로 공부 잘한 놈들만 잘 먹고 잘살라는 법 있어? 옛날에 우리 아버지가 자기 얕보는 놈이 있으면 돌아서서 하던 말이 있다. 미꾸라지도 부레가 있다고. 등신, 남 얕보는 재주로 책만 뜯어먹고 살지. 할 수 없어 내 밑에 기들어 온 주제에 이 지랄은 뭐꼬?"

듣다 보니 섬뜩하다. 순간 그는 용수를 쏘아보았다. 남몰래 숨겨서 미꾸라지를 키웠단 뜻이다. 그는 되돌린 주먹으로 자신의 심장이라도 터뜨리고 싶었지만, 손발이 모두 멎었다.

변하지 않는 것이 세상에 어디 있다고 이렇게 당황하다니. '축하한다. 오늘이 있기까지 얼마나 애썼니.' 입으로는 그렇게 말해서 용수의 오늘을 치하해 주어야 한다. 그러나 엇나간 그의 입은 머리가 내리는 명령을 듣지 않는다. 그도 통 큰 웃음을 지으며 넘어진 용수에게로 손을 내밀었다.

"짜아식, 그러니까 넌 아무리 그래도 내 앞에선 옛날의 그 충직한 가방 셔틀밖에 안 되는 거야."

되치기당한 용수는 어떤 설욕을 할 것인가. 그러나 용수는 아예 누운 자리에서 일어나지 않았다.

"박사님은 어서 내려가서 저 새끼들 좀 정리 안할 거야? 머리 좋은 네가 무슨 생각을 하고 있는지 나는 다 알지. 하아하하하."

오히려 더 편안한 표정이 된 용수의 입에서 갑자기 폭소가 터져 나왔다. 하얗게 쏟아지는 햇살을 받으며 그는 다시 용수에게 손을 내밀었다.

"새끼야, 살찐 돼지처럼 누워서 똥폼 잡으니 좋냐?"

금니

너 신세가 가을 부채구나. 김창호가 누워 있는 요양병원을 찾은 그 아낙은 중얼거렸다. 물론 주위의, 특히 자식들의 반대는 거셌다. 오질 없는 여편네. 자신에 대한 스스로의 힐책도 없지는 않았다. 허황한 하늘을 바라보며 그녀가 중얼거리는 속내는 아무도 알지 못했다.

그 아낙은 물론 금이빨 세 개를 싸 들고 사흘 동안 자신이 살고 있는 집 주위를 김창호가 배회하다 돌아간 것은 알지 못했다.

그날 막차의 승강구를 내려서던 김창호는 휘청 중심을 잃고 눈을 감았다. 쏘아보듯이 빤한 저녁 햇살이 양심이 있지 싶은 곳을 정면으로 찔렀던 것이다. 저렇게 환하게 붉은 노을도 처음 본다. 후회 없이 인생을 잘산 사람의 표정과 같다는 석양빛이었다. 후회 없는 인생을 잘산 사람의 표정, 그런 사람을 한번 만나보고 싶었다. 김창호는 문득 자신의 얼굴을 쓰다듬는다. 땟자국처럼 도드라져 있는 성근 검버섯이 손바닥에 을씨년스러운 감촉을 남긴다.

문득 낭패스러운 낯빛이 된 김창호는 길가에 놓인 경계석 위에 아무렇게나 몸을 놓았다. 입에 고인 침을 뱉어내던 그는 잇몸을 누르고 있던 검붉은 거즈를 혀끝으로 밀어냈다. 지혈이 될 때까지 물고 계셔야 해요. 뽑아낸 금니 세 개를 고이 싸주며 간호사는 친절했다. 임플란튼가 뭔가를 하려고 그런다는 말을 믿었는지 태도까지 싹 바뀌던 간호사의 얼굴이 떠올라 고소가 절로 머금어졌다. 이 나이에 무얼 얼마나 아작아작 씹어서 천년만년 살겠다고……. 그런 말을 머릿속으로 중얼거리며 치과를 나왔다.

허허한 모습으로 앉아 있던 그는 땅거미를 헤치고 터덜터덜 걸음을 옮겼다. 마을 길로 들어선 그는 자신이 살던 곳을 둘러보며 잠시 발길을 멈추었다. 내처 다가가고 싶었으나 차마 그러지 못하겠다는 진한 망설임이 온몸을 바르르 떨게 했다. 골목의 짙어지는 어둠을 바라보고 있던 그는 작심한 걸음질로 다시 방향을 틀었다. 어제는 산밭에 있는 부모님의 산소에 가서 면목 없는 몸을 낮추어 놓고 지금 이대로 이 몸을 거두어 주십시오. 염치없는 코 눈물을 흘렸다. 그리고 돌아오는 길에는 다시 그때 그 집으로 갔다.

마을 회관에서 돌아오는 아낙네들의 목소리에 놀라 골목으로 몸을 숨겼다. 아낙들은 저녁에 먹은 반찬이 짰네, 싱거웠네,

내일 아무개네는 영감 제사 때문에 노래 교실은 못 나올 거라는 둥 미처 나누지 못한 정보를 주고받느라 제법 왁자지껄 어둠살을 흔들더니 개펄의 게들이 제 구멍으로 각각 잦아들듯이 각자의 집으로 헤어졌다.

김창호가 훔쳐보는 그 집 아낙도 찰카닥 대문을 걸고 안으로 사라졌다.

"백구야, 이놈 너도 늙었다고 힘이 빠졌냐. 밥도 다 안 먹고 이렇게 냉깄냐. 엄마가 왔는데 나와 보도 않고 꼬리만 깐닥깐닥 하노. 에라 이놈, 그래도 이 휘움한 빈집을 니가 지켜주니 덜 외롭고 고맙다."

저 소리, 저 소리. 김창호는 오래전에 자신이 들었던 귀에 남은 음색을 상기해 보려 했다. 어쩔 수 없이 갈라지고 폭폭 했던 인생 골이 법랑질을 다 앗아간 그대로 새겨져 있다. 집안을 돌아다니며 마치 사람과 대화하듯이 구시렁거리며 집기를 드다루던 아낙의 소리도 이윽고 현관 안으로 좌르륵 사라졌다. 거실의 불빛이 반짝 처마를 높이 든다. 고부랑고부랑 건너갔을 안방의 불도 환하게 켜졌다. 돋아나는 불빛들로 그 집 아낙이 보일 걸음걸이와 행동거지를 짐작해 보려 했지만 이제 확실한 감은 잘 잡히지 않았다. 거리는 불과 십여 미터밖에 안 떨어져 있지만, 지척이 천 리인 거였다. 우뚝 자라 있는 단감 나뭇가지가 동쪽 담장 위로 올려다보였다.

'할애비가 재금 나는 자식한테 기념식수 하나 해줄게. 손자 놈들이 감 따 먹을 때마다 죽고 없는 할애비 생각하면서 맛나

게 야물야물 먹는 거 생각만 해도 좋다.'

면서기로 근무하던 그 집 아낙의 시아버지는 유독 둘째 며느리를 챙겼다. 어쩌면 자신은 못 볼지도 모르는 손자들까지 들먹인 것은 자신의 연줄에다 며느리를 칭칭 감아두고 싶은 계획적인 발언이었던지 몰랐다. 했던 공부의 엇나간 결과 때문에 그 아낙의 남편은 재를 잡지 못하고 떠돌았다. 퍼부은 자본금 한 푼 건지지 못한 억울한 박탈감으로 형제들은 형제들대로 그를 왕따시키는 분위기가 역력했기 때문이다. 곱다시 생과부 신세가 된 아낙은 남편의 잘못을 보속補贖하며 병든 시할머니 시할아버지 수발까지 군소리 없이 드느라 분가가 늦어진 것도 아랑곳하지 않았다. 시아버지는 감돌아 온 바람처럼 작은 아들이 얼마간 와서 머물 때 뒤늦은 분가를 시켜주었다. 제 가속에 대한 의무감만큼 아들을 단단하게 묶을 끈은 더 없다는 판단으로였다.

그러나 아낙은 뚝배기 같았고 그 남편은 너무 말쑥했다. 아낙은 종종 남편의 눈치를 봐야 했다. 남편의 말귀를 알아듣지 못해 귀를 후벼 팔 때도 있었다. 무안하고 부끄러워 낯을 붉히며 앉고 설 때는 항상 거리를 두었다. 삼신할미의 조화로 아들 둘 딸 하나는 점지받았지만, 그 아낙은 늘 남편 대하기를 손아픈 하숙생 대하듯 했다.

그러나 딱 두 번 자신이 누구인지를 주장하며 그 아낙이 왜장친 적이 있기는 했다.

김창호는 간직하고 온 금이빨을 만지며 자신도 모를 흐느낌을 토해냈다. 절친하다고 믿었던 친구에게 무시당했던 날 억병으로 취한 김창호는 미친개처럼 친구와 뒤엉켜서 싸웠다. 경찰서 유치장으로 찾아온 그 아낙은 멋쩍어하는 남편의 헤벌어진 입을 보다 통곡을 터뜨리고 말았다. 그 잘생긴 얼굴이 중병환자처럼 뭉개진 것도 기막힌데 목젖이 다 보일 지경으로 작살나버린 잇바디 세 개에 동나버린 인생의 밑바닥이 드러나 있는 것을 보았던 것이다. 아낙은 그 둔하고 어진 성정 가운데 어디 저런 뚝심이 숨어 있었나 싶도록 당차고 저돌적인 근성을 드러냈다. 친구가 어려울 때 잘해 주는 것이 진정한 친구 아니냐고 옳은 말로 따지는 아낙의 뚝심은 끝내 피해자의 사과를 받아내는 데까지 이르렀다. 집으로 돌아온 아낙은 망설임 없이 곧게 남편의 치열을 바로 세워주었다. 아들의 못된 행실을 잘 아는 시아버지가 가여운 며느리를 다독거릴 셈으로 해주었던 금붙이 패물을 아낌없이 팔아 넣은 것이다.

그로 인해 잘난 남편의 인물은 더욱 의연 번듯해졌다. 입을 벌려 말을 하거나 웃을 때마다 멋을 부린 듯 살짝살짝 드러나는 금니 때문에 매력적인 귀티까지 도드라졌다. 저렇게 멋진 남정이 나의 남편이라니. 그 아낙은 부웅 뜬 구름다리 위에 단물을 머금고 선 함박꽃 같은 기분으로 고단함을 상쇄시켰다. 온갖 시름이나 고통을 녹여버릴 만큼 다른 어느 친구의 남편보다 고상답고 멋졌다.

부부란 도덕을 지킴으로써 유지되는 관계다. 깨어지는 예의 도덕의 파편은 수류탄보다 큰 파장으로 가족이나 주위 사람들에게 상처를 입힌다. 결혼할 때만 해도 아낙은 자신이 어떤 억척으로 구성되어 있는지 생각해 본 바 없었다. 하늘 같이 섬겨야 한다는 남편에게 자신의 온갖 것을 다 바쳐서 순종만 하면 되리라 듣고 새겼다. 첫날 밤, 남편은 희고 긴 손으로 새 신부인 그녀에게 악수를 청했다. 족두리를 벗기거나 옷고름을 먼저 푸는 따위밖에 사전지식으로 들은 적 없는 신선하고 멋진 신랑의 행동은 숫보기였던 그녀의 정신을 온통 뽑아놓았다. 운명의 악력은 수줍게 내민 그녀의 오른손을 여지없이 풍파 속으로 끌어들였다. 이미 세뇌되어버린 그녀는 가쁘고 달고 혼곤함 속에 여지없이 자신을 용해했다. 그리고 눈을 뜬 다음 날부터 조건 없는 여종의 길을 걸어 나갔던 것이다. 뇌수에 박힌 신랑의 인상과 첫 감정은 화인처럼 그녀를 지배했다. 이 역시 꼭 간직하고 지켜야 하는 약속은 아니다. 그러나 그 아낙은 꿈에도 한번 그런 일탈을 해보지 못했다.

아낙은 요양원 앞에서 도저히 실감 안 나는 현실을 감 잡기위해 한동안 가만히 서 있었다. 행려병자나 걸인을 수용한다는 이곳은 돌봐줄 가족이 떳떳하게 있는 사람은 오지 않는 곳이라고 들었다. 두 몸에서 낳은 아들딸이 예닐곱이나 되고 가시버시하고 살던 아내가 둘이나 있는 넘치게 많은 것을 갖춘 남자가 말이다.

홑이불 씌워서 관 뚜껑만 덮으면 그대로 화장장으로 옮겨도 될 것 같은 형상으로 김창호 영감은 잠들어 있었다. 고소하다.

그럴 줄 몰랐지. 소문을 듣는 순간에 느꼈던 억하심정도 열없게 기구한 행색의 상대를 두고 감정 표현을 한다는 것 자체가 무뎌졌다.

요양원 앞뜰로 나온 아낙은 습관이 된 동작으로 담배를 꺼내 물었다. 혈압과 당뇨 있는 사람은 사약처럼 멀리해야 할 물건이라지만 죽을 때까지 절대 못 끊을 물건인 것이 이럴 때는 그렇게 단방약일 수 없다.

"기어코 오셨네. 대체 우리한테 뭘 해준 게 있다고. 엄마가 그러니까 무시당하고 산 거잖아."

뒤따라온 작은아들이 아낙의 손에서 피어오르는 담배를 걷어가면서 볼멘 음성으로 항의했다.

"잠 깨면 실컷 욕이라도 퍼붓고 갈란께 뭐 하러 따라왔노."

곁에 있던 작은며느리도 껴들었다.

"요즘은 황혼이혼도 한다는데 거기까지는 아니더라도 이건 너무 오버하는 거예요. 아내 대접 한 번도 받은 적 없다면서요. 이이는 학비 때문에 쫓겨나서 사무실로 찾아갔지만 만나주지도 않더래요. 그런데 지금 이건 뭐예요. 이런 친절은 어머니가 되레 자식을 욕하는 거잖아요."

"낸들, 그렇지만 사주팔자가 더러워서 못 만날 인연이 만났던 게지. 그렇지만 너거는 그라지 마라. 싫든 좋든 너를 이 세상에 있게 해준 너희 아부지다."

답답하고 숨통 막혀서 아낙의 말을 더 듣고 있기도 역겹다는 듯 아들은 진저리를 쳤다.

"이해 못 하겠어. 아우, 나는 토할 것 같아서 더 못 있겠어. 그만 가자, 우리."

제 아내가 팔을 끌자 못이기는 척 작은아들은 등을 돌리고 가버렸다. 혼자 남게 된 아낙은 며느리의 말대로 자신이 정말 정상이 아닐까 싶은 생각도 들었다. 주제넘도록 강렬한 측은지심을 비집고 비수에 찔린 듯 남아있는 묵은 상처도 불현듯 되살아났다.

"서방 놓친 주제에 무슨 용심은 남아서. 당신이 잘났으면 나한테 뺏겼을까."

시어머니의 장례식장에서 남편과 같이 사는 그 여자로부터 들었던 비웃음이다.

그러나 아낙에게 버틸 힘을 준 것은 시어머니가 남긴 마지막 말이었다.

"내 며느리는 너 하나뿐이다. 저것들이 아무리 지금은 좋아 지낸다만 얼마 못 갈 거다. 지놈이 끝에는 어데로 가겠노. 자식들 본보기 할까 겁나서도 우리는 모르는 척해야 된다."

홀로 된 시아버지는 당연한 듯이 그 아낙이 모시게 되었다. 그 고마움과 미안함의 표시로 시아버지는 다른 동서들 몰래 부전배미 논 몇 뙈기를 그 아낙 앞으로 이전해주며 등을 토닥거려 위로해 주었다.

부전배미의 주인이 되었을 무렵의 이야기는 차마 털어놓기 남우세스러운 기간이었다. 그 아낙의 생애, 아니 여자의, 조강지처의 인생에 있어 그런 굴욕이 더 없을 사건이었다. 그러나

한편 조강지처의 당당함으로 또 없을 긍정적인 모습을 보여 주위 사람들을 감동하게 했다.

김창호가 그 여자를 데리고 어물쩍 아낙의 울타리 안으로 들어와서 죽치고 들어앉았던 것이다. 있어서 안 되는 일이 생겼음을 변명하느라 사유를 말하며 어물쩍거리는 김창호에게 아낙은 환영한다는 뜻은 아니지만, 분명히 말했다.

"길을 두고 뫼로 가겠소."

그렇게 두 아내와 한 남편의 안방 거취는 시작되었다. 막상 허락은 했으나 맨숭맨숭한 얼굴로 한자리에 들기도 뭣했던 아낙은 일부러 만든 일감으로 시간을 끌다가 부엌의 나뭇가리에 기대 강아지처럼 밤을 새웠다. 계속 그럴 수도 없었고 내가 왜 쫓겨난 듯한 짓을 해야 하나 싶은 오기를 냈지만 그들이 잠든 뒤에야 겨우 방으로 들어가곤 했다. 때로는 신혼부부처럼 다정하게 껴안고 잠든 남편과 시앗의 모습을 장승처럼 지켜봐야 할 때도 많았다. 그뿐 아니었다. 잠든 척 벽을 향해 누운 채 숨소리조차 못 내고 들어내야 했던 열정에 찬 남녀의 교성. 저것들이 사람인가 짐승인가 싶었지만, 아낙은 제 낯이 부끄러워 차마 누구에게도 분한 심정을 발설하지 못했다. 고문에 못지않던 장면은 또 있었다. 아들을 훈계하다 못한 시아버지가 가대깃방 한 간을 만들어 주었을 때였다. 잠이 안 오는 한밤중 밝은 달빛 아래 남편의 것과 댓돌 위에 나란히 놓인 다른 여자의 신발을 봐내야 하는 젊디젊은 본댁의 심정.

봉당을 내주었더니 안방까지 내놓으란다는 옛말처럼 남편은 뻔뻔스럽고 야비했다. 거친 시골 음식으로 배탈이 잘 나는 작은댁을 역성들며 아내의 음식솜씨까지 걸핏하면 타박했다. 견디다 못한 아낙은 거침없는 행동으로 시아버지에게 받은 부전배미를 팔아 그들이 따로 나가 살 셋방을 얻어주었다. 용처를 알게 된 시아버지의 올곧잖은 꾸지람은 당연했다. 그러나 그 아낙의 대꾸는 예전의 순한 며느리로 믿고 있던 시아버지가 깜짝 놀랄 만큼 깊고 신랄했다.

"자식을 감싸는 깊은 심정은 이해하지만, 아버님이 끝까지 이러실 줄은 몰랐습니다. 정말, 부처님도 돌아앉는다는 이 일까지 참고 견디란 말씀이라면 억울하고 서운합니다. 저 눈망울 새까만 새끼들을 두고 설마 제가 독을 마시거나 목이라도 매기를 바라십니까?"

당황한 시아버지가 무릎 꿇듯이 굽힌 허리로 며느리의 두 손을 잡고 백배사죄를 한 뒤에야 아낙은 눈물을 거두었다.

그 여자는 남편이 다니던 회사 사장의 조카딸이었다. 둘이 좋아지낸다는 소문이 났지만, 그 아낙은 남편의 출셋길이 막힐까 봐 감히 귀 걸리는 쪽으로는 아는 척도 하지 않았다. 그 여자가 아이들까지 앞세우고 상주 노릇을 하기 위해 시아버지의 장례식장에 나타났을 때도 목석처럼 심장을 굳히며 눈을 감고 있었다.

"아무리 그래도 여기가 어디라고 지년이 또 나타나."

족척 중 누군가가 그 아낙의 입장을 알아차리고 선수 친 소리를 뱉어냈다. 옆에 있던 시고모도 은근히 그녀의 손을 끌고 다른 자리로 옮겨가서 친정 질부의 등을 쓸며 입을 열었다.

"질부야, 속이 엄청 상하제? 부처도 돌아앉는다는 짓인데 다 알제. 아무리 그래도 지는 첩실이고 자네는 정실이니 자네가 참게. 남정이 잘나면 따르는 게 여자들 아닌가. 자네 친정아버지도 사부인 속깨나 태우신 갑더니, 그런 어무이 밑에서 잘 배운 값하니라꼬 음전하게 잘 넘기는 거 우리가 다 안다네. 인제 와서 심화풀이해 봤자 나중 후회될 일만 남네. 아니할 말로 저것이 꼬드겨서 직장이라도 떨어지는 일 나면 그 불똥이 뉘한테 떨어지겠노."

말없이 듣고 있었지만, 친정 내림이라는 시고모의 은근한 짓누름으로 인해 그녀는 사고무친인 외로움 속에 홀로 서 있는 듯한 고적감에 빠져들었다. 시고모의 말처럼 앞에서는 말도 못하면서 남편 뒤에서만 종주먹질하던 못난 친정어머니도 미웠다. 처자식이야 먹든 굶든 알 턱 없이 빨다린 옷 잘 차려입고 거드름 피우며 '군자대로행'을 뇌이던 아버지도 싫었다. 생과부 울화받이로 매질을 당한 날이면 나는 절대 어머니처럼 살지 않으리라 독한 결심도 했었다. 하지만 그 딸은 속으로 부글부글 끓는 울화를 품은 채 어머니와 다름없는 아내의 자리를 숙명처럼 지켜내야 하게 되었다. 아낙의 친정어머니도 자신은 앙가슴 뜯으면서 참고 살더라도 다섯 자식만은 자신의 신세를 닮지 말기를 바랐지만, 기원도 무색한 위로의 말로 딸을 달랠 수밖에 없게 되었다. 어쩜 그리 팔자까지 에미를 쏙 빼닮아서…….
에미 된 죄로, 그래 맞다, 눈이 새까맣게 쳐다보는 자식들 땜에 이럴 수도 저럴 수도 없는 게 에미더라.

상한 속을 감추고 사는 딸이 안쓰러웠던 친정어머니는 눈을 감고 저세상으로 떠날 때까지 꿍쳐 둔 용돈을 쥐어주며 눈물 짓고는 했다.

그 아낙이 치솟는 투기를 누르면서 자신의 위치를 지킨 것은 어머니의 애절한 격려 때문만은 아니었다. 뚜렷한 이유를 찾기는 쉽지 않았다. 무엇에 묶인 것 같기도 하고 홀린 것 같기도 한, 도저히 종잡을 수 없는 어떤 이유 때문이었던 것 같기도 했다.

노인이 된 지금까지 아낙은 제 머리로 풀 수 없는 복잡함에 휘말렸다. 바람은 잘난 놈들만 피우는 것이 아니었다. 꺼멓게 뜬 메주 꼴인 사위 놈이 돈깨나 벌었다고 거들먹거리며 사무실 경리와 이러쿵저러쿵한다는 딸의 원망이 날마다 그녀를 괴롭혔다.

"못난 남자가 제 가족을 끔찍이 섬기는 거라고 엄마가 그랬잖아. 원 없이 펑펑 돈 쓰면서 나도 바람피우면 피장파장인데 뭘 그래."

아낙은 산골 숯장이 같은 총각을 점찍어 놓고 딸의 등을 밀었었다. 적어도 자신의 전철은 밟지 않으리라 판단했던 것이다.

이혼하겠다고 날뛰는 아내를 달래다 못한 사위는 사업상 엮인 관계니 묵인하라, 맘대로 쓸 수 있는 카드도 만들어 주었다고 오히려 큰소리쳤다. 사업상이라는데 어쩌느냐. 아낙은 딸도 잘 모르는 남편 김창호의 어떤 예까지 들어 보이며 모른 척한

동안만 참고 넘겨보라고 했다.

요령부득한 아낙의 권고에 딸은 펄펄 뛰었다.

"무엇 때문에 왜, 내 인생 다 가고 나서? 엄마는 참고 살아서 어떤 영화가 있는데?"

"그래, 네 뜻대로 해놓고 나중 뒷감당만 잘해라. 한 자 낯가죽이 더 무서운 법인께. 참 희한하기는 한 것이 가시버시 인연이다. 똑똑하고 잘난 년만 남의 서방을 뺏는 줄 알았더니, 너는 학벌이 서방만 못 하냐, 남 축에 몸매나 인물이 빠지기를 하냐."

아낙의 딸은 결국 어머니처럼 인내하지도 않고 제 감정에 충실한 대로 이혼을 했다. 아이들 양육비까지 꼬박꼬박 받아 챙기며 '돌싱'인지 뭔지가 됐다고 자유롭게 남녀 친구들과 어울려서 지낸다. 남편 때문에 죽을상이던 얼굴이 오히려 환하게 펴서 웃으니 속으로는 저게 아닌데, 저게 아닌데 싶지만 대하기 나쁘지는 않았다.

대체 부부란 무엇인지 모르겠다. 한 남자와 한 여자가 만나 결혼하고 아이를 낳아 키우면서 늙어 죽도록 같이 사는 것이 정칙으로 알던 것이 착오였다. 그런데 엇발 난 세상도 여러 가지였다. 텔레비전을 보면 외국 어느 나라의 남자는 여남은 명의 아내를 거느리고 살면서 또 새 아내를 고르는 중이라 했다. 저러고도 가족이라는 애틋함이 있으려나 싶지만, 화면 속 아내들의 표정은 별스러운 불만도 없는 표정으로 태연했다. 그뿐인가, 또 지구촌 어느 오지의 총각은 동생과 좋아지내는 마을 처녀와 결혼을 해서 아내를 공유하며 한 집에서 같이 산다고 했다. 생산물을 팔아서 생필품과 바꾸어 오는 행로가 열흘이나 보름쯤 걸리기 때문에 집안일을 할 또 다른 남자의 일손이 필요하기 때문에 아주 당연하게 용인되는 부부관계라는 것이다.

그 아낙은 아버지를 대하는 자식들의 매정함이 잘못 가르친 자신의 탓만 같아서 가슴이 아팠다. 아이들 앞에서 대놓고 남편을 욕하지는 않았지만, 말 못 하는 설움이 쌓였으므로 은연중에 드러났을 원망이 어찌 전달되지 않았을까. 아버지의 살가운 정을 받아본 적 없는 자식들이라 어미가 힘들고 불쌍하게 보일 적에 심어진 적개심도 켜켜로 쌓인 결과일 것이다. 물론 학식 있고 인물 준수한 어른이니 그 두뇌나 그 인물을 본받으라는 말 한마디도 하지 않았다. 가정환경에 따라 본 대로 느낀 대로 자라는 것이 자식이다. 성장 과정에 있는 자식들이 부모를 싸잡아서 성토하는 장면을 목격하면서도 아낙은 어정쩡한 대리만족으로 그르다는 말도 못 한 채 당하는 형국이다. 자신의 행적을 스스로 돌이켜보아도 잘잘못을 따져 항거하지 않은 애매한 성격이 거저 세월을 견뎌온 셈이었다.

아낙은 자식들의 가슴에 박힌 아버지에 대한 구체적인 이미지를 알지 못했다. 어느 해였던가, 월급이 통장으로 지급되는 해부터는 그나마 쪼개서 보내주던 교육비까지 뚝 끊어지고 말았다.

가뭄에 콩 나듯이 가끔 보내주는 태부족인 가용 돈 때문에 아이들은 늘 비탈밭의 곡식처럼 배배 틀려서 성장기를 보내야 했다. 행여 그 아이들이 부러질까 겁난 아낙은 작은댁 아이들의 입적을 어금니 깨물면서 받아들였다. 배 아픈 일 없이 몇 남매가 저절로 생겼으니 자식 복 많아서 부자 아니냐고 속에 없는 흰소리도 늠름하게 치면서 버텼다.

성장하는 동안 아이들은 저희가 직접 보았거나 소문 들은 아버지 쪽의 일들로 저들끼리 옥신각신 다투기도 했다. 엄마가 바보 취급 안 당하도록 알 건 알아야 한다는 둘째와 알아봤자 가슴만 아플 뿐 달리 어쩌지 못할 엄마인 것을 잘 아는 큰아들의 우격다짐으로 중간에서 무마되곤 했지만 말이다.

아버지가 옆자리에 타고 있는 자가용을 운전하는 사람은 당연히 엄마여야 한다. 작은아들의 주장이었다. 그러나 큰아들은 알았다. 엄마는 그런 세련됨과는 거리가 멀어도 한참 멀다. 부부가 웃으며 대화하는 뒷자리에서 희희낙락하는 아이들이 그들 형제의 모든 것을 탈취해 갔다는 작은아들과 큰아들의 견해는 늘 엇갈리게 마련이었다. 작은아들은 심각한 우울증에 시달린 나머지 자살소동을 일으키기도 했다. 영문 모르는 태질로 보던 책을 처박아 놓고 짓밟던 작은아들의 시위도 까다로운 사춘기 소년의 예민한 화풀이로 이해했을 뿐, 못난 어미에 대한 울분인 것까지 깊은 속은 알지 못했다. 큰아들의 성정이 점점 무뚝뚝하고 의뭉스러워졌을 때도 그랬다.

"힘들어서 그러는 것 나는 다 안다. 에미가 왜 그걸 몰라. 너는 우리 집 장남이고 동생들의 어른이다. 이 에미한테는 하늘 같은 가장인 넌데, 해줄 게 너무 없어서 미안하다."

"등신, 알기는 뭘 안다고, 알기만 하면 그만이야?"

그 아낙의 위기 상황으로 큰아들의 가출은 이어졌지만, 그
녀가 이 환경의 강고한 구성을 되돌려놓는 것은 능력 밖이었
다. 돌아가자. 돌아가자. 친구의 하숙방에서 겨우 찾아낸 큰아
들을 부둥켜안고 아무리 하소연해도 아낙의 눈물짓는 서러움
에 자식들은 설득당하지 않았다.

"다시는 찾아오지 말고 동생들이나 잘 지키세요."

큰아들이 선언하며 등 돌린 이후 아낙은 마음속에서 큰아
들을 지우다시피 했다.

나이 들자 큰아들은 자신이 왜 부모의 일에 옹니 같은 동생
과 달리 그나마 관대할 수 있었는지 고백했다. 어머니는 근면
하고 성실했지만 둔하고 지루했다. 아들은 신랄했다. 곰보다 여
우라는 옛말이 처첩의 본색인 것도 이해할 것 같았다. 대놓고
갈등을 드러내는 대신 차라리 어머니와의 거리를 두는 쪽으로
최선의 방향을 잡았다.

그 아낙은 이웃 동네 아저씨처럼 무심하고 멀었던 큰아들이
최근 들어 왜 자주 자신을 찾아 들락거렸는지 얼마 전에야 알
게 되었다. 큰아들은 진 빠지게 뒷바라지했던 그쪽 처자들에게
서 아버지가 버림받은 정황까지 미주알고주알 다 이야기하지
는 않았다. 그러나 아들은 이제 남자들의 말년에 대한 어렴풋
한 동류의식이 생길 만한 연치에 이른 것이다.

큰아들은 어느 날 자신도 모르게 그 집 앞에 서 있었다. 친
구와 동업으로 시작했던 사업이 부도나서 퇴직금까지 다 날린

아버지의 소식을 몇 사람 건너서 들은 뒤였다. 부동산 중개업을 하는 친구로부터 살고 있는 집까지 경매로 넘어갔다는 소리도 접했다. 더 이해 안 되는 것은 유학 갔다 거기서 자리 잡은 자식들 따라가자는 그쪽 아내의 제의를 아버지가 한사코 반대한다는 것이다.

술 취한 아버지는 떠나는 이사 차에 매달려서 고함을 질렀다. "너희들이 이러면 안 돼. 너희들이 이럴 수는 없다."

선글라스를 낀 그쪽 아내는 매달린 아버지의 손을 뜯어내며 날카롭게 큰 소리를 내질렀다. "그러니까 같이 가자고 했잖아! 늙은이 옹고집으로 버텨서 좋을 게 뭐 있어?"

큰아들의 눈에는 그들이 떠난 자리에 허탈하게 주저앉아 있는 아버지의 모습이 뒤통수를 가격해 버리고 싶도록 밉고, 고소했다. 소름 돋게 자존심 상했던 어느 날이 독기도 성성하게 되살아났다.

"앞으로 사무실로 직접 오지 말고 전화로 해."

전화를 받지 않아서 찾아간 길이건만 딴소리를 한 아버지는 성가신 물건 보듯이 큰아들을 끌고 복도 끝 화장실로 갔다. 턱없는 용돈 얼마를 건네주면서도 이리저리 주위의 눈치를 살피더니 온기 하나 없는 딱딱한 손으로 그를 밀어냈다. 큰아들은 그때 자존심 상한 발끝으로 툭, 툭, 그나마 새겨져 있던 아버지의 기억을 짓밟아서 으깨버렸다.

넓은 세상에 새로운 문물이면 무엇이든 겁 없이 쫓아갈 사람인데 왜 같이 가지 않았을까. 그렇게 도도하던 기백은 어디로 갔다. 큰아들은 이미 알고 있던 극의 종장을 감흥 없는 영상처럼 지켜보다 돌아섰다. 그리고 당사자도 없는 남편의 생일상을 차리는 어머니의 곰 같은 행동을 보며 저도 몰래 소리를 꽥 질렀다. 알고 있는 상황까지 토악질로 터져 나왔다.

"미련퉁이, 열녀 죽은 귀신도 그러지는 않을 거요. 아우, 속 상해서 더 못 보겠네!"

결과적으로 그 아낙은 큰아들이 뱉어낸 정보로 인해 김창호가 이 요양원에 있는 것을 알아냈다. 참으로 애매했다. 남편 없이도 잘만 살아왔다. 이 나이에 꼭 남편이 있어야 하는 것도 아니고, 병든 늙은이 뒷바라지하는 것도 힘에 부치고 성가신 일인 줄 모르지 않았다. 물에 빠진 남편을 끌어내지 않는 매정한 여자라고 이제 와서 아낙을 욕할 사람은 더더욱 없을 것도 잘 알았다. 하지만 왜인지, 자신도 설명할 수 없는 어떤 복잡한 이유 때문에 여기까지 왔다.

아낙은 다시 담배 한 개비를 꺼내 물었다. 저만큼 갔던 둘째 아들 부부가 다시 나타나자 아낙은 먼저 입을 열었다.

"아무리 그래도 수십 년을 부부로 살았던 사람, 자식낳이까지 같이한 사람을 이런 법은 없다."

"그건 엄마 생각이고, 그런 법 있어요. 엄마는 법 없어서 평생 그렇게 살면서 뼈 빠지게 고생만 하고 쭈그렁바가지가 됐어요? 자기 혼자 몸 건사하기도 힘들면서 무슨 짐을 떠맡아서 우리까지 또 고생시키려고. 우매하게 여기서 더 멈칫거리면 우리도 더 이상 엄마 안 봐요. 엄마가 신경 안 쓴다고 욕할 사람 없으니까 그냥 일어나요. 마음 쓰고 관계할 일 없으니까 그냥 일어서요."

옆에 있던 며느리도 녹아 붙은 갱엿을 떼듯이 의자에서 그녀를 끌어 올렸다.

"어머니 이이 말이 맞아요. 요즘은 건강하게 잘 살던 부부도 황혼 이혼이 허용되는 세상인데, 이건 경우가 다르잖아요. 어머니가 신경 쓰지 않아도 돼요. 뺄 없는 여자라고 오히려 욕만 먹어요."

왈칵 며느리의 손길을 뿌리치고 다시 주저앉는 아낙은 분노로 씩씩거리며 두 손을 발발 떨었다.

"뺄이고 뭐고 그런 건 난 모른다. 이년 사는 데가 어딘지 거기나 좀 대라. 헌헌장부 가로채 갈 때는 언제고 단물 쓴물 쪽쪽 다 빨아먹고 이리 내팽개치는 데가 어디 있노. 인두껍을 쓴 인간이면 이리는 안 한다."

그 순간 작은아들이 두 발을 토동통 굴리면서 버럭 소리를 질렀다.

"그 인간들, 벌써 외국으로 갔다고 형이 확인했잖아요! 엄마는 엄마 생각만 하고 우리한테 염장 지르고 있는 건 몰라요? 우리 가슴에 한이 맺혀 있을지 뻔히 알면서 억지를 부려요!"

그 아낙은 손가락 끝에 끼어 있던 담배꽁초를 획 집어던지면서 벌떡 일어섰다.

"그래, 알았다. 가자, 가. 낸들 무슨 미련이 남았겠노."

작심한 그 아낙은 검센 아들의 팔깍지에 끌려 차에 올랐다.

그러나 이튿날 다시 그 아낙은 자식들 몰래 병원으로 왔다.

그 인간 눈 뜨는 즉시로 귀퉁머리라도 한 대 갈겨야지 이대로는 못 참겠다. 누구에겐지 모를 변명도 혼자 만들었다.

저승 고개 문턱에 집하된 하물처럼 사람 같지도 않은 형국으로 누워 있는 노인들 속에서 김창호를 찾아낸 아낙은 퇴원 수속을 밟았다. 서류 기재를 도와주던 중년 여인이 알 듯 모를 듯 묘한 음성으로 이런 말을 했다.

"요즘은 노인들이 조금만 이상해도 요양병원으로 모시는 게 흉 될 것도 없는데, 왜 굳이 입원해 계시는 분을 집으로 모시려는지, 사서 고생이 될 거예요, 할머니."

그 아낙은 대뜸 분기 찬 목소리로 말을 받았다.

"내사마, 아랫목에 뉘어 놓고 두고두고 갚음할라 그러우."

"갚음이라고 하셨어요?"

자신의 깊은 속을 알 리 없는 여인의 말에도 그 아낙은 설명한다.

"아무도 모르고 나만 아는 그런 뭐이 좀 있다오."

환자복이 평상복으로 갈아입혀지고 몸이 일으켜지는 등의 수선 통에 김창호가 문득 눈을 떴다. 그러나 희미한 의식의 낌새만 보일 뿐 상대방을 분명히 알아보는 눈빛은 아니었다.

김창호를 앰뷸런스에 실을 침상이 병실 문을 나서자 김창호를 돌보던 요양사가 그 아낙에게 넘겨주는 물건이 있었다.

"이게 뭐유?"

"금이빨이던데요."

"금이빨?"

"몸이 나아지면 할머니께 드릴 거라고, 할아버지가 임시로 좀 맡아달라던 거예요."

그 아낙은 덜컥, 그믐밤에 몽둥이를 맞는 충격으로 벽을 짚은 손에다 힘을 주었다. 돌아가고는 싶지만, 너무 염치없는 빈손이라서 뽑아 두었을 금니, 그 속에 담긴 속량의 뜻이 전광처럼 여인을 꿰뚫었다. 주검처럼 놓인 영감의 손을 잡고 흔들며 아낙이 흐느꼈다.

"이 양반아. 나를 그리 몰랐수. 옛날 같은 어거지로 떼나 한번 써보지."

만돌린을 안고 온 새댁

그 여자는 시집올 때 도열하듯이 늘어서 있는 대추나무 골목으로 만돌린을 안고 들어왔다. 이후 그 여자의 별명은 '칠월 귀뚜리' '미워도 다시 한번'이 되었다

　이제는 내 나이 이미 오십을 넘었으니 그 여자 이야기를 해야겠다는 생각이 문득 들었다. 그 여자의 시동생이었던 사람의 장례식장에서 마침 밤마다 호롱불 밑에 붙박이 같은 여일한 자세로 앉아 십자수를 놓던 그 여자의 시누이를 만났다.

　그곳에는 삼촌의 장례에 참석하러 그 여자의 큰아들도 와 있었다. 우리는 상청에서 고인을 보내는 눈물을 찍어낸 후 모여 있는 문상객들과 어울려 화수회 같은 분위기에 젖어 들어 식사를 하고 음료를 나누면서 그동안 적조했던 서로에 대한 궁금증을 풀어내기 시작했다.

　오랜만에 만난 그 여자의 아들에게 어머니 소식은 좀 알고

있느냐고 조심스럽게 묻는데 마침 건너편에 앉아 있던 십자수 고모가 대뜸 끼어들었다.

"아직도 여전히 저밖에 모른단다. 엊그제도 큰딸 집에 와서 영양주사 맞고 갔단다. 남편도 없이 직장 다니느라 골골거리는 딸이나 맞혀주지는 않고."

그녀는 아직도 서슬 퍼렇고 냉정한 시누이 기질을 그대로 드러냈다. 그런데 허옇게 피어오른 그녀의 귀밑머리가 왜 멀거니 쳐다보였는지 그때는 얼른 감잡히지 않았다. 씨날이 촘촘히 교직된 하얀 옥양목의 네모 구멍에다 한 땀의 헛손질도 없이 재봉틀처럼 여일하고 빠르게 문양을 만들어가던 그녀의 야무진 솜씨를 외경스럽게 지켜본 나였다. 그 옛날의 느낌이 배반되는 뭔지 모를 둔중한 답답함은 한참 후에도 가라앉지 않았다. 그녀의 야무진 성품은 아마 시집갈 때 가마멀미 한 번도 해보지 않은 게 분명했다. '미워도 다시 한번' 내 친구가 지었던 그 여자의 별명을 떠올렸다. 이들 시누이올케는 얼마나 서로의 입장을 이해하고 연민할 수 있는 정서 속에서 노년을 진행하고 있을까.

종고모가 비난하는 음성으로 그 여자가 중독증세의 집착으로 영양주사를 맞는다고 하자 나는 그 이유까지 아느냐고 질문하고 싶은 충동을 꾹 참았다. 따끔하게 내 피부를 찌르고 들던 주사침의 감각을 다시 되새겨야 했다. 남편이 박사가 되고 나서 그의 세계에 비해 상대적으로 위축되고 빈곤해진 핍진감으로 픽픽 쓰러질 때마다 나도 한때 소위 식량 주사라는 포도

당으로 거식증을 이겨낸 경험이 있었다. 저쪽을 노려보며 내게로 오다 비켜 가는 것을 놓치지 않기 위해, 버림받지 않도록. 그쪽에서 나를 향하는 순간 언제나 합쳐질 수 있게 자력을 비축하고 있어야 한다는 강박관념은 당사자 아니면 바보 같은 오해도 하게 될 것이다.

십자수 고모도 이제 칠십 나이가 되었는데 아직 한 번도 나무를 옮겨 심거나 식물의 분갈이를 해본 적도 없었을까, 그때 캐물어 볼 걸 싶은 뒤늦은 아쉬움도 이 글을 쓰는 데 한몫했다. 지금은 카드섹션의 화려한 문양처럼 여성 시대가 도래한 시점이어서 나는 더욱 그 여자의 애꿎은 인생과 그 여자가 왜 그토록 영양주사에 집착하는지를 천착해 보고 싶었다.

그 여자는 '넓고 넓은 바닷가에 오막살이 집 한 채……'를 만돌린을 켜면서 흥얼거리는 것으로 내 관심 속으로 바싹 다가들었다. 초등학교 일학년 때 담임선생인 긴 머리의 여선생은 노래의 가사를 풀어낸 구슬픈 사연과 함께 어린 고라니 떼 같은 우리들의 눈동자를 하나하나 점찍듯이 내려다보며 그 노래를 가르쳐 주었다. 그 후 여선생은 서울로 시집가버렸고 나는 선생님을 짝사랑했던 깐으로 그가 그리우면 에이는 심정으로 그 노래가 떠오르는 장면을 추억하곤 했다. 그런데 뜻밖에도 갓 시집온 그 여자가 낯선 악기로 들려준 노래가 바로 그 노래였다.

"이건 우리 아버지가 미국에서 사다 준 만돌린이라는 악긴데, 손풍금을 잘 타는 우리 큰오빠가 가르쳐 주었어. 어릴 때부터 내가 참 좋아했던 노래란다."

수줍은 듯 그러나 자긍심 넘치는 환한 얼굴로 그 여자는 만돌린을 쓰다듬으면서 말했다. 그 오빠의 친구가 그 여자의 신랑이 됐고 오빠와 신랑은 대학 동기였다.

열심히 십자수를 놓던 그 여자의 시누이처럼 사람들은 마을에 처음인 그 여자의 이색적인 행실을 그리 탐탁하게 여기지 않았다. 들에서 돌아온 아버지가 '진산 아줌니댁 종수가 영 얼 돼서 큰며느리 노릇 못하겠는데' 하는 걱정으로 그 여자에 대한 나의 오로라도 현실 속으로 가라앉았다. 아버지의 평가에 의하면 그 여자는 몇 번이나 어떤 작물의 모종은 얼마큼씩 사이를 띄어 심어야 하는지를 가르쳐주었고 볏단을 묶을 때는 짚을 어떤 팔로 감아 돌려서 누르며 어떻게 처매야 하는지 '깨 조시'해 준 보람도 없이 영 보추步趨가 안 보인다는 것이다. 아버지의 연민은 저 너머에서 검게 흘러오는 매지구름을 바라보는 듯 걱정스러운 표정으로 자리 잡았다.

학교 다니랴, 아기 보랴, 숙제하랴, 농사일 거들랴, 시골 여자애들이 모두 그렇듯이 나 역시 바쁘게 돌아가느라 그 여자를 며칠씩 못 보고 지나는 날이 많았다. 그러나 그 여자의 소문은 우물가에 흩어진 쌀알처럼 도처에서 주워들을 수 있었다.

그 여자는 세 살배기 같다고 했다. 그 나이 먹도록 대체 뭘 하면서 지냈을꼬? 동네 여자들의 궁금증은 깨방정을 떨었다. 그 여자는 왕겨나 짚불을 때서 가마솥에 곱살미 밥을 지을 때면 여실히 소문의 진원을 보여주었다. 아궁이에서 연기가 거꾸로 쏟아져 나오면 기침하면서 도망을 가고 가면을 쓴 듯 숯검정 칠 된 얼굴에 눈물 콧물 범벅을 한 채 참을 먹으러 온 식구들에게 들키곤 했다. 아직 덜된 밥솥을 본 식구들은 한심해하면서도 용서 없이 대체 지금껏 뭘 하느라 집구석에서 밥 하나 제때 먹게 못 해 놨느냐고 혼찌검을 내질렀다.

딱한 것은 나는 이런 것 한 번도 안 해봤어요, 라는 그 여자의 하소연을 귀담아들어 주는 이가 없었다. 식구들은 그 여자가 언제나 만능살림꾼이나 억측 상머슴이 되기를 재촉했다. 농촌 마을 여자들이 모르는 것을 잘 아는 그녀에게는 어느덧 '칠월 귀뚜리'라는 비웃음거리 별명이 붙었다.

훗날 뜻밖의 장소에서 그 여자를 다시 만나지 않았다면 나는 아마 어릴 때 보았던 집성촌 일족 속의 소박데기 하나쯤으로 그 여자에 대한 기억을 흘려버렸을 것이다.

박물관 대학 회원들과 어느 섬에서 발견된 패총과 오랜 세월 삭지 않고 그 속에 남아 있는 인골에 대한 견학을 갔을 때였다. 오랜 물결로 침식되고 변형된 바닷가의 낮은 언덕에 충치로 삭은 치열까지 잘 보전된 인골을 보며 우리들은 석회질의 내구성을 사진을 찍고 안내자의 설명을 메모하기도 했다. 몇몇 여자 회원들은 바다의 영원성과 인간의 유한성을 감수성 높은 소녀들처럼 애연스럽게 소곤거렸다.

배가 들어올 시간을 기다리는 동안 소졸한 자연산 횟집으로 몰려 들어가 자리를 잡았다. 일정을 마친 얼치기 학구파들은 이제부터 소풍 기분을 낼 차례가 된 것이다. 그 여자가 그때 물에 불은 손을 앞치마로 닦으면서 주문을 받으러 다가왔다. 나는 서리 맞은 배춧잎처럼 변한 그 여자의 얼굴을 보는 순간 이유 없는 전율을 느끼며 들고 있던 생수 컵을 탁자에다 내려 놓을 정도로 깜짝 놀랐다. 헛간 어디를 헤치다 나온 것처럼 온 얼굴에 거미줄 처져 있는 주름살, 때 절은 시멘트 바닥처럼 너덜너덜해진 피부, 조금 전에 보았던 패총에서 걸어 나와 옷을 걸친 인간처럼 꺼멓게 삭아 있는 앞니까지.

그 변함없이 잔약한 몸피와 여린 눈빛이 과거의 어떤 인물과 딱 들어맞는 순간 탁자 위에 세운 두 손으로 이마를 감쌌다. 횟집 기둥을 때리며 나울거리는 해조음을 헤아리면서 하나둘 회상의 커튼을 걷어냈다. 드디어, 주방에서 주인이 차려주는 회 접시를 날라오고 소주와 매운탕 심부름을 하느라 몇 번이나 들락거리는 그 여자의 실루엣은 복원되었다.

입맛이 딱 떨어졌다. 안 먹고 뭐 해? 곁에서 채근했지만 헛돌아 오르는 감정을 누르느라 응, 회 한 점 풍경 한 점 같이 쌈을 싸는 거야. 일부러 젓가락 방아를 찧었다.

내 기억으로 그 여자는 시집살이 도중 세 번이나 어린아이들도 버리고 친정으로 도망을 갔다. 어떨 때는 친정에서 새로 낳은 아기 하나를 업고 올 때도 있었다. 또 갈 텐데 뭐 하러 오는 거야. 속 모르는 어린 나는 참 질정머리 없다는 어른들의 이죽거림을 떠올리며 그 여자가 들고 있는 짐꾸러미를 받아주기도 했다. 기다리다 반기는 자식들을 끌어안고 그 여자가 울

때는 따라서 콧등이 시큰했던 적도 있었다.

작심하고 돌아온 그 여자는 식구들의 질시를 무릅쓰고 들일을 하고 길쌈을 거들기도 했다. 그러나 잘하는 거라곤 아이 낳는 것하고 '밥도둑' 만드는 것밖에 늘품 없기는 매한가지라는 지청구를 치맛자락에 감기는 바람처럼 싸고 살았다.

일꾼들이 서로 먼저 그 여자네 집 품앗이를 나설 만큼 그 여자의 음식 솜씨는 뛰어났다. 마른오징어를 보풀보풀하게 찢어서 고추장에 무친 것이며 제사상에서 걷어놓은 황태로 만든 찜이며 잔멸치와 애기고추를 물엿과 같이 넣어서 무친 멸치볶음은 동네 어느 집 아낙네도 솜씨 좋게 만들어 본 적이 없는 반찬들이었다. 하지만 농번기에 바쁜 일손을 거들러 나오지 않고 집에서 꼬물거리며 그딴 짓이나 하고 있었다며 화 돋은 어떤 가족의 손길에 의해 밥상과 함께 패대기쳐지기도 했다.

그녀는 베를 매는 잿불에다 한 움큼씩이나 실오라기를 태워놓는가 하면 물을 길어오다 출렁거리는 흔들림에 보조를 맞추지 못하여 물을 흠뻑 뒤집어쓰도록 물동이를 깨뜨리기 일쑤였다. 도대체 한 가지도 마음에 차는 것이 없다고, 그녀가 젖먹이를 안고 내려다보며 환하게 웃는 모습까지 시집 식구 눈에는 밉상이 되고 흉이 되었다.

매운탕으로 우리가 식사하는 동안 와장창 부서지는 주방기구 소리와 술 취한 남자의 완악한 고함이 식당 쪽에서 날아왔다. 고양이를 무는 쥐처럼 대드는 그 여자의 비명도 섞여 있었다.

"이런, 단술 먹고 사흘 만에 취한 새꺄, 꼴에도 아니꼽냐? 미안하면 생활비를 줘야 이런 데 안 나오지. 아줌니, 피해요."

호통치는 횟집 주인에게 끌려 나가는 술 취한 남자의 털버덩한 뒷모습이 쪽문으로 보였다. 부엌 바닥에 쓰러졌던 그 여자도 꾸물꾸물 일어나 몸에 묻은 초고추장과 푸성귀를 털어내며 저쪽 구석으로 사라졌다.

"음식 자시는데 소란시럽게 해서 죄송함다. 갯물만 먹고 산 인간들이라 하는 짓들이 좀 거칩다. 술만 깨면 각시 같은 인간인디 말임다."

사이다 두어 병을 서비스로 가져온 횟집 주인이 변명했다. 저쪽 자리에서 술을 먹고 있던 이웃 사람도 토를 달았다.

"아줌마가 겉보기보다 애기 같던데 늘 저렇게 당하고 사니 도사리가 된 거 아니요?"

"글쎄 남의 사정을 다 알 수는 없지만 참 딱한 양반이죠. 내가 오래전부터 봤지만, 언감생심 저따위 인간하고 가시버시할 사람은 아닌데 말임다."

그 여자는 화장실에 숨어 있었다. 나는 그 여자의 갯바위 너슬처럼 거친 두 손을 감싸 잡았다. 풀고 싶은 의문들이 한꺼번에 치밀어 목이 메었다.

그 여자는 갯바위에 자리를 잡고 통성명을 하자 아련한 추억의 한 자락에 감겨 있는 나를 비로소 알아보았다.

"바람에 불린 검부락지 모냥으로 어찌 이렇게 됐네. 조카를 이런 데서 만나다니, 면목이 없어."

"저 이제 어린애 아니고 인생을 알 만큼은 아니까 그런 말씀은 마세요."

나는 그 순간 내가 아끼던 어느 후배의 얼굴을 떠올렸다. 후배는 제갈공명 같은 명석한 두뇌를 가졌고 고등학교 때는 전국 장원을 했을 정도로 문재도 뛰어난 촉망받던 예비 시인이었다. 그러나 그 예비 시인은 겉모습만 번듯한 남편으로 인한 가난과 싸우느라 감성마저 멍들어 버렸다. 먹고 살길 찾으라고 친정에서 국밥집을 마련해 주었지만, 장사마저 성공으로 이끌지 못한 채 병들어서 굶어 죽다시피 이 세상을 떠나갔다. 가지나무에서 은행이 열게 할 수도 없지만, 감나무에는 감만 열리고 밤나무에는 밤만 연다. 사람 저마다의 기본 성향도 이와 다르지 않았다.

궁기에 절어 있는 그 여자의 행색은 외진 바닷가의 모래사장에 홀로 피어 있는 벌레 먹은 해당화를 연상시켰다. 헤지고 퇴색한 외양이나마 아직도 눈빛에 간직되어 있는 태생의 저 여리고 섬세한 심성은 대체 얼마나 메마르고 궁핍하게 졸아들어 버렸나. 치밀어 오르는 연민으로 눈물이 나올 것 같은 표정을 감추기 위해 나는 엉뚱한 질문을 했다.

"아주머니 아직도 그 노래 잘 부르세요?"

그 여자는 생각이 엇나가는 멀뚱한 시선으로 나를 건너다보았다.

"옛날 내 어릴 때 만돌린을 켜면서 같이 불렀잖아요. 넓고 넓은 바닷가에……."

"아아, 그거?"

순간 피어나는 저 섬광 같은 생기는 어디에 감춰두었던 것일까. 여자의 시든 풋잎사 같던 얼굴에서는 단박 화색이 돋아났다.

여자는 동네 아이들을 모아놓고 만돌린을 켜면서 무용과 노래를 가르치고 동화책에서 읽은 옛날이야기도 곧잘 해주었다. 그러나 집안일이 태산인데 어린아이들이나 데리고 논다며 눈흘기는 시형제들에 의해 다람쥐처럼 집안으로 뛰어갈 때가 많았다. 가늘고 여린 팔다리를 움직이며 깡충깡충 춤을 출 때면 구박데기 남의 며느리가 아니라 예쁘고 귀여운 전직 유치원 선생님이었다. 하루에 두 번 시간 버스가 들어오던 미개한 산골 마을 아이들에게 음악과 무용을 통한 색다른 세계로의 안내는 그 여자가 맛보여준 무척 경이적인 경험이었다. 실제로 이때 자극받았던 예능 감각을 살려서 훗날 지방 단체의 예술단원이 된 아이도 있었고 동화작가로 활동하는 아이도 그 속에 있었다.

"내 딴에는 사느라고 열심히 허우적거렸는데……. 나도 어떨 때는 이게 필시 꿈일 거라 싶고 허망할 때가 있어."

그 여자의 입을 통해 허밍이 흘러나왔다. 어린 소녀가 갯바위에 앉아서 앙증스러운 두 발을 깐닥거리면서 그리운 누군가를 기다리는 애절한 노래를 부른다. 듣고 싶다고 부르라는 말도 하지 않았는데 그 여자는 정말 노래를 부른다. 나직나직. 그러나 아무리 가다듬어도 쉰 막걸리를 넘기는 소리여서, 그 여자의 입을 통해서 다시 듣는 노래는 더 아리고 쓸쓸했다.

"조카는 그때 내가 제일 부러워했던 사람이 누군지 모르지? 그게 언제 적 일인데 청승스럽게도 그 기억은 사라지지 않는지 몰라."

"누구를 그렇게 가슴에 맺히게 부러워했을까요?"

"우리 둘째 시누이하고, 소였어."

나는 고개를 끄덕여서 추임새를 넣으며 말없이 그냥 듣고 있기로 했다. 컴컴한 구석 어디에 꽁꽁 처넣어 두었던 해묵은 보퉁이를 풀어헤치듯이 그녀는 실상 대화가 마냥 고팠던 모양이었다.

"시원한 그늘에 누워서 여물을 새기고 있는 소가 왜 그렇게 부럽던지. 하루는 언덕배기에 편안하게 누워 있는 소를 넋 놓고 바라보고 있는데 곧 소가 되어버렸으면 원이 없겠다 싶더라고. 나는 꾸지람을 면하려고 열심히 죽을 둥 살 둥 해도 안 되는데 너는 무슨 복을 그렇게 타서 온 식구들의 위함을 받니, 싶으니까 눈물이 나도 몰래 주르륵 흐르겠지. 어느 결엔가 자네 아버지 상촌 아주버님이 내 곁에 서서 이런 말씀을 하시는 거라. 민망해서 도망치려는 나를 보고 아주버님이 하신 말씀은 지금도 안 잊혀. 종수씨 남해 유자가 바다 건너 사천만 와도 탱자가 된다는 말도 있어요. 그 위로의 말씀은 지금껏 내가 나를 다스리고 살 수 있는 힘의 꼬투리가 된 것도 사실이고."

그리고 아버지는 이런 이야기도 덧붙여서 해주시더랬다.

옛날 어느 선비가 친구 집에 가서 출타한 친구를 기다리고 있는데 그 집 처자가 난데없이 온 마당을 어질러 다니면서 비설거지 독려를 하더란다. 말갛게 보이는 하늘을 내다보며 이 친구에게 저런 실성한 딸이 있었던가. 연민하고 있는 선비의 눈앞에서 정말 장대비가 쏟아지기 시작했다. 감탄했던 선비는 맞단 내기로 친구를 구슬려서 의인이 틀림없는 그 집 딸을 며느리로 들이는 데 성공했다. 그런데 정작 시집을 온 며느리는 바로 눈앞에서 비가 떨어져도 알아채지 못할 때가 많았다. 실망한 시아버지는 며느리를 불러놓고 마비돼버린 예지능의 이유를 추궁했다. 죄송한 기색을 감추지 못한 며느리는 "아버님 제 친정집과 이곳은 지형도 기후도 모두 다릅니다." 하고 설명했다. 아버지의 그 말씀 속에 들어 있던 격려의 뜻은 더 잘해 보려는 힘을 그 여자에게 담뿍 실어 주더랬다. 그 시숙님의 딸을 다시 만나다니, 감격에 떨리는 음성으로 그 여자는 다시 내 손을 다시 잡고 어루만졌다. 소가 부러웠던 이유는 이해하겠는데 시누이는 왜 그렇게 부러웠냐는 나의 물음에 그 여자는 한동안 뜸을 들이다 입을 열었다.

"우리 애들 고모, 얼마나 야무지고 부지런했어. 못 하는 일이 없는 수일꾼으로 칭찬을 달고 살았지. 한 번은 반짇그릇에 담긴 시누이의 십자수를 몇 개 훔쳤어. 그걸 본으로 놓고 아무리 연습해도 손가락을 찔러 피만 흘렸지. 뭐든 나는 시누이처럼 잘할 수가 없더라고."

칭찬받고 유능하게 잘살고 싶지 않은 사람이 어디 있으랴.

탱자가 되어버린 박복한 여자의 상의 자락이 스치는 갯바람에 따라 찢어진 깃발처럼 을씨년스럽게 떨렸다.

오랜 숙제에 방점을 찍듯이, '아재가 잘만 풀렸어도……' 혼잣말로 흘려놓고 보니 그 말은 그 여자의 가슴에도 한으로 맺혀 있을 말이었다.

그 여자의 남편은 그 마을 인척 중에서도 유일하게 대학을 나온 청년이었다. 가난한 농촌의 장남들이 그러했듯이 그는 인골탑의 상징이었다. 장남 하나 출세해서 우뚝 서면 온 형제들이 줄줄이 같이 잘살게 될 것이라는 부모들의 결단에 따라 남동생 셋은 품팔이 삯전까지 형님의 학비로 여분 없이 모두 바쳤다. 여동생 둘도 초등학교 문턱도 못 밟았고 어머니 역시 아들이 요구하는 학자금을 마련하기 위해 참깨나 콩 같은 잡곡은 물론 돈이 될 만한 푸성귀까지 이웃 인심을 무시한 채 돈과 바꾸었다. 그 여자의 시아버지가 징용 갔던 일본에서 잘 사는 지름길로 깨우쳐 온 것이 아들 교육이었다. 가족들의 울력까지 한 곳으로 몰아넣은 것이라 네 형만 좋은 데 취직하면, 네 오라비만 출세하면―. 어른들이 세뇌한 동생들의 꿈과 희망은 그러나 그 여자의 남편을 반거충이 백수로 내모는 것으로 끝장이 났다. 재건 운동을 부르짖던 그 당시의 시국은 아무리 고학력자일지라도 군 미필자에게는 발붙일 곳을 허락하지 않았다.

그 황망한 집으로 반식이 된 부른 배를 활옷으로 감춘 그 여자가 며느리로 들어온 거였다. 그 여자는 곤고한 일상의 위안으로 인형 같은 입을 즐겁게 오물거리며 늘 친정 이야기를 했는데 사람들은 그것을 친정 자랑이라고 삐죽거렸다. 과자를 먹으면서 유성기의 음악을 들었고 일주일에 한 번은 영화를 보고 한 달에 몇 번은 쇼핑을 했다며 그때 모은 옷이나 장신구를 사람들 앞에 펼쳐 보이기도 했다. 어른들이 아무도 없는 날은 빈집의 뒤곁에서 먼지 앉은 만돌린을 매만졌다.

그 여자의 시집은 전형적인 씨족 마을의 삼 칸짜리 오막살이였다. 방문이 낮아 한낮에도 불을 켜야 하는 어두컴컴한 안방 바람벽에는 창호지로 바른 낮은 사잇문이 있었는데 그 너머에 그 여자의 신혼 방이 있었다. 요즘 장남들처럼 그 여자의 남편이 분가했으면 그 옹색한 신방에서도 줄줄이 이세를 만들어낸 그들의 금실 좋은 사랑도 화사하게 지켜졌을 것이다. 아내가 가족들로부터 받아야 하는 옹치 같은 미움에 대해 그 여자의 남편은 늘 있으나 마나 한 바람막이밖에 되지 않고 오히려 그 여자를 불리하게 만드는 경우도 허다했다. 역성을 들면 더 큰 불똥은 고스란히 아내에게 떨어졌다. 그러므로 제 아내가 아무리 안쓰러워도 뒷박쌀까지 딸딸 긁은 돈으로 군 입대까지 면제시켰던 부모 형제에게 항의나 원망을 할 처지가 아니었다.

그 여자의 남편이 사랑하는 아내의 멋진 남편 노릇을 시도조차 하지 않았던 것은 아니다.

결혼한 지 이 년인가 후 그 여자의 혹독한 시집살이를 처남으로부터 질책받은 그 여자의 남편은 그해 맞이했던 아내의 생일날 거짓말로 아내의 외출을 허락받고 읍내로 외출을 했다. 모처럼 둘만의 외식을 하고 영화 구경을 하고 연애 시절에 약속했던 꿈같은 하루를 보낸 것까지는 좋았다. 그러나 돌아온 그 여자를 맞이한 일감이나 시댁 식구들의 눈총은 가혹하도록 폭력적이게 여자를 몰아붙였다. 직장도 없이 씀씀이 헤픈 남편의 허랑한 낭비벽 하나 다스리지 못하고 동조하는 빵점짜리 아내라는 이유였다. 이밖에도 그 여자의 남편이 아내를 위해서 했던 말이나 행동은 번번이 여자를 궁지에 몰려 쩔쩔매게 했다. 아내가 좋아하는 양과자를 몰래 사다 준 일은 그렇다 치더라도 혼자서 할 수 없는 다리미질을 할 때 마주 앉아서 빨랫감을 잡아주었다는 것도 누군가의 눈에 띄어 말썽이 되었다.

그 여자의 남편이 아내의 처지를 생각하며 목놓아 울었던 소문난 사건도 하나 있었다. 그 여자의 남편이 '국토개발대'에 나가서 일을 마치고 돌아오는데 밭일을 하던 아내가 갑자기 시야에서 사라졌다. 밭둑 아래로의 추락으로 단정한 남편이 달려갔을 때 아내는 넘어진 똥장군 지게에 짓눌려 낑낑거리고 있었다. 그런데 더 기막힌 것은 인분을 뒤집어쓴 여자의 전신으로 구더기가 산발하며 기어 다니고 있는 거였다. 얼른 다가가서 어떻게 할 엄두도 못 낸 채 지독한 인분 냄새로 얼굴을 찡그리고 섰던 남편은 연약한 여자에게 똥장군까지 지게 했냐고 항의하며 다른 밭에서 일하는 동생들을 큰 소리로 불러 젖혔다. 하지만 달려온 식구들은 역시 여자의 서투른 일솜씨를 나무랄 뿐, 식구끼리 일감을 나누어 했을 뿐 결코 시켜서 안 될 일을 시켰다는 미안함을 보이지 않았다. 잠자코 가족들의 반응을 지켜보던 남편은 결국 물가에서 오물을 씻고 있는 아내의 등짝을 걷어찼다. 그러나 물에 빠져서 허우적거리는 아내를 보다 못해 끌어안고 통곡을 터뜨려냈다. 가족들도 얼추 대들보인 장남에 대한 기대를 꺾고 있을 무렵이었다.

그 여자의 남편은 집에서 걸리적거리느니 차라리 밖으로 떠돌았다. 자랑스러운 사각모 출신의 그는 세상이 안돌이해주지 않는 가운데 잘난 허울도 치욕스럽게 별명만 자꾸 늘었다. 그 중 하나가 '먹고잽이'였다. 인근의 잔칫집이면 어디건 자의나 타의로 끼어들어 술을 마셨고 덫으로 잡은 산짐승을 끓이는 연기 속이면 빠짐없이 그가 끼어 있었다.

이런저런 이야기 끝에 생각난 듯이 그녀가 덧붙였다.

"가시밭 가운데서 만난 모래톱마냥 나를 편들고 위해준 분이었는데, 자네 아버지가 별세하셨다는 소문 듣고는 이 추운 세상에서 나를 녹여주던 외줄기 햇살이 영영 사라진 뜨거운 눈물을 흘렸네."

어렵고 어려운 종수숙 간의 이런 교감은 동병상련이었을 것이다. 그 여자의 '상촌 아주버님'인 나의 아버지 또한 양어머니의 혹독한 훈육으로 잔뼈가 굵은 분이었다. 산골 지주의 고명딸로 시집을 온 할머니는 복도 명도 고루 갖추었다는 궁합도 무색하게 청상과부가 되었다. 점잖은 큰 시숙의 막내둥이를 양자로 들이고는 제 자식으로 가르친다는 미명하에 겨우 여섯 살 든 어린 아들을 성깔대로 닦달했다. 바느질이나 길쌈을 해서 겨우 생활을 꾸려야 하는 답답한 자기 인생에 대한 화풀이는 때도 곳도 없이 광증으로 나타났는데 큰집에서 빌려 온 하나밖에 없는 귀한 아들도 앙정 없이 학대하며 중노미로 부려댔다. 그러나 아들은 양어머니의 깔끔한 성격을 거스르지 않으려고 밥도 빨래도 저 스스로 했다. 나무를 해도 들일을 해도 어머니의 흔쾌함을 얻으려는 희망으로 비지땀을 쏟아내며 안간힘을 쏟았다. 이 안쓰러운 모습을 보다 못한 이웃들이 파양하라고 본댁에 꼰지를 정도로 아버지의 어린 날은 모질고 혹독한 시련기였다.

아버지는 먼 훗날 받들기 어려운 시어머니에 대해 하소연하는 아내를 향해 이런 설득을 했다.

"사대부가의 막내로 태어난 내가 여러 형님들 밑에서 어리광이나 하면서 자랐다면 임자 인생살이가 더 팍팍해졌을지 누가 알겠소. 지금 새 부잣집 마나님 소리를 듣는 건 양어머니 공이라 생각하면 훨씬 견디기 쉬울 거라."

아버지는 철없이 당하는 매운 시집을 견디지 못해 시난고난하는 이웃집 제수에 대한 연민을 그런 경험으로 감싸주었다.

순서도 없이 생각나는 대로 이런저런 이야기를 나누는 동안 선착장에 배가 왔으니 어서 오라는 일행들의 부름이 들렸다. 건강이나 잘 지키세요. 딱히 뭐라고 위안할 말이 없어, 자식들이 크면— 이라는 여운이 담긴 인사를 건네는데 배에서 내린 한 젊은 아낙이 여자를 향해 다가오더니,

"엄마 나와 있었네." 하며 뭍에서 봐 온 장구력을 땅에다 펼쳐놓고 구경시켜 보일 듯이 허리를 구부린다. 엄마라면 딸일 것이다. 아까 그 주정뱅이의 딸인가? 내 의문을 눈치챈 그 여자

가 얼른 고개를 저으면서 나만 알아듣게 낮은 소리로 빠르게 뱉어냈다.

"한골댁이 낳은 딸 아니가. 자네도 알지? 우리 이웃에 살든 과수댁."

나는 미묘하게 감겨드는 마지막 말의 의문 때문에 선착장 난간을 붙잡고 선 채 배가 섬 모퉁이를 돌아 사라질 때까지 그녀가 서 있던 쪽을 바라보고 있었다. 한골댁의 딸. 입으로 가만히 뇌이면서 어느 시점을 톺아나갔다. 설상가상으로 무너진 돌각담처럼 시집살이 어렵던 그 시절, 그 여자를 짓누른 또 다른 걸림돌의 이름이 한골댁이다.

친구랑 갔던 영화관에서 앞자리에 나란히 앉아 있는 그 여자의 남편과 한골댁을 먼저 본 것은 나였다. 아재는 워낙 신식 사람이니까 친구로 지낼 수도 있으려니 못 본 척 넘기려 했으나 낮은 낮대로 밤이면 밤대로 틈만 나면 한골댁과 아재가 시시덕거리며 붙어 지내는 바람에 소문은 곧 새앙쥐처럼 온 동네를 비집고 돌았다. 남편의 일을 골 때우느라 여자들이 하지 않는 '똥장군'까지 밭으로 져 나르며 낑낑대는 아내의 힘든 일상은 아예 눈에 보이지도 않는지 그 여자의 남편은 집안일에는 도통 무관심했다. 하긴 집안일은 그 여자 남편의 일이 아니었다. 취직자리를 알아보느라 사람을 만나러 밖으로 나돌아야 하는 것만이 그 여자 남편의 일이기 때문에 그 남자의 행동이나 변명에 대해서는 가족들 누구도 트집 잡지 않고 인정했다. 보다 못한 그 여자가 시어머니에게 볼멘소리를 한 적이 있다.

그러나 시어머니는 대뜸 속상한 남자가 좀 마음 편하게 지내는 걸 밴댕이 소가지로 못 봐주냐, 설령 네 남편이 바람이 난들 남자가 열 계집을 못 거느릴까, 예부터 잘난 남자들은 몇 방에 갓 걸기 예사다. 복 없는 너보다 그 과수댁의 복으로도 내 아들이 일어선다면 나는 좋다. 투기 부리지 마라. 일언지하에 며느리를 잡도리했다. 그러잖아도 동네 아낙들 사이에는 그 여자가 숙맥이니 반편이니 하는 숙덕거림이 짜했다. 아무리 시어머니의 지엄한 입단속이 있다지만 젊은 아내라면 응당 할 법한 남편에 대한 사랑의 시새움 한번 그녀는 겉으로 드러내서 할 수 없었다.

아마 나는 서투른 기록 솜씨로나마 그 여자의 일생을 그려내야 할 전생의 업이 있었던 모양이다. 섬에서 본 후 뜻밖에도 내 친구가 소장으로 있는 보건소의 침상에서 그녀를 또 만났다. 그녀는 영양주사를 맞고 있었다.

"모래 씹는 것 같아도 밥을 잡수세요. 당뇨도 있고 혈압도 있는데 사탕이나 그런 거 많이 드시면 안 돼요. 주사에 의존해서 해결이 안 된다니까."

보건소장의 따끔한 주의를 들으면서 시부적시부적 옷을 추스르던 여자는 곧바로 나를 알아보았다.

"우리가 이런 데서 또 만나다니, 이게 꿈은 아니제?"

반가움으로 울컥해진 그 여자의 비둘기 같은 눈에서 동그랗게 눈물이 솟아올랐다. 거칠고 메마른 손일망정 그 여자의 도탑고 뜨거운 정이 건너와서 내 손을 마주 잡았다. 우리들의 관계를 알게 된 소장이 고자질하듯이 이죽거렸다.

"너희 아저씨를 다시 만날 때까지 기운을 잃으면 안 된다고, 약간 중독 증세다, 너희 아줌마 별명을 '미워도 다시 한번'이라고 내가 지었어."

만만한 친근감이 느껴지는 눈길로 소장을 흘겨보던 그 여자가 딴전을 부리며 나를 끌고 밖으로 나섰다. 나 역시 간직하고 있던 궁금증을 풀 요량으로 적당한 장소를 찾아서 마주 앉은 뒤 중독 증세에 대한 이유를 단도직입적으로 물었다.

"아줌마는 그럼 아직도 아저씨를 기다린다는 거예요?"

"내가 몸이 약해서 아무것도 못 해 주잖어."

세월은 수십 년을 아득히 흘러갔다. 그러나 이 애틋한 연리목의 미래는 과연 어떻게 연결될 것인가. 나는 아연한 시선으로 아줌마의 혈관을 따라 주사액이 방울방울 스며들고 있던 장면을 떠올렸다.

"자네 아재는 꼭 내게로 온다고 약속했어."

그 불확실하고 아득한 옛날의 약속을 이 여자는 가슴 깊이 간직하고 있다. 애잔하고 진실한 이런 감정을 다치게 할세라 나는 얼른 화제를 돌렸다.

"그때 언뜻 한골댁 딸이라고 들은 것 같은데, 엄마라고도 했죠?"

"그래도 키운 공 한다고, 그게 나한테 참 잘해준다."

"그게 무슨 뜻인지 자세히 좀 듣고 싶어요."

"조카는 몰랐는갑네. 한골댁한테서 난 딸 아니가. 한골댁이 재혼한다고, 자네 아재가 나한테로 데리고 와서 내가 안 받아주면 고아원에다 갖다준다는 거라. 나를 빤히 쳐다보는 까만 눈동자 속에 내 새끼들이 들어 있는데 외면할 수 없더라."

나는 벌린 입을 다물지 못했다. 병신, 소리가 튀어나올 찰나였다. 하긴 동네 할멈이 강똥 서 말을 먹는다는 이웃 정을 무시할 수는 없다. 하지만 여자는 버림받은 본댁이지 이웃 할멈이 아니다. 어이없어하는 내 표정을 읽은 여자가 쓰라림을 감춘 낮은 음성으로 중얼거렸다.

"뻔뻔스럽다고 아재를 욕하겠제. 진정이란 인정하지 않으면 진정이 아닌께. 어느 날 집에 단둘만 있었던 때가 있었는데 그 양반이 그랬어. 저기 나무에 가지에 걸려서 옴나위없이 이리저리 시달리는 연이 바로 자기라 생각하고 참아 달랬어. 그 아이를 맡길 때도 그날 했던 말을 되새기면서 또 다짐을 하데. 내 날개가 훨훨 자유스러워지면 당신 꼭 찾아올게, 내 손을 꼭 잡고 눈물까지 닦으면서 그 양반은 약속했어. 그 사람 입장이 얼마나 어려웠는지 잘 아는 내가 모르면 누가 알아주겠노. 나는 그날 그 사람이 너무 불쌍하고 가여워서 우리들 연애 시절처럼 그 사람이 청하는 대로 만돌린을 켰어. 시대를 잘못 만나서 그렇지 그 사람인들 무슨 잘못이 있나. 나라도 그 사람을 이해해야지. 펑펑 울고 있는데 서목태 같은 그 애의 까만 눈이 나를 바라보는 거야. 그 아이인들 무슨 죄가 있나."

그 여자가 끌어안은 한골댁 딸은 그 여자가 두고 온 딸 아들

칠 남매의 그림자이기도 했으리라. 아기에게 먹일 밥을 준비하고 아기에게 입힐 옷을 빨래해서 말리고 그 아이의 교육비를 벌기 위해 갯가에서 할 수 있는 일은 안 해 본 게 없었다. 바다에 빠져 익사할 뻔한 일도 몇 번이나 있었다. 하지만 몸에 붙지도 않는 노동이며 잔약한 체력으로 감당 못 하는 일감 때문에 나대는 깐에 비해 수익도 늘품도 늘 제자리 방망이였다.

"그래서 이날 이때껏 그 섬에서 기다린 거예요, 마냥?"

"처음에는 그랬지. 바닷가에 나가서 먼바다를 바라보고 있으면 물결을 끌어다 내게로 밀어붙이며 바다가 말하는 거라. 기다려보라고. 하염없이 그 물결을 바라보고 있노라니 뭔지 모르게 빈 가슴이 차오르고 편안함도 생기데. 차츰 그 고마운 바다와 친해지고, 노상 갯가에 살면서 톳도 뜯고 파래를 뜯는 동안 시름도 같이 뜯겨나가고……."

"아재 원망은 안 해봤어요?"

"모르겠어. 나도 모르겠어."

"그런 말이 어디 있어요. 여잔데, 아내고 엄만데."

"모르겠어. 내가 등신이라서 그런지. 세상이, 환경이 그렇게 만든다 싶으니 불쌍하고 외려 아무런 도움도 주지 못하는 내 자신이 미안하고 그랬지."

나는 얼른 말을 담고 있던 입술을 오므렸다. 그 여자의 심리를 읽어내려던 얕은 내 호기심에 대한 반성이다. 오염되지 않는 천성의 본체를 어떤 환경이나 압력으로 개조할 수 있단 말인가.

소장 친구가 타서 가져온 차를 마시며 잠시 닫고 있던 말문을 다시 열었다.

"정옥이랑 애들은 더러 만납니까?"

"저들 살기 바쁘니까……."

"그렇담 한 번도 오지도 않고 가지도 않았단 말이에요?"

"먼빛으로라도 한번 보고 싶어서 전에는 내가 더러 갔지. 애들이 말끄러미 쳐다보면서 할머니나 고모 뒤로 숨어버리는데 내가 누군지 긴가민가하는 것 같고 어미에 대한 정도 없는 것 같더라고."

사연을 알게 된 내 친구에게 그 여자는 '미워도 다시 한번'이 됐다. 아아, 사랑이여 비루하고 눈먼 사랑이여. 순정을 다 바쳐서 믿고 또 믿었건만……. 의사답게 그 여자의 두뇌에 박혀 있는 어떤 인자를 들먹이면서 그렇게 덧달기도 했다.

그로부터 몇 년 후 인근 보건소로 전근한 친구로부터 전화가 왔다. '미워도 다시 한번'이 널 꼭 만나고 싶단다.

여자는 호스피스 병원의 침상에서 창밖으로 보내고 있던 처연한 눈길을 거둬들였다.

"보고 싶었어. 내 마음을 가장 잘 아는 사람이라……."

나는 그 여자가 잡은 손을 미끈거리는 감이 생기도록 오래 잡혀주었다. 앙상하게 뼈만 남은 작은 손의 손톱들에는 고단했던 그녀의 인생이 점묘처럼 새겨져 있다. 이미 자궁암 말기의 시한부 인생을 선고받고 있지만, 표정은 전보다 더 맑고 평온

해 보였다. 세상만사를 초탈해서 자연적인 천성으로 회귀한 현상일까. 더럽히다 망쳐버린 보석을 뒤늦게 알아차린 피의자인 양 아쉽고 불편했다.

치유에 관한 이런저런 이야기를 나누던 여자는 옆에 있는 한골댁의 딸에게 무언가를 가져오라고 눈짓으로 말했다. 보관해 놓은 짐 보따리에서 딸이 무언가를 찾아올 동안 환자를 안위해줄 무엇이 없을까 궁리하고 있는데 그 여자가 먼저 소곤거리듯 입을 열었다.

"아재가 요즘 시도 때도 없이 꿈에 보여."

환자의 얼굴이 비탄이나 궁기 없이 편안해 보이는데 그런 이유가 있었다니. 아아. 나는 순간 고개를 숙이고 눈을 감았다. 이웃 도시의 산업체에서 경비로 일하던 그 여자의 남편은 이년 전에 기막히고 초라한 인생살이를 혈압으로 마감했다. 얼굴이 상기된 여자는 마른 입술에다 침을 바르면서 꿈 이야기를 그치지 않았다.

"어떤 때는 한참 말없이 나를 바라보다 사라지기도 하고, 어떤 때는 젊어서 오빠랑 우리 집 정자에서 놀던 때처럼 건장하고 잘생긴 청년으로 돌아가서 나를 보고 웃는 거라. 참말 영혼이라는 게 있는지……."

"아직도 아저씨를 만나고 싶으세요?"

"몰라……. 꿈같이 아득하고 실없고 허망하고……. 그런데 어제저녁에는 저걸 켜면서 그 양반이랑 처음 만났을 때처럼 노래도 같이 불렀어."

그때 그 여자의 딸이 가져온 것은 만돌린이었다. 그 시절의 혼수로는 도무지 어울리지 않는 물건이라서 시댁 사람들을 이질적으로 만들고 그녀의 인생 역시 더욱 겉돌고 비참하게 만들던 악기.

"이걸 조카한테 주고 싶어⋯⋯. 선물이지만 찜찜해서 싫다면 하는 수 없고⋯⋯."

"아주머니 자녀들이 많잖아요. 엄마를 이해할 정도로 다 성장했으니 엄마의 유품으로 갖고 싶어 할 수도 있고요."

그 여자는 고이 고개를 가로저었다.

"낳기만 했을 뿐 저들한테 어미로서 해준 건 고통과 눈물밖에 없는데 무언들 좋아하겠어."

하긴 너무나 앵돌아진 셋째 딸은 다른 남매들이 다 참가하는 첫 만남의 자리에도 끝내 나타나지 않았다는 소문도 있었다.

그 여자는 그로부터 며칠 뒤 한골댁 딸이 꼭 끌어안겨 준 만돌린을 안은 채 세상을 떠났다. 사랑하던 남자가 그녀를 마중 나와서 어떻게 맞이했을지, 장례식장에서 받아 온 만돌린은 아무런 귀띔도 없이 집필실 구석에서 나를 지켜보고 있다.

그곳에 가면 생각이 달라진다

"우와! 이 많은 사람을 할머니가 다 살려냈단 말예요?"

누가 감탄스러운 목소리로 이렇게 외치면 할머니의 웃음은 금세 자극받은 불씨처럼 소리 없이 활짝 터진다. 육십여 년 품고 길러온 자부심인 까닭이다. 하지만 나와 눈길이 마주치면 그 웃음은 순식간에 싸악 사라진다. 할머니의 이런 행동에 대한 깊은 이유는 시장통에서 우리 가족 외에는 잘 알지 못한다. 아닌 게 아니라 출하 때의 콩나물 통은 빼꼭하게 들어찬 사람의 머리를 위에서 내려다본 형국을 하고 있다. 마른 콩낱에 물을 주어 죽은 혼을 살리고 생명으로 일으켜 세우는 작업은 작년 가을 은퇴하고 고향으로 가실 때까지 할머니가 평생 해왔던 업이었다.

그 할머니가 며칠 전부터 이상하다고 고향 방곡에서 용구아재의 전화가 왔다. 가족을 대신해 매인 데 없이 빈둥거리던 내가 나타나자 할머니는 짐짓 쑥스러운 표정을 짓고 있다. 무언가 이유를 알고 싶은 눈치였지만 용구아재가 먼저 나서서 얼버무려 주었다.

"참, 할마시도. 상왕 대비마마가 속으로는 좋음시롱 시치미는 와 떼요. 할마시가 우떤 양반인데, 속으로는 우얬든간에 어른을 보러 손자가 오는 기 뭐 이상한교."

잠이 안 온다는 것밖에 별로 달라진 것 없는 할머니를, 두고 보라며, 용구아재의 표정이 여간 심상찮게 일그러지는 게 아니었다.

저녁 식사를 한 후 용구아재가 가르쳐 주었다는 '갑오패'를 접고 펼치는 할머니를 지켜보다 스르르 눈이 감겼다.

얼마나 잤을까. 문득 눈이 떠졌다.

겨울바람이 벼린 칼처럼 섬뜩, 마당에 널려 있는 달빛을 베고 덕석말이해 지나가자 조바심내는 앙가슴처럼 문풍지가 따르르 떨었다. 방안은 캄캄했다. 할머니 쪽에서는 아무런 기척이 없었다. 자신의 행동을 감시하기 위해 내가 온 것을 눈치챈 것일까. 나는 머리맡에 둔 핸드폰으로 시간을 본 뒤 소리 없이 몸을 돌리다 벌떡 몸을 일으켰다. 알맹이를 도둑맞은 섬거적처럼 홀쭉하게 할머니가 누웠던 자리의 이불이 꺼져 있지 않은가. 용구아재의 우려가 현실로 드러난 증거였다. 서둘러서 밖으로 나오니 쇠죽을 끓이던 용구아재가 돌아보았다.

"큰소리 치더이 씨바 니도 또 실패했제?"

"미리 옷까지 챙겨 입고 준비는 단단히 하고 있었는데……."

"늙다리가 되모 잠도 없다카더마 나는 씨바 잠 귀신이 씌었는지 누우모 송장이라. 이러다가 더 큰일 생길라 싶어서 너거 집에다 연락을 안 할 수가 있던가. 내 딴에는 거창하게 속이 탄기라."

아재와 나는 서로 나무랄 수 없는 부분만 확인한 채 잠시 망연해졌다.

그때 아궁이에 넣을 땔나무를 저쪽 나무빗갈에서 뽑아내 오던 용구아재가 새된 목청을 냈다.

"봐라, 할마시 벌써 온다!"

용구아재의 말에 따라 눈을 돌리자 동구 밖 언덕배기에서 돋아나는 장승처럼 할머니의 모습이 머리부터 차츰 드러났다.

"새복부터 이 저실에 꾀사리를 꺾으러 댕긴다쿠까, 가무새 타는 다락논에 물을 여다 나른다쿠까, 핑계를 댈 것도 없고, 내참 알다가도 모르겠다 아니가. 조카 얼굴 본께 인자사 내 심정을 쪼끔 이해하는 것 같네."

대체 할머니는 어디까지 밤마실을 다녀오시는 걸까. 하긴 할머니의 새벽 나들이가 밤마실 정도로 여겨졌다면 속 깊은 용구아재도 집에다 굳이 알리지 않았을 것이었다.

"하이고, 이게 뭐꼬. 몸이 꼭 돌뎅이 같이 얼었네."

용구아재가 먼저 나서서 사립에 들어서는 할머니를 맞아들이며 전신을 훑어본다.

"저 잠팅이가 웬일고?"

할머니는 장갑 낀 손으로 언 얼굴을 쓸면서 슬쩍 내 눈치를 살폈다. 내게 늘 빚진 것 같은 심정을 감추고 사는 할머니였다. 학벌이 남만 못하나, 인물이 남만 못하나……. 당신의 한탄마따나 빠질 데 없는 조건을 갖춘 내 신세가 당신 때문에 오그랑바가지 됐다는 죄의식은 아마 할머니 생전에는 지워지지 않을 상처로 종종 덧나기 십상일 것이다. 첫사랑 영애는 식육점의 고명딸이었고 꽃 같은 그녀와 나는 운명적인 사랑으로 이미 굳어 있었다. 그런데 결혼 승낙을 받는 자리에서 우리는 파탄을 맞았다.

"산生짐승을 턱턱 잡아 눕혀 각을 뜨고 포를 뜨고……."

할머니는 영애가 마치 나를 죽여서 어떻게 할 것처럼 치를 떨며 반대하다 결국은 응급실로 실려 갔다. 우리는 도축과 판매의 이원화된 직업 관계까지 들먹이며 열심히 설득했지만 그니에게 잠재해 있는 원한의 독소를 에두르는 것조차 실패했다. 눈에 넣어도 아프지 않을 넷째 손자의 전정까지 망쳐버린 할머니의 트라우마를 우리는 어쩔 수 없었다. 승려가 될까 신부가 될까, 잠재우지 못한 바람으로 부유하는 나에게 당신이 쌓은 재산인 콩나물도가의 절반을 떼준다고 했지만 내가 입은 상처 또한 할머니에 못지않았다. 어쩔 수 없는 깊은 골을 사이에 두고 할머니와 나는 마주 서 있었다.

"마, 가아사 웬일이든지 말든지, 어서 일로 들어오소."

노친네의 기행을 꾼질러서 내가 온 것을 들킬까 봐 용구아재는 너스레 치며 쇠죽방의 문을 열더니 대오리로 엮은 죽부인 같은 할머니의 몸을 들어 안으로 살랑 밀어 드렸다. 아랫목은 벌써 절절 끓는다. 까맣게 탄 장판이 드러나게 이불을 들친 용구아재는 구지레하고 쿰쿰한 자신의 이불로 할머니가 옛날에 단술 단지를 싸듯이 할머니를 푹 덮어 쌌다.

"인마야, 숨통을 막아 쥑일라카나."

할머니가 떨치는 이불깃을 더 야무지게 둘러싸며 용구아재가 농담을 붙였다.

"그래, 할마시 잘 돌보라꼬 부탁한 용생이 동생한테 애맨 소리 듣느니 차라리 여어서 송장 치게 하는 기 꼭꼭 파묻기도 좋고 더 안 났겠나. 씨바 진주 오데 있다가는 오매다리 맹키로 내가 밤마다 다리라도 놔 줄 텐께 할마시가 나한테만 솔직히 고백을 하던가!"

"이놈아가 새복부터 뭔 몬 무울 걸 묵고 헛소리를 이리 씨부리쌌는고 모리겄네."

"규중 여인네가 새벽이슬로 치마꼬리를 적시고 댕기모 이기 작은 일이요?"

"새북이슬? 하이고 듣다 듣다 별놈으 새 디비시 날아가다 물똥 찌끄리는 소리도 다 듣네."

그제야 말뜻을 알아들은 할머니가 콧방귀를 날리며 눈을 흘겼다.

"같잖은 가오리가 나무 좆이 열두 개라 카더마, 물색도 없이 와 이리 껍죽거리 쌓노. 새파란 서방이라도 하나 얻어줌사 밉지는 않지. 송장이 다 된 늙은이한테 몬 하는 소리가 없다."

"할마시, 입으로는 백수 하도록 장장하다 캐도 말짱 허풍이다. 혹시 그라모 자다가 아무 데나 이리저리 저도 모리게 나돌아 댕긴다는 몽유병은 아닌가?"

"아이고 이 놈으 인사가 아침부터 별놈의 씨산이 소리를 다 하고 있네. 니나 몸단속 잘해서 새로 놓은 내 변기 가에 오줌방울이나 칠칠 흘리지 마라."

내가 따뜻한 꿀물을 타서 들어가자 용구아재는 아예 할머니의 옷자락을 이곳저곳 뒤집어보는 시늉을 하고 있었다. 할머니는 짐짓 강파른 인상을 지으며 용구아재의 닳은 갈퀴 같은 검센 손길을 털어냈다.

"참내, 늙은이 갖고 놀다가 제자리 갖다 놓기나 할라꼬 이리 씨슥바리짓을 하까?"

"늙은 여시가 매구 짓을 하고 왔는데 꼬랑지가 몇 개나 되는지, 씨바 확인을 해야 급수를 매길 거 아니요."

용구아재도 화낸 듯 퉁명스러운 음성으로 할머니를 맞받았다. 웃지 않으면 싸우는 듯한 두 사람의 말투지만 깊이 이해하고 의지한다는 것은 굳이 설명하지 않아도 다 아는 사실이라 나는 빙그레 웃음 띤 얼굴로 이들의 실랑이를 지켜보았다.

"내가 매구라꼬? 내한테 그런 재주라도 있다카모 얼매나 좋을꼬……."

언 몸이 녹아서만도 아닌 풀죽은 음성으로 갑자기 말꼬리를 흐린 할머니가 용구아재도 나도 외면하듯이 이불을 뒤집어썼다. 그러더니 다시 이불을 들치고 얼굴을 반짝 드러내며 용구아재를 돌아보았다.

"니 자우자께 길에서 누굴 봤다캤더노?"

"와, 갑자기 그거는 묻소?"

"참말로 개꼬랑지 그놈의 종출이 여게 나타났는가, 죽을 때 된께 귀신이 불러댔나 당최 영문을 모리겄다. 홀깃대 맹키로 큰 키가 삐쩍 말랐고 머리는 솔비겉이 우암하더라캤제?"

"반미친놈 같더마. 에참, 아지매 생병 도질까 싶어서 말 안 할라캤더마 괜히 했네. 씨바, 하늘이 저리 시퍼렇게 내리다보는데, 즈들인께 신간이 잘 풀맀겠소. 잘라카던 사람이 갑자기 그 미친놈은 와 묻고 그라요?"

"그놈의 꽃고무신은 우째서 난 말이던고……."

"그 새끼 애비가 지금도 꽃신 맹그니라꼬 씨바 공장 돌리고 있다꼬 내가 안 캅디꺼."

침음해진 분위기를 풀기 위해 아저씨는 계속 농담처럼 받았지만, 생각 깊어진 얼굴로 한숨을 푹 내쉰 할머니는 긴한 무슨 말을 할 듯이 나를 잠시 바라보더니, 이내 단념한 듯 시그러진 표정으로 이불을 뒤집어썼다. 눈물이나 콧물을 닦는지 모를 손동작으로 한동안 얼굴 주변에서 꼬물거리던 이불깃이 잠잠해지고 이내 드르렁, 푸우— 코를 골고 불까지 불면서 잠이 들었다.

할머니는 아저씨와 내가 늦은 아침을 먹을 때까지 잠에서 깨어나지 않았다. 할미가 일이 고되서 안 그렇나, 하면서 양해를 구하기는커녕 불을 불고 자는 사람은 부자가 된다는 터무니없는 속설을 할머니는 믿었다. 어린 아들 입에다 밥을 넣어

주기 위해 옹기 시루에다 콩나물을 길러서 팔던 아낙이 콩나물 공장 사장이 된 것은 불을 불고 자는 잠버릇 덕이라고 우리 형제들 다섯의 구박에도 항상 당당하게 맞받아쳤다. 이제 모든 것을 큰아들 너한테 맡기고 죽을 자리 찾아간다며 고향으로 들어온 할머니. 그 마지막 말을 상기하며 다시 바라보자 참 편안하고 귀여워 보이기도 했다.

"너가부지도 뭐 한다꼬 할마시가 이리 가도록 허락을 했이꼬."

"누가 할머니 고집을 막아요. 한평생 콩나물장사를 하셨으니 이제는 새벽잠 즐기면서 편히 좀 사시라고 아버지나 우리가 그럴 때마다 싸움 일보 직전이었다니까요. 니들이 생목숨 뻗어 있는 참혹한 광경을 어떻게 알랴. 죽음이 얼마나 허무한 것인지, 생존 예찬을 늘어놓으시며 할머니가 일장 눈물을 쏟아내시면 우리 식구들 모두 꼼짝 못 해요."

"그래, 너거 할매한테서 일거리를 뺏는 거는 씨바 외다리 병신한테서 지팡이를 뺏는 격이지. 내일 아침 장에 내갈라꼬 소복하게 자라 있는 콩나물 동이를 들여다보는 순간 눈이 퍼뜩 뜨이더란다. 밥벌이가 아니라 천직이 그때 결정됐다 소리 나도 들었다."

막상 할머니는 놀아 본 적이 없으니 같이 놀 친구도 없고 노는 방법도 몰랐다. 아버지가 친척인 용구아재를 우연히 만나지 않았다면 할머니는 또 어떤 다른 소일거리를 찾았을지 짐작이 안 되었다. 아버지의 고민을 들은 용구아재는 홀로 사는 자기

와 의지하고 살 뜻을 비쳤다.

"아는 사람은 별로 없어도 산천은 낯이 익은께 그래도 여어 있는 것보담은 안 났겠어요? 정 답답하면 내가 키우는 쇠짐승도 한 마리 있고 아지매 몫으로 순한 강생이라도 한 마리 사서 벗하면 지낼 만할끼라요."

가을에 이곳으로 온 할머니는 한동안 자신을 잃다시피 바쁜 나날을 보냈다. 용케도 살아 있는 옛사람들을 다문다문 만나 그때 같이 살았던 사람들의 안부도 듣고 이제는 산천으로 환원되어버린 옛터도 둘러보면서 살아 있음의 감격을 수없이 되새겼다. 더구나 검버섯투성이 얼굴에도 그윽한 연륜의 빛이 구름 속의 달처럼 드러났을 때, 할머니의 귀향은 살아 있는 자만이 향유할 수 있는 축복으로 가족들의 시름을 씻어주었다.

"내가 좀 둘러보고 와야 될 데가 있는데…… 심심하면 같이 갈래?"

아침을 먹고 할머니가 잠에서 깰 때까지 티브이나 보고 있을 참인 나에게 용구아재가 말을 붙였다. 어떻게 할까 생각을 고르던 아재가 작심한 듯이 동행하기를 권했다.

동구를 벗어나는 샛길에 접어들자 아재는 할머니와 한집에서 같이 살게 된 이후의 이야기를 들려주었다. 어제는 마중 왔던 용구아재의 안내로 억울한 희생자들의 묘원이 조성되어 있는 추모공원을 둘러보고 참배했다.

그때의 할머니 행동을 들려주던 아재가 문득 걸음을 멈추며 자신의 머리통을 손으로 탁, 쳤다.

"씨바, 와 그 생각이 인제사 나꼬. 지금 생각하니 맞네. 씨바 거기까지는 와 생각이 안 미쳤을꼬? 암만 캐도 그런갑다. 그 후부터 할마시가 달라졌거든. 와 아니라. 딱 맞네, 그렇고말고."

아재는 뭔지 모를 자신의 추측에다 거듭 확신의 쐐기를 박았다.

"그게 뭔데요?"

가 보면 안다고 말을 잘랐던 아재가 궁금증 어린 내 눈빛에 못이긴 듯 입을 열었다.

"아매 그런 것 같다. 어제 조카가 올 때 내랑 같이 둘러보고 온 데라."

"그때는 찢어진 박스쪼가리하고 뜯어진 이불인지 옷가지 같은 쓰레기를 치우고 오셨잖아요?"

"그래, 어느 놈들이 와서 부잡시런 짓이라도 하고 가는지, 밤마다 노숙자가 와서 잘 데도 아닌데 걸뱅이가 뒹굴다 간 것 맹키로 그 자리를 어지럽혀 놓는 거라."

할머니는 평생 병원을 몰랐다. 독하고 모진 년한테는 병도 침노를 못한다고 큰소리쳤다. 실제로 첫새벽부터 밤은 밤대로 잠을 투자해서 콩나물장사 규모를 키우도록 할머니는 병이 침노할 틈새도 없이 바쁘게 살았다고 자신의 건강 비법을 자랑했다.

"하는 수 없이 맛있는 어탕국수 잡수러 가시자꼬 보건소까지 갔지. 치매 증상이 약간 있기는 해도 그 연세에 있을 수 있는 건망증이 좀 심한 정도라 캐서 그게 맞차 가지고 약을 지어

왔는데 씨바. 그런데 내 뵈기는 그게 아닌 기라. 차라리 여기로 안 모시고 와야 되는 긴데 후회스럽고 미안타.”

용구아재의 말을 듣고 보니 어제저녁 할머니로부터 들은 말이 상기되었다. 사람 새끼 사람 되겠제. 몸 건강히 살아 있기나 해라. 우리 형제들이 아무리 나쁜 짓을 하고 싸워도 관대하게 꾸지람이나 깨우침의 말 한 번 하지 않던 할머니였는데 뜻밖이라 여기며 들었던 말이었다.

“니 에미 애비한테 잘해라. 사진도 하나 없고 나는 우리 어매 아배 얼굴도 희미하다. 늙게도 돌도 의지가지없이 되니 사는 게 사는 기다나. 그저 살아낸 기제.”

“아버지도 뭐 할아버지 얼굴도 모르잖아요.”

할머니의 한스러운 음성을 늦추어 드린다고 했던 대꾸에 내가 먼저 수꿀해졌다.

“나는 조상들이 묻힌 죽음의 땅을 파먹고 살아난 살찐 굼벵이나 다름없다 싶더라. 콧구녕밑이 바빠서 이자뿌고 살았더니 그게 아이더라.”

“참 할머니도 왜 갑자기 그런 생각이 들었는데?”

할머니가 이상하다는 용구아재의 기별이 떠오르는 대목이었지만 할머니는 손끝이 타게 들어간 꽁초를 물고 긴 한숨을 연기로 내뱉을 뿐 아무 대답도 하지 않았다.

사타구니에 쭝긋쭝긋 거웃이 돋는 중학생이 될 때까지 할머니는 노상 우리 형제들의 부자지를 어루만졌다.

“아이고 이 귀한 것, 우리 소중한 씨오쟁이가 얼마나 여물었는지 보자."

아울러서 아들만 다섯이나 낳은 어머니는 할머니의 귀물인 아들들 덕에 시어머니가 번 돈을 물 쓰듯이 쓰면서 사치를 했다. 저 밭이 아니었음 가망이나 있었을랑가. 할머니는 방자하도록 철없는 어머니의 행실도 아버지와 죽이 맞으면 흐흐 웃으며 눈감아주고 말았다. 간잔지런한 실눈 속으로 스크린처럼 돌아가는 그날의 기억에 꽂히면 살아 있는 것 모두 대견해서 용서하지 못할 것이 없다.

부풀어 오른 누군가의 옆구리에서 흐른 물로 흥건하게 젖어들고 있었다. 겨우 뜬 눈으로 그것이 무엇이며 어떤 냄새인지 알아차리는 순간 짠득짠득 자신의 젖을 빨고 있는 돌배기 아들이 할머니의 눈에 들어왔다. 썩어가는 시체 속에서 살았는지 죽었는지도 모르는 어미의 젖을 빨고 있는 어린 자식과 마주친 눈길. 할머니는 한동안 더 죽은 듯이 아들을 껴안고 누워 시체들 속에 있다가 밤이 되어서야 그곳을 벗어났다고, 해마다 그 무렵이 되면 저승 문턱에서 어미를 깨운 대견한 아들과 그의 기출들이 보이는 번성을 감읍해 마지않았다.

이렇게 관대한 할머니도 평생 육고기나 생선으로 된 반찬을 잡숫지 않아 가족들의 회식은 물론 당신의 생일이 다가오면 외며느리인 어머니와 가족들을 곤혹스럽게 했다. 할머니는 그들도 목숨이라며 구더기나 파리도 못 때려잡게 했다. 평생 멸치새끼도 입에 넣지 않는 강고집 때문인지 잔약하고 투명한 할머니의 체구는 가볍기가 대나무로 만든 죽부인 한가지였다.

"아이고 이게 죽는 기고나 싶어 봐라, 짐승이라서 말을 못해 그렇지 얼매나 무섭고 원망시럽겠노. 안 당해 본 사람은 모린다. 그것들도 살라꼬 난 목숨인데 그라모 안 된다. 죽어서 원귀가 돼서 악물이라도 하모 우짤끼고."

어머니가 무심코 쏟은 물에 개미 떼라도 휩쓸려 가면 질겁해서 다리를 놓아주는 할머니였다. 평생 풀 반찬만 잡숫는데 풀은 그대로 생명 아니냐는 말을 작은형이 한 적이 있는데 '그것들 아프다는 소리는 내가 아직 못 들었으니 다음에 우째 보자' 하고는 무안한 듯 찡그린 얼굴로 얼른 하하 웃어넘겨서 무마했다. 사실 할머니의 음식 섭취는 꼭 '살아내야 한다' 슬프고 이 갈리는 정한에 의해서였기 때문에 이제는 그나마 극복한 편이지만 초기에는 거의 음식을 넘기지 못했다고 한다.

"육칠월 어판장에 팔라꼬 쌓아놓은 명태 고등어도 아니고, 사람이 사람한테 찔리고 맞아서 죽은 시체가 눈앞에서 늘비하게 썩어가고, 파리가 시를 씰코 구데기가 버글버글 눈으로 코로 드나들고, 그게 텔레비전에 나오는 남의 나라 일이 아니라 바로 내가, 그때 이 할미가 당하고 겪었던 일이란 말이다. 생각하면 똥물도 게워낼 판인디 갖춘 밥상 해서 밥이 넘어가나?"

손자의 인생까지 망쳤다는 죄의식에 사로잡히면 할머니의 설명은 필요 없이 더 자세하고 집요해졌다.

하여튼 할머니는 복잡했다. 예수님 부처님 저리 가라 할 만큼 선하고 자비로운가 하면 섬뜩하게 용감할 때도 있었다. 하나 뿐인 아들이 거듭되는 연좌제로 갈 길을 잃은 채 좌절해 있을 때였다고 한다. 한 날 새벽 할머니는 술 취한 아들의 멱살을 잡고 남강까지 끌고 갔다. 이렇게 살 바엔 같이 죽자는 어머니의 손에 끌려 얼음 낀 의암바위 옆 물속으로 질질 끌려 들어가다 번쩍 정신이 든 아버지는 자신의 생존이 곧 할어머니의 생존임을 깨달았다.

"살아야제, 살아야 어떻게든 끝을 보제 죽으몬 말짱 그만인 기라."

좋은 날이나 좋은 음식을 대하면 할머니는 늘 할아버지와의 마지막 아침을 되살려냈다.

할아버지는 그날 아침 께름칙한 방문객을 맞아 사랑방으로 들어갔다. 찾아온 사내 개꼬랑지는 평소 마을에서도 별로 신망을 받지 못했는데 그 무렵에 부쩍 쓰임새가 늘어나서 여기저기서 자주 얼굴을 마주쳤다. 사내가 가고 나자 할머니를 불러 앉힌 할아버지는 은밀한 목소리로 할머니께 이런 결과를 알려주었다.

"내 며칠만 어디를 다녀올 낑께 몸조심 입단속 잘하고 있으소. 운이 좋으면 이녘 꽃신도 한 켤레 사 올지 모른다. 우리 근이 옷도 한 벌 새로 사게 될 게고."

할아버지는 탄약 짐을 지고 지리산 어느 골짜기로 개꼬랑지와 같이 다녀온 적도 있고 할머니는 할머니대로 동네 아주머니들과 동네 구장네 집에서 군경의 뒷수발을 드는 일에 각자 동원되었다. 그들은 내외간이지만 눈으로만 서로를 확인할 뿐 섣부른 대화도 삼가는 살얼음 위의 나날을 보낼 수밖에 없던 와중이었다.

"그 개꼬랑지가 이녁하고 같이 탄약 짐도 져 날랐다면서 우리들 일하는 데 와서도 스스럼없이 경찰들하고 어울리는 걸 봤는데, 아무래도 께름칙해요. 어깨 맞추고 같이 댕기지 마이소."

새댁은 겁이 나서 그 사내와 남편이 어울리는 것을 말렸다. 전쟁이 나자 다정했던 마을 친척들의 속마음마저 믿을 수 없게 되었다. 더구나 남편은 얼마 전에 잘난 형들 이름으로 내려치는 이유 모를 몰매를 맞은 후 귀앓이까지 치르는 중이었다.

"참 이 사람도, 누가 흰 까마귄지, 누가 검은 까마귄지 모르는데 대놓고 거절할 수 있나. 마, 인명은 재천이라 캤으니 우짜는 수가 없다."

할아버지의 판단은 반대할 여지 없이 합당했다. 간장 종지보다 작은 눈 속에, 한 겹 창호지보다 더 얇은 피부 속에 숨겨진 인간 각자의 속내로 인해 공연히 몸을 사리게 하는 시기 아닌가. 할머니는 아들을 남편과 번갈아서 안아보는 것 외에 더 이상 별스러운 반대를 할 수가 없었다.

남편을 배웅하고 돌아온 다음 날 새댁은 동네 사람들과 같이 소집되었다. 그 길이 죽음의 길인지도 모른 채 아이를 둘러업고 마을 사람들과 뒤섞였다. 사람들 모두 전날도 그랬듯이 오늘도 또 무슨 부역에 동원되는 것이려니 남들과 같이 우물쭈물 한 무리가 되어서 걸어갔던 것이다.

"희망이 얼마나 독하고 모진 긴지, 차마 내 입으로는 그때 말을 다 못 한다."

할아버지의 생일날이면 할머니는 중치가 막혀서 후회할 그 말을 꼭 꺼내놓고 고개를 절레절레 흔들었다.

꽃신을 사 오겠다 약속하고 떠난 지 닷새 후 낯선 동네의 계곡에서 주검이 되어 있는 남편을 목격할 때까지, 이제는 꽃신도 싫다, 부디 살아서만 돌아오라, 시시각각으로 조여 오는 죽창과 총칼의 위협 속에서 간 졸이며 참아낸 불안과 초조함을 할머니는 그렇게 표현했다. 소식만 단절되었을 뿐 이 세상 어딘가에 살아 있는 그 사람과 꼭 만나서 따뜻한 손을 다시 잡을 수 있다는 믿음은 얼마나 간절한 삶의 끈기인지, 너희들은 절대 그런 깨달음을 얻을 기회가 없게 하리라 할머니는 장담하곤 했다.

할머니가 그때 그 사건의 전모를 알게 된 것은 수십 년의 세월이 지난 후였다. 한국전쟁 중이던 1951년 2월 7일 국군 11사단 9연대 3대대가 지리산 공비 토벌 작전인 '견벽청야'라는 작전을 수행하면서 산청군 금서면 가현, 방곡마을과 함양군 휴천면 점촌마을, 유림면 서주마을에서 무고한 민간인 705명을 학살했던 것이다. 행방불명됐던 인척들까지 설마 하는 기원을 저버린 채 그렇게 참혹하고 억울한 죽임을 당한 것이 밝혀지자 할머니는 한동안 천치가 된 듯이 우두망찰해 있었다.

용구아재를 따라간 곳에서 추모공원의 전경을 목격한 나는 온몸이 얼어붙은 듯 사지가 굳은 채 움직이지를 못했다. 사연을 알고 현장을 목격한다면 어느 누군들 충격받지 않고 숙연해지지 않을까. 나는 전쟁을 모른다. 남의 나라 전쟁으로 우리 군이 용병으로 차출되는 군 생활도 국내에서 근무했던 고로 사실 진저리 치면서 시작하는 할머니의 추억담으로밖에 크게 실감나는 전쟁의 아픔은 없다. 내 할머니와 그때 그 난세를 끄달려 온 선대들에게는 죄송하지만, 한때 휘몰아쳤던 황사 바람에 짐승보다 못한 잔인한 죽음의 행렬이 기술된 기록 영화도 친구들과 같이 시시덕거리며 즐기는 게임의 한 분야처럼 인식될 때가 많았다.

나는 천천히 돌아가며 원혼소생상冤魂甦生象 등 여러 구조물에 새겨진 글자들을 한 자도 빼놓지 않고 다 읽었다. 합동 묘역 조성과 위령탑 건립은 1996년 1월 5일 거창사건 관련자의 명예회복에 관한 특별조치법 공표와 1998년 2월 17일 거창사건 등 관련자의 명예회복 심사위원회의 사망자 및 유족 결정에 따라 이루어진 것으로 2001년 12월 13일 합동묘역 조성사업 착공 이후 4년에 걸친 공사 진행으로 준공되었다. 맛있게 먹던 생선의 가시에 걸려서도 죽음의 불안이나 고통을 느끼는데 다 같은 사람이라 여겼던 동족의 이빨로부터 혼백이 결딴난 불신과 절망을 안고 떠난 유혼들의 집합처가 아닌가, 여기는. 비로소 조상의 혼백이 썩어서 깔린 땅에서 멋모르고 자란 살찐 굼벵이는 바로 나란 생각이 들었다. 할머니와 대치하며 자학하고 방황했던 이유에 대한 새로운 시각도 열렸다.

그 사이 용구아재는 누가 깔고 앉아서 비볐거나 감고 누웠을 법한 헌 옷 등속을 흩어져 있는 족족 걷어들면서 혼자 구시렁거리고 있었다.

"씨바, 설마 영령들이 나와서 설마 이런 흔적을 남기지는 않았을 낀데, 참 알다가도 모르겠네."

그날 밤 나는 일찍 잠자리에 들었다. 초저녁잠을 푹 자면 맞춤한 시간에 언뜻 잠귀가 열릴 것이었다. 그런데 풋잠도 들기 전에 벌써 할머니가 움직였다. 보고 있던 텔레비전을 끄고 베개를 챙기려나 했는데 이불장 속에서 꺼낸 이불 두 채를 나일론 끄나풀로 들기 좋게 묶고 있었다. 번쩍 정신이 들었다. 할머니는 포트에 끓인 물을 보온병에다 소리 없이 부었다. 들킬세라 숨소리도 잠든 것처럼 일부러 고르게 냈지만 곤두선 청력으로 할머니의 행동은 낱낱이 포착되었다. 달그락달그락. 딴에는 소리 없이 무언가를 챙기는 기척도 주방에서 났다. 할머니 뭐 하세요, 하면서 자연스럽게 일어나도 될 터이지만 감질나는 호기심으로 우정 숨소리까지 죽였다. 짜르릉 수저 떨어뜨리는 소리가 났다. 실눈을 뜬 채 보고 있는 줄도 모르고 할머니는 낮에 마을 회관에서 가져다준 반찬과 밥이 든 찬합을 보자기로 쌌다.

뒤뚱뒤뚱, 후이 후이이이……. 가쁜 숨을 몰아쉰 할머니는 한참 동안 나의 잠든 모습을 내려다보더니 덮여 있는 이불을 따독따독 다시 덮어주고는 허리를 폈다. 장갑과 마스크까지 차림을 한 뒤 방안의 필요 없는 전등불을 껐다.

할머니가 문을 여닫자 부리나케 나도 일어나서 방한복을 챙겨 입었다. 달빛이 하얗게 빙수용 얼음을 갈아 내리듯이 무서리를 쏟아 붓는 밤중이다. 바람도 얼어붙었고 천지가 고요하다. 천지간의 적막을 부정하듯 외양간 쪽에서 워낭소리가 났다. 아예 몸을 일으키는 소의 기척에도 아랑곳없이 할머니는 벌써 사립을 벗어났다.

혼곤하게 잠든 용구아재를 깨웠다.

"웬일이랴? 오늘은 또 특별하네."

이불과 도시락까지 쌌다는 말에 아재는 거침없이 옷을 걸어 걸치고 나섰다.

달빛에 녹아나는 물체처럼 희뿌연 실루엣으로 변한 할머니가 어딘가를 향해서 뜬 듯이 가벼운 걸음으로 나아가고 있었다. 논길을 지나고 밭둑길을 지났다. 실개울 둑을 가로질러 시멘트로 포장된 농로까지 왔다. 잠시 멈춰선 할머니가 짐 무게를 안배하느라 손을 바꿔 들었다. 좀 가다가 풀어진 목도리를 다시 잡아맬 때 사레 긴 잔기침을 몇 번 토해내기도 했다. 흑백의 무성영화를 걸어가면서 본다. 진행과 결말에 대비하기 위해 감상의 흥취도 없이 조마조마 훔쳐볼 뿐이다. 차라리 낮에 직접 할머니께 물어볼걸, 이게 무슨 억지스러운 미행인가 싶은 생각도 있었다. 터져 나오는 기침을 참느라 용구아재의 보폭이 조금 크게 헷갈리는 소리도 났지만, 할머니는 듣지 못한 듯했다.

강가로 나오자 돌연한 냉기가 알싸하게 날을 세웠다. 허옇게 잡힌 얼음이 물 섶으로 하얀 시울을 그리며 검게 웅크린 산 그림자를 비현실적으로 부풀려놓는다. 어엇 춰. 소리 없이 큰 숨을 내쉬면서 몸을 부르르 떨던 용구아재가 우뚝 걸음을 멈추었다. 앞서가는 할머니의 향방을 거니챈 동작이었다.

"하이고, 씨바. 이 할마시가 밤마다 여꺼정 마실을 댕기고 있었단 말가?"

아재와 내가 다녀간 길과는 방향이 달랐을 뿐이다. 저 묘원의 위령탑을 낮에 처음 보았을 때 나는 이 땅의 곳곳에 박혀 있는 수많은 녹슨 경고판을 떠올렸다. 수심 깊은 지역이니 수영을 하지 마라. 가파른 벼랑이니 안전한 길로 둘러서 가라. 개인소유의 땅이니 접근을 금한다. 겉만 보고 믿을 수 없는 야수가 사람이니 경계심을 항상 늦추지 마라. 하지만 다음 순간 결론은 수정되었다. 이것은 수치스러운 과거를 반성하는 사죄의 표식이다. 다시는 이런 일이 재현되어서 안 된다. 경고의 표시로 심어놓고 다 같이 잘 가꾸어보려는 공존과 평화의 정자나무가 아닐런가.

우리가 지켜보는 가운데 펴뜨린 치맛자락처럼 넉넉하게 흘러내린 산모퉁이에서 할머니가 멈추었다. 잠시 저쪽 어딘가를 기웃하며 동정을 살피더니 앞에 보이는 무엇을 경계하듯 조심성 있는 몸짓으로 손에 든 것을 다시 옮겨 잡았다.

아재의 손짓으로 할머니와 그 앞까지 함께 조망할 수 있는 지점으로 장소를 옮겨갔다. 마침 잡목덤불로 은신까지 용이한 장소여서 우리는 눈길을 맞추며 자리를 잡았다. 순간 나는 자신도 모를 놀라움으로 아재의 손을 와락 잡았다. 사람이 하나 있었다. 검고 긴 허우대로 보아 남자인데 깊은 밤, 더구나 장소가 장소인 만큼 도깨비나 유령을 만난 듯 소름이 좍 끼쳤다.

이곳에서 있었던, 있어서 안 되는 그때의 일은 경험자들의 증언과 기록에 의해 어느 만큼은 정리가 되었다. 하므로 이제는 할머니 또래의 어른들이 돌아가시고 나면 한 장 낙엽이 봄비에 함초롬히 젖었다가 녹아 없어지듯이 망각의 자연 속으로 묻혀갈 것으로 여겼다. 그런데 이런 장소 주변에서 이런 뜻밖의 장면을 목격하게 되다니.

연신 몸을 움직이는 사내의 모습은 마치 마임공연을 하는 것 같았다. 회향문廻陽門을 안돌이 지돌이 하다 분연히 하늘을 앙바라지한 채 서 있는가 하면 갑자기 물구나무를 섰다가 다음 순간 힘찬 아크로바트로 공중제비를 도는 것이 마치 유형이 나타나서 무슨 도술을 부리는 것처럼 보였다.

아재와 나는 밭은 침을 삼켰다. 어느 사이 접착제처럼 딱 붙은 두 사람의 손바닥이 땀으로 축축했다.

"엄마, 아버지, 보고 싶어. 추워. 배도 고파."

너무나 생경한 목소리에 나는 가슴이 탔다. 유령은 대여섯 살 어린아이로 바뀌었다. 누가 녹음기를 장치했거나 대신해준 말처럼 투정 섞인 어리광은 섬뜩함을 넘어 기괴했다. 아이의 목소리는 계속되었다.

"엄마 언제 오노. 충식이가 기다리는데 와 안 오노."

키 큰 허우대는 역정 난 아이처럼 토당토당 허공을 걸어차기도 한다. 덩치만 어른이지 지진아나 저능아인 것도 같다.

할머니가 그의 곁으로 다가간 것은 그때였다.

"아가, 여직도 이라고 있으모 우짜노."

그들은 구면이었는지 할머니는 천연하게 제 행동만 계속하는 사내 앞으로 가서 동작을 제지시켰다. 문 앞의 평평한 공간에다 접은 이불 한 장을 깔아 놓은 할머니는 부러질 막대처럼 구부정하게 서 있는 사내를 억지로 끌어다 자리에 앉혔다.

"설마 설마 했더니 오늘도 이라고 있나. 대체 언제까지 이랄 낀고?"

어르듯 달래듯 사내를 향한 할머니의 말이 계속 흘러나왔다.

아이고 이것 봐라. 할머니는 혀를 끌끌 차면서 남아 있는 이불을 펼쳐 식혜 단지를 싸듯 사내의 몸을 둘러 감았다. 그러더니 사내를 얼싸안고 할머니 역시 흐느낌을 쏟아냈다.

"니가 무슨 시묘살이도 아니고. 이게 무슨 짓이고. 어디를 우찌 떠돌아 댕기다가 그래도 여게가 어떤 데라 카는 거는 알고 왔던가 베. 아이고 원통해라 절통해라."

중얼중얼 무슨 말인가를 계속 잇달든 할머니는 잊었던 일을 퍼뜩 생각해 낸 듯 서둘러서 찬합을 끌러 사내의 앞에다 펼쳐 놓았다.

"에이구 쯧쯧쯧, 이 기막힌 사연을 하늘이나 알고 땅이나 알까. 자, 이기나 먼저 마시라. 뜨겁다 살, 살, 너거 오매가 살고 내가 죽었다카모 너거 옴마도 내 새끼한테 이리 안 했것나. 너가 부지, 개꼬랑지 그 인사만 생각하모 생살을 씹어 묵어도 분이 안 풀리지만 네가 무신 죄가 있겄노."

200

할머니의 말을 가만히 듣고 있던 용구아재가 소리 없이 힘찬 악력으로 내 손을 잡고 흔들었다.

"허엇참, 씨바. 저 새끼 꼬라지를 할마시가 되물은 줄 내가 우찌 알끼고. 니 눈에도 보이제? 간짓대 맹키로 삐쭉하게 키만 크고, 평생 피죽도 한 그릇 못 얻어묵은 놈 맹키로 이리 삐쩍 말랐노, 홀깃대가 따로 없다. 대갈빠구는 또 와 이리 솔비겉이 푸수수하노. 머리 한 번도 안 감았나."

나도 몰래 깊은 눈을 감았다. 복수, 원한은 복수로 끝을 내게 되어 있다. 남편을 죽음으로 이끈 개꼬랑지의 분신에게 할머니는 지금 어떤 복수를 하고 있는가.

"니가 또 와서 떨고 있을까 생각하니 잠이 오더나. 자, 이것 묵고 내하고 같이 가자. 기운 채리자. 니가 여어서 안 얼어 죽고 지낸 것 보니 귀신이 있기는 있는 기다. 너거 오매가 일부러 여어까지 낼로 불러냈는갑다."

할머니가 하는 대로 몸을 맡기고 있던 사내는 부스스 몸을 풀어 이불을 걷고 나오더니 앞에 놓인 음식을 걸신들린 듯이 거머먹기 시작했다. 아가, 체한다. 이것 마시고 이것 마시고. 애가 탄 할머니는 따뜻한 물을 들고 사내의 입을 찾느라 뱅뱅이를 돌았다. 그러나 잠시 후 그런 장면은 또 다른 국면으로 전환되었다. 밥을 욱여넣던 사내가 손을 멈추는 듯하더니 먹던 음식을 갑자기 제단의 정면으로 옮겨놓기 시작했다. 사내의 하는 양을 재빨리 눈치 챈 할머니도 사내를 도와서 옮겨놓은 음식의 자리를 배치해 주었다. 사내는 절을 할 것이라는 예상을 깨고 어느 결엔가 회복된 어른의 목소리로 통곡을 터뜨렸다. 하늘을 향해 벌렁 드러누워서 사지를 바동거리는 것이 켜켜이 쌓인 회한이나 슬픔의 더께를 털어내는 열망으로 미칠 것 같은 몸짓이다. 주먹질로 하늘을 쥐어박다가 멍석말이로 엎드려서 땅을 치는 절규로 동작은 그칠 줄 몰랐다.

"아가 울지도 말고 외로워도 말거라. 저 나무도 풀도 다 예사로운 것들이 아니고 다 안다. 말이 안 통한다꼬 영혼도 안 통하는 기 아니다. 저 나무도 풀도 저기 저 강물도 바구도 죽은 듯이 있지만 우리 사정을 다 안다. 아이구 가만있자, 인자 보니 우리 아부지 어매도 오시고 저게 옆집 덕동아지매, 내하고 같이 그 사람들 밥하고 빨래하던 친구 삼월이도 있네. 아이고, 인제사 내 눈이 바로 뵈이네!"

할머니는 마치 영혼들의 실제 모습을 발견한 듯 메마른 풀덤불과 웅크린 돌덩이까지 생명이 흐르는 물체처럼 어루만지며 대화를 하고 있었다.

우리도 의식 못 한 사이에 골짜기에 내려와 있던 달빛도 암전된 조명처럼 구름으로 가려지고 사위는 어디가 산협인지 하늘인지 지우다 만 목탄화처럼 희붐한 음영으로 변해 있다. 달빛에 가려서 잘 보이지 않던 별들이 구름 사이로 언뜻언뜻 모습을 드러냈다. 그중의 어떤 것들은 검은 휘장 사이로 훔쳐보는 누군가의 매서운 눈길을 닮았다. 할머니의 빙의는 이어지고 있었다. 할머니도 사내도 사람인지 그림잔지 형상도 불분명한 채 목소리만 살아서 주변을 감돌았다. 귀로 듣는 그림은 그 이면의 켯속까지 더 환하게 잘 보이는 법이다.

맞잡은 손을 폈다 오므렸다 하며 저쪽을 지켜보고 있던 용구아재가 자조 어린 탄식을 뱉어냈다.

"뜻있는 인사들이 나서서 이런 흔적을 맹글어서, 그래도 없는 것보다는 위안이 된다만, 씨바 똑똑한 놈들은 저들끼리 밥그릇 쌈이나 하고 엉글거리니, 씨바 죽는 건 조조 군사라꼬 무식하고 없는 놈들만 절딴 나는 기제 뭐꼬."

산천을 돌아보며 이리저리 제 나름의 동작을 취하던 할머니와 사내는 다시 얼크러진 채 통곡을 하다가 춤이랄 수도 없는 춤사위를 너울거리면서 이쪽저쪽으로 엇갈려서 맴돌기도 한다. 이때 앙바틈한 자세로 할머니를 둘러업은 사내가 어기적어기적 몸을 지탱하며 서툰 걸음을 한 발 두 발 내디뎠다. 마치 기다리던 어떤 자세처럼 할머니 역시 사내의 등에다 가만히 몸을 붙이고 있었다. 용구아재도 나도 함부로 나서서 깨뜨릴 수 없는 기괴하고 침중한 장면이다.

"참말로 환장하겠네. 씨바 산 사람도 아니고 죽은 사람도 아니고 씨바 다들 와이카노!"

이 모양을 지켜보며 혼잣소리로 웅얼거리던 용구아재가 참을 수 없는 격정으로 들먹거리던 하지를 움직여서 기어이 울타리를 넘어갔다. 외톨이로 살아남아 집시처럼 떠돌던 용구아재도 인생살이 말년에 젖 냄새를 찾아들어 간신간신 옛날을 삭혀가고 있던 참이었다.

싸우는 사람 말리듯이 할머니를 뜯어내던 용구아재의 몸짓에 부딪쳐 사내도 할머니도 부서진 비단카리처럼 모두 나가떨어졌다. 다시 몰리고 엎어지고 자빠지기를 그치지 않는다. 용구아재가 다시 할머니에게 접근하는 사내를 끌어내자 버티고 있던 사내가 갑자기 도망을 쳤다. 화난 걸음으로 뛰어가는 용구아재가 곤봉처럼 두 손을 휘두르며 사내를 따라간다. 이런 용구아재를 만류하느라 두 팔을 뻗은 할머니가 용구아재의 옷자락을 거머당기자 다시 세 사람은 나뒹그러진다. 이들의 행동을 지켜보고 있는 순간 얼핏 아메바들의 유희가 떠올랐다. 원생동물의 일종이며 단세포 동물 중 대표적인 그 생물의 변이된 환영들…….

엉그름진 저들 가슴의 파편은 얼마나 더 튀어나온 뒤 저들을 정화하고 어떤 결말을 도출해낼 것인가.

무춤하게 서서 이들을 지켜보고 있던 나는 습관적인 동작으로 얼른 스마트폰을 꺼냈다. 세 사람이 어우러져서 만드는 한밤의 유희 장면을 이리저리 찍어나가는 동안 생성된 어떤 구상이 머릿속에서 펼쳐졌다. 이것은 산 자들이 보이는 살아 있음의 표징이다. 나는 고동치는 심장의 박동을 확인하듯이 한 장면 한 장면을 아로새겨 나갔다.

'이런 동영상의 제목은 어떻게 붙여야 하지?'

아, 이건 또 무슨 화답일까. 한스러운 낙화처럼 구름 낀 하늘에서 눈발이 흩뿌려지고 있다.

하늘도 흐느끼며 조금씩 녹아내리는 중이다.

잔도공栈道工

빨래는 세탁기가 해주고, 밥은 전기밥솥이 해주고—.

저를 있게 하는 여러 가지 기능을 열거한 뒤, 아빠는 왜 있는지 모르겠다는 깜찍하고 발칙한 어린아이의 글이다. 제 입에 왜 밥이 들어가는지 어떤 영혼이 제 속으로 들어가는지, 제가 아는 세상이 전부인 그 철부지에게 왜 그걸 모르냐고 따지는 것은 무리다. 그에 해당하는 많은 아버지를 떠올리는 순간 불덩이 같은 더위에서 일했으나 항상 웃는 사진만 보냈던 아버지의 얼굴이 떠올랐다. 단 사흘만이라도 아니, 단 하루, 단 한 시간만이라도 환생해서 내게로 오신다면……. '반중盤中조홍早紅감'*

---

* 선조 34년(1601) 노계 박인로朴仁老가 한음 이덕형李德馨의 집을 찾아갔을 때 한음으로부터 조홍감早紅杮을 대접받았을 때 효자인 그는 중국의 육적회귤陸績懷橘의 옛 일이 불현듯 생각이 나 돌아가신 어버이에 대한 그리움을 읊은 시조.

이 실감나게 나도 요즘 들어 더욱 아버지가 그립다. 순전히 유학생 청하로 인해서다.

일찍 와서 도와주겠다던 청하는 아직 오지 않았다. 다듬어야 할 식재료를 앞에 놓고 우두커니 앉아 있으려니 바람을 맞은 간판이 관절염 환자처럼 앓는 소리를 낸다. 왕천식당. 군에서 제대한 막내가 학업을 마치고 제 밥그릇을 찰 때까지 일손을 놓기는 아직 멀었다. 파스 붙인 무릎을 짚고 간신히 일어나는데 또 아버지가 떠올랐다. 기대했던 맏자식의 불편한 모습을 하늘에서 보고 있을 아버지께 민망했다. 골병이 덧나서 그런 게 아니라 엊그제 여고 동창들이랑 강원도 철원의 한탄강 잔도栈道를 관광하고 온 후유증 때문이다. 변명하려니 '그때 이 공사 내가 했어' 친구들께 자랑하는 한 사내의 자부심 들뜬 큰 목청이 상기되어 웃음이 지어진다.

우리나라에도 여러 군데 잔도가 있단다. 잔도는 까마득한 절벽이 있는 계곡 수십 미터 위의 벼랑에 선반처럼 이어붙인 좁은 길로 옛날 중국이나 티베트 등 험준한 고산지대에 사람의 통행로로 간신히 만들어진 길이었다. 그만큼 험준한 산악 협곡도 없는 우리나라 지형 어디에 그런 잔도가 있단 말인가. 친구가 물어 온 정보는 중국의 '장가계' 여행에서 느꼈던 감동과 비애가 아직 남아 있을 때여서, 우리들의 호기심은 충분히 자극되었다.

한탄강 잔도는 강원도 철원의 순담계곡에 있는데, 지금으로부터 약 50만 년 전 북한의 오리산에서 분출한 용암이 흘러들어 굳어진 건너편의 주상절리를 관람하기 좋게 만들어진 듯했다. 한탄강 주상절리는 2020년 유네스코에서 지정한 세계지질 공원이 되었는데 철원뿐 아니라 경기도 포천과 연천 지역까지 포함됐다. '순담 매표소'에서 표를 샀는데 일 인당 '만 원'이라는 액수가 좀 비싸다는 생각이 들었지만, 철원에서 사용할 수 있는 5천 원짜리 상품권을 끼워서 주니 결국 입장료는 지역 경제를 살리는 살뜰 아이디어라 수긍할 만했다. 몇 군데의 포토존에서 사진을 찍고 쉬면서 천천히 걷다 보니 트레킹 코스를 도는 데 2시간 넘게 걸렸다. 수직으로 깎여진 협곡 중앙으로 튀어나온 반원형 전망대는 바닥이 투명하게 되어 있어서 이보다 더 아찔한 장가계도 다녀왔는데 뭐, 애써 선험자다운 늠름함을 가장하면서 굴러가는 말똥을 보고도 웃던 시절의 감성을 마음껏 터뜨렸다. 특히 '드르니 마을'은 왕건의 반란군에 쫓긴 궁예가 들렀던 곳이라서 붙여진 이름이라는 설명에 마치 역사의 공간 속으로 타임머신을 타고 온 듯, 피난 온 전쟁터의 여인들처럼 밀려드는 관광객들 속인 것도 아랑곳없이 다시 여고생 수다를 떨어놓고 깔깔거리기도 했다.

그곳에서 충북 단양에도 잔도가 있다는 것을 알고 내친김에 낭만의 샛길로 향했다. 산세에 따라 열차가 지나는 상진철교 아래부터 절벽이 마무리되는 스카이워커 초입까지 멋지게 만들어 놓은 둘레길은 산보하는 기분으로 걷기에 충분했다. 폭은 2미터 가량 되는 자드락길 형태인데 한쪽은 깎아지른 절벽이고 반대편은 깊이를 가늠할 수 없는 강물이 내려다보였지만, 우리나라의 건설 공법에 대한 신뢰가 더해져 사춘기 여인들의 한때는 난만한 즐거움으로 무르익었다. 전북 순창 용궐산의 하늘길 잔도와 더불어 다른 지방에도 관광용 잔도가 있다는 것을 알았지만 거기까지는 일정에 몰려 다음 기회로 약속을 했다.

잔도는 덩굴식물이나 겨우 기어오르는 절벽에다 사람이 다닐 수 있게 만드는 길인데, 오랜 역사를 가진 중국의 경우 오직 사람의 손으로 공사를 했으니 크고 작은 사고도 많았을 것이다. 쓰나미처럼 가족들이 같이 앓았을 사고의 후유증은 또 어떠했으며 노동의 가치는 제대로 인정받았을까. 즐겁게 마무리된 여행의 감상 중에 불쑥 아버지와 나와의 관계가 되살아나면서 다시 한번 쓰디쓴 자책이 일어났다.

"오늘 빠바가 보낸 장학금을 받았는데, 따셴이 좋아하셔서 사 왔어요."

학교에서 돌아온 청하는 먹을 만하구나, 하며 전에 같이 먹었던 햄버거 한 개를 내밀었다.

"너는 돈 아껴 쓴다고 내 밑에서 아르바이트까지 하는 학생인데 괜한 짓 했다. 너나 먹지."

"따셴, 아니 사장님 식당에서 음식 만드는 것도 배우고 또 여기 주방 옆방을 내주셔서 생활비도 절약하는데 이 정도는 해야죠. 여기 생활에 익숙해질수록 왠지 내가 점점 괴물로 변질되고 있는 것 같아서 마음이 불편한 것만 빼면 다 좋아요."

사실 요즘 청하가 어학당 시절보다 변해가는 모습은 순백의 푸솜 같던 첫인상이 차츰 음식물 찌꺼기가 밴 앞치마를 닮아 가는 걸 느낄 때가 있다.

"집에서 1천 킬로나 떨어진 공사 현장에서 일하는 빠바를 생각하면 자기 아들딸이 어떻게 생활하고 변해 가는지도 잘 모르면서 일만 하는 빠바가 불쌍해 죽겠어요."

청하는 간간이 팔목을 길게 내밀며 묻기도 했다.

"사장님, 여기 좀 봐 보세요. 전보다 더 이상하게 보이지 않아요?"

그 또래 여느 아가씨들처럼 가느다란 팔찌가 예쁘게 반짝거리는 희고 매끈한 살갗을 확인하자 나는 살짝 청하의 등을 쳐주며 눈을 흘겼다. 또 사치품을 구매했다는 뜻이다.

"괜찮아, 여기 아가씨들도 발찌도 하고 피어싱도 많이 하고 손발톱도 돈 주고 네일샵에서 다듬더라. 타투이스트한테 가서 몸에다 문신도 새기는데 뭐. 사람은 환경에 적응하면서 살아가는 게 순리야. 지나치게 부모 생각하다가 생병이라도 생기면 뒷바라지하던 부모님 인생을 되레 도로아미타불 만들 수도 있다, 너."

"우리 빠바는 나를 믿고 묻거나 따지지도 않고 송금을 하는데 나는 자꾸 아버지를 속이게 되고……. 빠바의 골수에 빨대를 꼽고 있는 주제에 제가 무슨 흉내를 내고 있는지 순간순간 놀라게 돼요. 용돈이 어찌나 많이 드는지 사장님 집에서 주거비까지 무료로 지내고 있다는 것도 속였어요."

"지금은 너의 아버지가 바라는 대로 네 생각만 해. 철드는 순간부터 행복은 줄어들고 머릿속에는 불행한 생각만 득시글 거린단다."

"얼마나 오래 안 보고 살았는지, 저 사실은 아주 엉뚱한 곳에서 마주친다면 빠바를 몰라볼까 겁날 정도로 감감해요."

부모와 격리감을 느끼도록 청하가 보이는 모든 면에서의 습득은 빨랐다. 강하고 예민한 양심 가책 속에서도 외출에서 돌아올 때 보이는 그녀의 세련된 의상과 얼굴 화장은 전문가처럼 능숙해졌다.

주방보조 구함. 메모를 붙여놓고 돌아선 지 얼마 후 청하가 들어섰다. 용돈으로 감당 안 되는 통신비를 해결한다거나 모자라는 용돈을 벌기 위해 들어왔으나 한 달을 겨우 넘기고 떠난 아이들이 대부분이라 그런 부류의 하나려니 했으나 청하는 내 예상을 넘겼다. 대화는 서툴지만 아주 밝고 맑은 모습으로 손님들을 맞이했고 성실했다. 다른 아르바이트생 때보다 식당 분위기가 훨씬 깔끔해지고 소모품을 챙기고 아끼는 그녀의 알뜰함을 보면서 나의 기우는 서서히 젊은 여성에 대한 새로운 고마움으로 바뀌었다. 낯이 조금 더 익자 청하는 주방 옆 작은 방에 저를 있게 해주면 좋겠다고 했다. 아들딸을 외국으로 유학 보낼 정도면 경제 능력이 있는 부모일 것이다. 굳이 이런 아르바이트는 안 해도 될 텐데 싶었지만, 학비를 조금 더 절약해볼 심산이라고 사뭇 떼를 썼다. 낯선 곳에서 보이는 적극적인 생활력은 물론 깊은 효심이 대견해서 안방이라도 허락해주고 싶게 예뻤다.

이런 데로 왜 날 데려와서, 약 올리는 거야 뭐야! 어쩌다 한 번씩 우리도 이런 분위기를 향유할 권리는 있잖아. 흐흥. 그깟 삼류 환쟁이 수입으로? 이딴 허세로 누구 목 졸리는 꼴 보고 싶어? 야야. 그럼 나더러 도둑질 강도질이라도 하란 말이야 뭐야! 찬란하고 멋지게. 젊은 꿈 부푼 아가씨들을 나무랄 수는 없지만, 앙탈 부리는 그런 아가씨들로 인해 지금은 외국으로 나가 낭인 생활을 하고 있는 나의 큰아들. 돌멩이로 알고 주웠던 청하가 순도 높은 황금으로 보이기 시작했고 갈수록 비옥한 광야를 품고 있는 것 같은 그녀의 마음 씀은 겪어볼수록 욕심이 났다.

"사장님, 어쩌면 좋아요!"

주방에서 설거지하던 청하가 누군가의 전화를 받더니 미친 듯이 달려 나왔다. 그녀는 숫제 내 목에 매달리며 오열부터 터뜨렸다.

"결국 숙모가 죽었대요. 숙모가 그런 동안에 저 혼자만 탱자탱자 잘 놀고 있었다니 기가 막혀 죽겠어요."

동갑인 청하의 숙모는 친정의 혜택을 받지 못한 자신과 비교하며 조카딸을 몹시 부러워했더랬다. 별천지에서 온 공주님 대하듯이 자신의 온갖 수발을 다 들어주던 예쁘고 착하던 숙모. 다 같은 가족이면서 같이 누리지 못하는 미안함 때문에 청하는 자신의 노력으로 구할 수 있는 옷가지며 화장품을 자주 숙모에게 부쳤다. 그럴 때마다 내 아들과의 먼 그림을 염두에 둔

나도 여러 가지 물품을 그녀가 감동할 만큼 하물에다 보태주었다.

첫아이를 임신한 숙모가 자궁암에 걸렸다는 전화를 받은 날 청하는 안절부절못했다. 당장 이곳으로 오면 그깟 자궁암 정도는 거뜬히 치료할 수 있다는 병원까지 알려주었지만, 왠지 그녀의 숙모는 비행기를 타지 않았다.

"사장님은 잔도공을 잘 모르죠?"

동창들과 중국 관광을 갔을 때 신의 작품이라고 감탄하면서 걸었던 그 길이 잔도였다. 거기 까마득한 하늘 가운데의 절벽 사이로 선반처럼 아슬아슬하게 설치되어 있는 좁은 길로 개미처럼 꼬물꼬물 줄지어 가는 여행객들.

"장가계 여행을 갔을 때 거기 절벽에 연결되어있는 좁은 길을 잔도라고 했는데 혹시 그와 같은 길을 건설하는?"

"예. 그런 공사장에서 일하는 인부를 잔도공이라 해요. 빠바는 멀리 떨어진 그곳에서 일하느라 내가 한국으로 올 때도 전화로만 출국 인사를 했어요.

그제야 비로소 지나치게 자책하던 청하의 언동에 대한 의문이 풀렸다. 아는 만큼 보인다는 말대로 잔도에 대해 섭렵했던 상식이 어느 정도 있었기에 더욱 청하의 입장은 공감되었다.

잔도는 중국이나 티베트 등 험준한 고산지대에 통행로로 만들어졌다. 짐을 나르는 장정의 짐 무게에 중량이 있어도 잔도의 통행이 불가하다. 좁고 긴 산벼랑 높은 곳에다 비계를 달고 판자를 얹어 선반처럼 길게 만들어진, 일명 잔나비 길이라고도 하는 산벼랑 길이다. 중국에는 7대 잔도가 있는데, 화산 잔도는 중국 오악 중에서도 가장 웅장하고 기암절벽을 형성하고 있는 지형으로 인하여 세계 10대 잔도 중의 하나로 꼽힌다.

관광객들이 들끓다시피 하는 천문산 장가계는 삼천여 개의 바위가 기둥처럼 하늘 가운데 둥둥 떠 있는 시각적인 효과를 준다. 이 구간의 유리 잔도는 길이가 60미터에 불과하지만, 해발 1,430미터 허공의 공간감 때문에 고소공포증이 있는 사람은 설득이 필요할 만큼 미리 겁을 먹는다. 또 백석산 유리 잔도도 해발 1,900미터 산 중턱에 폭 2미터로 조성되어 관광객의 발길을 끌고 있는가 하면, 이에 못지않은 명월산 잔도도 1,700미터 산 중턱에 3,100미터 길이로 산허리를 돌고 있어 관광객의 발 저린 비명을 자아내게 한다. 당나라 초기에 만들어진 산시성 잔도는 바위 벼랑을 깎아서 만들었고, 맥적산 잔도는 중국의 4대 불상 석굴로 인상적인 곳이다. 절벽 위에 조각된 불상은 거의 마모되다시피 한 여러 형태의 고대 불상인데 이를 친견하려면 20에서 80미터 길을 돌아야 하지만 신심 깊은 불자들의 성지순례 행렬이 끊이지 않는다. 귀주성에 있는 남강 해협 잔도도 있지만 거기 대한 정보는 안다고 할 만한 별스러운 상식은 갖지 못했다. 지형의 특성상 중장비 투입도 불가능해 오직 장정들의 노동으로만 개설되는 잔도. 상상만 해도 아슬아슬한 그 극한의 현장에 가족들을 위해서 자신의 목숨까지 담보해놓은 청하의 아버지가 있다고 한다.

왕복 비행기 표로 메울 수 있는 생활비나 자식들의 학비 때문에 나의 아버지도 자신의 그리움과 외로움을 환치기했다. 할머니가 돌아가실 병으로 위급상황에 있을 때도 아버지는 달려오지 못했다. 여러 가지 이유가 복합되었겠지만, 여의치 못한 현실에 대한 적개심으로 먼먼 고국 하늘을 바라보며 통한을 삼켰다고 했다. 며칠 동안 현지에서 앓았던 아버지는 할머니의 기일 때면 석고대죄하듯이 울었다. 그때의 감정은 자식들을 나무랄 때면 어김없이 등장하는 회초리가 되어 따끔따끔 감겨들었다.

"삼촌은 집에 한 번 다녀가지도 못했대요. 아버지와 같은 현장에서 일하거든요. 제가 요사스러운 괴물이 된 반응이 제 몸 어디선가 곧 나타날 것 같아요."

"너무 과민하게 그러지 마. 부모와 자식들 생각은 일치하기 어려운 법인데 너무 네 본위로 해석하면서 너 혼자 괴로울 필요 없다니까."

청하의 갸륵함을 언제까지나 애장하고 싶은 깊은 속내를 숨기고 내일이면 같이 비행기를 타기로 했다. 청하는 트랩을 올라갈 때까지 자신을 둘러싼 이 엄청난 괴리감으로 속이 떨려서 도저히 못갈 것 같다며 안절부절못했다. 애는 나보다 훨씬 일찍 철이 들었다. 중동에서 얻어 온 병으로 고생하던 아버지는 내가 대학생일 때 돌아가셨다. 호전되지 않는 병세에 낙심한 아버지는 오래지 않을 자신의 운명을 감지한 듯 나날이 다르게 우리 남매들을 닦달하고 간섭했다. 어린 새끼를 절벽 아래로 떨어뜨린다는 호랑이처럼 표독스럽기도 했다. 맏자식에

216

대한 사랑과 기대를 쏟아서 기른 나에 대한 핍박은 더 가혹했다. 당신이 없는 세상에서 자식들이 살아갈 방도를 미리 알려 주는 것이라, 어머니는 두둔했지만 표변하는 아버지의 성격을 감당 못 한 나는 아픈 아버지를 간호하기는커녕 몇 번이나 당신 없는 세상으로 탈출을 감행했다. 우리도 우리 나름의 인격은 있는 법인데, 짐 덩이 취급으로 들리는 화풀이와 질타는 진저리치게 증오스러웠다.

"사장님이 어떤 말씀을 하셔도 전 다 알아요. 전 이미 괴물이 반쯤 된 걸 겨우 이 피부 껍질로 가리고 있는 거라고요. 겉만 멀쩡할 뿐. 솔직히 말해서 속은 다 바뀌었고요. 학교 친구들 중 공부에 빠진 애들 몇몇 빼고는 대개 부잣집 아들하고 연애해서 걱정 없이 잘 살고 싶다고 해요. 어쩜 저런 말을 대놓고 할까, 저도 처음에는 흉봤는데, 사실은 그게 솔직한 거다 싶어요."

"그래. 너도 네 친구들과 다름없는 아가씨고 지금은 그게 정상이야. 섣부른 자괴감으로 자신을 해치느니 계획하고 온 대로 공부에 집중해서 좋은 선생님이 돼. 너 같은 선생님이 가르친 학생들은 얼마나 훌륭한 인성을 가진 인재가 될까 나는 벌써부터 기대가 되는구먼."

경험에서 우러난 심정을 곁들여 그녀의 등을 어루만져 주었지만 당면한 근심에 눌린 청하의 아픔을 해소하는 데는 아주 역부족이었다.

이륙할 때는 하늘이 파랬는데 기체가 구름층을 지나는지 창

밖이 어두워졌다. 창 옆에 앉아 눈을 감고 있는 그녀의 초췌한 모습을 지켜보다 나도 슬쩍 잠이 들었다. 바깥이 웅성웅성하여 내다보니 중장비로 내 집 밑바닥을 파고 있다. 흙 속에 묻힌 고총을 개발하여 관광지로 만들 것이란다. 그러잖아도 땅을 파면 드러나는 용도를 알 수 없는 삭은 물체들이 궁금했는데 그것도 모른 채 나는 옛날 무덤을 베고 살았던 것이다. 참 괴이쩍은 꿈이었다. 끝없이 팽창한 인간의 욕망은 지하는 물론 허공에 있는 달과 별들을 지나 더 먼 어디까지를 개발을 목표 삼아 겨냥하고 있다.

잔도를 걸어본 그때, 동창 친구와 나는 어질거리는 시야를 달래느라 관광 코스의 안쪽으로 잔뜩 움츠린 채 걸었다. 야아, 비알VR기기로 3차원 영상을 보는 것 같지 않니? 이런 난공사를 특별한 장비도 없이 사람의 손으로 직접 했다는 게 믿어지지 않아. 그 옛날 천상의 신들이 떼 몰려내려 와 아무도 모르게 이런 역사를 이루어 놓았나 봐. 친구는 연신 신기함을 늘어놓았다. 평지도 아닌 이 까마득한 허공에 자재는 어떻게 날랐을라나? 수억 인구의 동력이 있으니까 이런 장관도 만들어냈겠지. 사람이 하고자 하면 무슨 일을 못 해. 인공위성이 전송한 만리장성도 사람이 한 장 한 장 벽돌을 구워서 쌓았다잖아. 옛날 그 열악한 공사 현장에서 피해를 본 사람은 얼마나 많았을까. 역사의 흔적들은 피를 머금고 있지. 야, 그딴 으스스한 상상 그만하자. 우린 그냥 여행비 내고 온 관광객답게 우리 몫을 즐기면 되는 거야. 그때, 어디선가 비명 섞인 외침이 일어났다.

얼른 눈길을 돌리니 저 앞 휘돌아진 잔도에서 벌레의 행렬처럼 꼬물꼬물 움직여 가던 관광객 중 누군가의 추락하는 백팩이 까마득하게 보였다. 어머나 저 여자, 도둑 들까 봐 패물을 죄다 싸 짊어지고 왔다는 그 여자 아냐. 누군가의 말을 증명이라도 하듯 가방을 놓친 여자의 안타까움은 사뭇 발광에 가까웠다. 여기까지 와서 버리느니 차라리 도둑한테 보시나 하지, 쯧쯧쯧······. 이죽거리는 사람들의 동정을 살피던 옆 사람이 전염이라도 된 듯 갑자기 옆에서 같이 가던 친구의 옷자락을 끌어 잡고 앉으며 몸을 떨었다. 무슨 주술에라도 걸렸나 봐. 갑자기 으스스하고 온몸이 저려. 너는 저 깊은 계곡이 끌어들이는 야릇한 자력이 발목을 잡지 않니? 한사코 여기를 구경하겠다고 몰려든 저 관광객들도 무슨 귀신 종자들 같아 보여. 일컬어서 천상의 세계로 들어왔으니 호기심 많은 인간이 어찌 말없이 그냥 지나가겠는가.

절경을 관광하는 저 많은 사람 중에도 나처럼 별개의 옛 생각에 젖어 있는 사람은 많을 것이다. 지하 백여 미터의 좁은 갱도에서 숨 막히는 지하 열을 견디며 돈을 벌었던 나의 아버지와 이 아슬아슬 전율 끼치는 절벽에 매달려서 잔도공으로 일했을 인부의 모습이 오버랩 됐다. 열심히 산다고 했지만 내 것은 하나도 없이 남들 흉내만 내면서 살다 간다. 임종 무렵에 아버지는 회한에 찬 목소리로 인생을 술회했는데 그 말 속에 담긴 깊은 뜻은 아직 풀지 못한 숙제로 남아 있다.

청하의 집은 뒤처진 동네에서도 더 옴 붙고 초라했다. 배설

물의 습기로 꿉꿉하게 젖어 있는 변솟간 옆을 지나 아직도 이런 곳이 있었구나 싶은 집으로 들어간다. 가장이 오랫동안 돌보지 못한 집 특유의 허술함까지 군데군데 딱지 붙어 있다. 딸을 맞이하는 그녀 어머니의 둥그스름한 인상조차 내가 본 60~70년대 시골 여인의 모습 그대로다. 사회성 없어 보이는 자태도 자식들을 타국 유학까지 시키는 것과 동떨어진 삽화 같다. 바탕이 그러므로 읽힌 것은 자식들에게는 더욱 끝없이 뛸 것을 강요한 부모들의 트램펄린 작전이다. 영혼에 깊이 박힌 가족관계나 향토는 얼마나 큰 작용으로 인간심을 조종하는가. 청하에 대한 가슴 먹먹한 연민이 삭히기 어려울 만큼 깊어졌다.

청하가 먼저 나를 인사시키는 절차도 무시한 채 안으로 뛰어들어갔다. 잠시 후 들린 것은 그녀가 내지르는 안타까운 고함과 새된 비명이다. 딸에게 앞가슴을 휘잡힌 청하의 어머니가 고문당하듯이 휘둘리고 있었다. 집으로 온 삼촌은 병들었던 아내와 배 속의 아기마저 같이 죽은 것을 뒤늦게야 알았고, 풋정을 익히지도 못한 아내에 대한 그리움으로 손톱이 빠지도록 무덤을 헤집다가 미친 듯이 돌아갔다는 것이다.

"아무리 그래도 슈슈한테는 바로 말했어야지. 따거인 빠바가 어쩜 그럴 수 있어!"

"먼 길을 일 베리고 오면 뭐하냐. 목돈이라도 쥐고 와야지."

"그러자고 마마하고 빠바가 짬짜미했다는 거 아냐!"

"산란한 마음으로 부실하게 굴다가 행여 공사 중에 사고라도 나면 뒷감당을 어쩌누. 그란 해도 줄 서 있는 사람들이 빈자리나기만 기다리는 걸 너 빠바가 그나마 막고 있다는데."

"그런 변명 듣기 싫어. 난 빠바 존경했어. 늙어 죽도록 빠바 은혜 갚아야지 늘 그렇게 생각했어. 그런데 이게 뭐야. 빠바도 마마도 모두 사람이 아니야. 나는 이제 빠바를 모르겠어. 빠바가 우리한테 특별히 뭘 해줬는지 생각나는 것도 없어."

"그리 함부로 말하지 마라. 불철주야 돈 벌어 보내느라고, 집에서 자식들하고 밥 한 번 제대로 못 먹고 편히 쉬어본 적도 없으니⋯⋯. 그런 독한 심지 없이는 너희들 학비가 하늘에서 뚝 떨어지겠나."

생활이 빚은 청하 어머니의 깊은 신념은 어눌한 만큼 중량감 있는 무게였지만 딸을 설득하기는커녕 불쏘시개 역할에 지나지 않았다. 아버지의 막냇동생인 삼촌은 오누이처럼 다정했던 저린 추억으로 청하와 얽혀 있었다. 존재도 무색하게 기만당한 삼촌이 가졌음직한 배반과 상실감은 고스란히 청하의 분노로 바뀌었다.

청하는 극구 아버지를, 또는 삼촌을 만나보고 가야겠다며 길을 나섰다. 그곳까지 다녀갈 만만찮은 시간과 여비 걱정인 어머니의 충고도 아랑곳없이 박차버렸다.

공사장은 기차를 타고 이틀, 버스를 타고 하루를 가도 감감 먼 곳이었다. 사람이 살 여건은 공기가 좋고 하늘이 가까운 것밖에 보이는 것이 거의 없다. 미답의 개발 지역으로 들어가는 동안 높은 산들이 무성한 숲처럼 첩첩해서 오히려 하늘이 좁다. 산악의 웅장함에 압도되는 마음 한편에는 어느새 객관적인 두려움보다 위대한 어떤 품이 가슴을 열어 인간들을 보호하고 있는 듯이 보인다. 신의 조형물이라는 표현답게 수억 년의 무게가 실린 장중하고 기이한 산들의 위상은 옆구리를 파고드는 인간의 행위를 귀여운 듯 느긋한 자세로 굽어보는 것도 같다.

마침 부식을 사러 나온 현장 사람이 있어 차편을 얻어 탈수 있었다. 길이랄 수도 없이 열악한 도로 사정은 고도가 높아질수록 난도가 더 심했다. 차체를 꽉 잡고 있어도 어느 결에 덜컹 차체의 천장에 부딪히는 정수리 때문에 경추 골절이 염려되는가 하면 옆 사람의 얼굴을 이마로 박치기하면서 곤두박질치기도 했다. 어느 지점에서는 기어코 포장되지 않은 무른 땅에 빠진 바퀴가 옴짝달싹도 못 한 채 검은 진흙에서 헛바퀴만 돌았다. 이런 일은 종종 있으니 다른 차를 부를 수 있도록 통신이 회복되던지 일 보러 오는 차를 만나면 해결이 된다. 양식이 떨어진 현장 사람들만 이런 시간이 길어지면 쫄쫄 굶을 수밖에 없지만 어떻게든 해결이 될 테니 심각하게 걱정할 필요는 없다. 마치 자기가 생살여탈권자라도 되는 듯 여유 있는 웃음을 보인 운전기사가 담뱃불을 붙여 물더니 심심파적으로 현장의 일상을 들려주었다.

무언가의 사명감이나 목표에 꽂힌 사람이 아니라면 아무리 당찬 남자라도 현장을 보고는 되돌아가 버려요. 여기 남은 인부들은 일반 공사장보다 높은 임금 때문에 다른 모두를 희생한 셈이죠. 능력에 따라 개개인의 품삯은 달라도 한 장소에서 오래 같이 일하다 보면 운명공동체가 되어 움직이니 단합은 잘 되는 편이고요. 비 오는 날도 편한 휴식보다는 비가 그쳐 얼른 현장에서 일할 수 있기를 기원하는 심정으로 무료함을 달래는 겁니다. 밤은 적막강산 무인지경인데 달과 별은 놀러 온 이웃 친구처럼 가까워지고 그 빛은 또 얼마나 환장하게 밝은지, 고산증으로 하늘 가운데 두웅 떠 있는 듯 감성이 유난히 여려지는 그런 밤에 누가 풀피리라도 불면 어떤 기분이 되는지 짐작 못 하겠지요? 만약 이럴 때 우는 사람이 있다면 그 사람은 절대 오래 못 버팁니다. 마땅히 노라리 할 것도 없으니 달이나 별을 보고 무연히 앉아 있다 잠자리에 드는 맨밥 같은 하루하루지만 그 속에서도 제가끔의 희망과 보람은 옹골차게 영글어 가는 거지요.

터널을 뚫거나 다리를 놓는 일은 막대한 노동력이 들기에 고대에서는 웬만한 강대국들도 마음대로 못했다. 그러나 잔도를 개설해야만 활동이 가능하기에 가장 첫 손 꼽히는 건설공사였다. 그때 문득 '사면초가'로 무너진 항우장사와 스스로 잔도를 불태우는 술책으로 배수진을 친 유방의 전술이 떠올랐다. 제후들과 힘을 합쳐 전쟁에서 이긴 촉나라 유방의 명월협 귀곡 잔도는 전략적으로 역사에 길이 남음직한 길이다. 진나라 말기 초패왕 항우는 천하를 거의 제패한 후 한나라 유방의 세력을 견제하기 위하여 한중을 포함한 촉 지방을 영지로 주고 한중왕으로 유방을 임명한다. 하지만 항우는 유방이 다시 자신에게 대항할지도 모른다는 의심을 버리지 않고 주시한다. 이런 의심을 풀면서 안전도 도모하자는 책사 장량의 말대로 파촉*에 들어간 이후 유방은 즉시 파촉과 중원을 연결하는 잔도를 태워버린다. 잔도를 태우는 것은 퇴로를 차단해서 배수진을 치고 사생결단의 승부를 결행하기 위함이었는데, 잔도가 없어진 것을 안 항우는 유방은 이제 파촉의 귀신이 되겠구나 안심하고 조상이 통치했던 옛 땅을 수복하려 함양을 비워둔다. 이 틈을 탄 유방은 조련하여 힘을 키운 군사들을 비밀루트를 통해 이동시킨 뒤 중원으로 나와 제후들과 연합하여 함양을 점령하고 중국을 통일한다.

그러나 이제 기사의 말대로 관광객을 오지로 불러들이려는 외에는 우회할 수 없는 좁은 외길의 원시적인 통행은 사양길로 접어든 지 오래다. 아주 오랫동안 방치되어 일부 구간이 붕괴된 스페인 왕의 오솔길도 2015년 이후에는 대규모 공사로 인해 더 이상 볼 수 없게 되었다. 기술의 발전으로 산악지대에 도로를 뚫고 험준한 구간에 터널과 다리를 건설할 수 있게 된 현대에는 대부분의 잔도가 재사용하지 않는 상태로 그냥 버려졌다. 재료로 많이 사용하는 목재와 노끈 또한 야외에서 풍우를 맞는 험악한 환경에서는 오래 버티지 못하기 때문에 자주 보수를 해야 하는데 효용성 면에서 팽당하게 된 것이다.

청하가 반장 황순목의 딸인 것을 알고 난 기사의 덤덤하고 여유 있는 얼굴에 뜻밖의 반색이 일어났다.

---

* 오늘날 중국의 사천성 지역을 일컬으며 가는 길이 하나밖에 없고 험난한 산세의 땅으로 통함.

"아, 황 반장이 그렇게 자랑을 달고 살던 그 니알!"

기사는 모처럼 풀어헤친 듯 푼푼하던 말 주머니마저 싹 다 물더니 소변이라도 마려운 척 저쪽으로 자리를 떴다. 잠시 후 기사가 슬쩍 나를 불렀다.

"따션, 다른 차가 올 거니까 나중 그 차 떠날 때 여기서 그냥 돌아가는 게 좋겠소. 저 니알도 참 별나네. 저희 빠바 성격을 알 거면서 여기까지는 뭐하러 왔을꼬."

기사는 그에 합당한 이유는 말하지 않고 잔뜩 찌푸린 인상으로 마른 입맛만 쩝쩝 다셨다. 하지만 그릇 가득 찬 물은 철철 흘러넘치는 법. 기사는 이내 속에 든 말문을 열었다.

"아, 까놓고 말해서 이 험지에서 일하는 애비 꼬라지를 보면 자식들도 마음 편하지 않을 거 아니유. 워낙 길이 멀어서 우리들도 가족들도 원하지 않지만 이렇게 불시에 찾아온 니알은 처음이요."

나는 잠시 그의 말뜻을 새겨보았다. 열사의 땅에서 편지나 사진을 보낸 나의 아버지도 항상 깨끗하게 땀을 씻고 그늘에서 쉬거나 상쾌하게 웃는 모습만을 보였다. 하지만 청하는 지금 삼촌에 대한 아버지의 비인간적 행태를 성토하기 위해 독이 오른 심정으로 달려온 길이다.

"황순목 씨 동생이 집에 다녀온 것으로 아는데요?"

"우리들 사정이 모두 그렇습니다. 사실 아비나 가장이라는 책무로 버티는 것이지, 물론 언젠가는 사람답게 살아볼 날이 있겠지 하는 기대도 하지요. 그렇지만 사람인 이상, 산악절벽에 빌붙어서 일하는 심정은 참 간 졸이고 마비될 때가 많습니다. 그럴 때마다 자기 최면을 걸어 스스로를 지키지 않으면 배겨낼 수가 없고요."

대답 아닌 대답으로 에두르는 기사의 말을 자르고 즉답을 요구했다.

"청하 삼촌의 상태가 안 좋은 겁니까? 오누이처럼 잘 지내던 조카딸이라 삼촌 얼굴이라도 보고 가야겠다고 왔는데."

"저네 따거한테 끌려오기는 왔지만 갓 장가든 새신랑이 각시가 그리운 건 한더위에 찬바람이나 마찬가지 아니요? 각시 사진을 내놓고 자랑하던 걸 생각하면 우리도 밥을 못 먹고 굶었어요. 정신 차리고 감 잡도록 황 반장이 어르고 달랬지만……. 사람 사는 게 모두 따지고 보면 참 무도하고 잔인한 걸, 어디 고목나무만 굳은살 돋고 그러나요?"

기사는 많은 것을 숨기는 복잡한 표정으로 담배 한 대를 피워 물며, 저쪽에 있는 청하에게로 흘끔 의미 있는 눈길을 보내더니 다시 아연 낮춘 음성으로 질문을 했다.

"혹시 여기서 있었던 사건을 다 알고 온 건 아니지요?"

사건이라는 기사의 말에 바짝 긴장이 됐다.

"혹시 황순목 씨 형제에게 무슨 일이라도 생겼단 말인가요?"

"황 반장이 아니라……."

이 말을 할까 말까 망설이던 기사가 짧게 뱉었다.

"반장 띠디가 낙상사고를 당했는데, 자살인 것 같소."

"예엣?"

청하가 들을까 봐 놀란 목청을 삼켰지만, 정황상으로 충분히 있을 수 있는 일이었다. 험지에서 번 돈으로 새신랑은 각시의 선물을 사고 어린 아기의 옷이나 장난감도 더 고급 진 것을 사서 각시의 함박꽃 같은 웃음마저 품에 안고 싶었을 것이다. 계획이 끝나는 날이면 한달음에 달려가리라, 참고 참으면서 키워가던 행복이며 모든 꿈이 허망하게 사라져버렸다. 본인도 모르게 장례마저 치른 뒤여서, 미친 듯이 되돌아온 일장에서 그가 맞닥뜨린 생각이 무엇이었을런가.

"여기가 모두 그래요. 교통도 나쁘고 전화도 기후에 따라 전파방해가 심한 곳이다 보니 차일피일……. 뭐 까놓고 말해서 걱정만 하지 당장 뾰족한 수를 낼 수도 없으니 그냥……. 위험한 줄 알면서 데리고 왔던 띠디가 그 지경이 되었으니 그 심정이 오죽할까. 눈치만 살피고 지낼밖에. 황 반장 그 속을 누가 알겠소. 나도 노모와 아내, 자식들이 4남매나 됩니다. 우리들이 하는 고생은 우리한테서 마감하고 저들만은 덜 위험하고 편안한 일 하면서 벌어먹고 살라고 그러지. 미친 개지랄하는 것도 아니고, 아차 하면 황천길인 여기서 뭐 한다고 붙어 있겠어요."

그가 하는 일이 특별하면 그도 특별해지듯이 이 열악한 노동현장은 절실하고 엄혹한 부성의 원류를 더욱 부각시키는 곳이다.

늦게야 가까스로 숙사에 도착했다. 휴식 시간에 든 산적 무리처럼 너절한 의복을 꿰매거나 땀내에 전 일복을 빨래하던 인부들이 느닷없이 방문한 늙고 젊은 두 여자의 주변으로 모여들었다. 호기심 가득한 그들의 표정은 의외로 힘든 객지 생활에 찌든 사람들답잖게 밝고 원만해 보였다. 그런데 청하의 아버지 황순목 씨가 더 충격적인 은폐를 또 저지르고 있음이 밝혀졌다. 외국에서 석사 공부를 하던 청하의 오빠가 교통사고로 병원에 누워 있다는 것이다. 현장에서 같은 정보를 갖고 있는 동생의 입마저 황순목 씨는 봉쇄해버려 청하의 어머니조차 모르고 있는 일이었다. 무슨 이유를 대더라도 이해 안 되는 아버지의 처사에 청하는 팽 돌아버렸다.

"빠바가 이런 사람인 것도 모르고, 나만 괴물이 되는 것 같아서 아팠는데, 너무 억울해요. 왜 빠바 혼자서 모든 것을 통제하나요? 우리 모두는 빠바 마음대로 갖추어 놓은 인형인가요?"

청하는 몸부림쳤다. 목줄이 매인 쇠말뚝을 결사적으로 물어뜯는 투견처럼 그녀의 분노는 앙칼졌다. 아버지의 안위를 걱정하던 전날의 청하는 이제 없다. 하지만 황순목 씨는 마치 예상이라도 하고 있었던 것처럼 변명 한마디 없이 덤덤했다.

"빠바는 왜 빠바 생각밖에 안 해요. 빠바는 우리를 조롱해요? 더 이상 빠바의 애완용품 노릇은 안 할 거야! 빠바에게서 받았던 혜택이라면 내 몸속에 돌고 있는 피까지 다 토해버리고 싶다고!"

고생해 본 적 없는 자식 특유의 거침없는 용기로 청하는 영원히 만회할 수 없는 분노의 쌍칼을 휘두르고 있다. 사랑하는 딸의 표변한 모습에 황순목 씨의 진중해 보이던 큰 눈이 흠칫했다. 그렇다고 딸을 나무랄 염치도 없는 듯 이해받지 못하는 아비의 쓸쓸함이 눈을 감고 내쉬는 호흡에서 두텁게 감지되었다.

"이제는 절대 빠바 말 안 듣고 도움도 안 받을 거니까 당장 같이 내려가요! 내가 안 이상 이제는 절대 나 혼자 그냥 안 가!"

아버지에 대한 태산 같은 신뢰가 기만당한 배신감으로 어쩔 줄 몰라 청하는 주위 의식도 없이 울부짖었다. 그러나 황순목 씨는 추호의 흔들림도 없는 진지한 태도로 딸을 달랬다.

"너 이전에는 이 아빠 말 잘 듣는 착한 딸이었잖아. 어른들 일은 어른들이 알아서 하는 거니까 너는 그냥 이 어른 따라가서 네 할 일이나 잘 해다오. 제발 이 아빠의 부탁이다."

청하 부녀의 중간 입장에서 내가 해야 할 몫은 최선을 다해 얼른 올바른 방향을 찾는 일이었다.

"청하는 아직 어른들 세계를 완전 이해 못 하는 게 당연합니다. 그렇지만 문제는 풀어야죠. 지금 제가 권하고 싶은 방법은 우선 아버지가 청하를 데리고 잠시 이 현장을 떠나는 겁니다. 물론 현장 책임도 있으니까 망설일 수는 있겠지요. 그러나 청하는 지금 몹시 흥분한 상태이고 요즘 젊은이들 특유의 패기 넘치는 용기를 행사할 수 있으니까 옛날 방식으로는 설득이 안 될 겁니다. 우리들 세대가 그랬듯이 부모 생전에 부모의 삶을 이해하는 자식은 없습니다. 먹이고 입히고 가르치는 것만이 부모가 할 일이라고만 착각한 부모들은 자식들의 장래를 통해 자신들의 한풀이를 시도했던 거니까요."

미리 질러놓은 포석을 마음에 든 고수처럼 청하의 아버지는 듣기만 했다. 굳이 설명할 필요 없다는 굳은 심지와 줏대가 흩뜨리지 않는 표정에 그대로 얹혀 있다. 그러나 얼마 후 곰처럼 보이는 깊은 인상으로 저 아래 계곡을 굽어보고 있던 황순목 씨가 요지부동의 정확성이 실린 동작으로 내 손을 꽉 끌어 잡았다.

"우리 형편에 여기서 중단하면 죽도 밥도 안 되오. 제발 저 아이를 데리고 가서 공부를 마칠 때까지만이라도 돌봐주시오. 내 반드시 결초보은을 잊지 않겠소."

"청하도 성인인데, 지금 청하의 심리상태로는 꼭 학업을 포기할 겁니다."

"안돼요, 제발! 따선 말은 잘 들으니까, 그래서 여기까지 동행하신 것만 봐도 저는 믿어요. 빠바라는 작자의 가슴에는 자식이 어찌할 수 없는 복잡한 의지가 숨겨져 있는 법입니다."

부모는 자식을 기를 때 기원 아닌 행보가 없다. 비록 절차상의 문제는 있었지만, 가족 전체를 위한 뼈아픈 가장의 한 경우라 여기니 이해 못 할 바는 아니었다. 나는 청하의 똬리 진 독한 결심을 돌리기 위해 철없던 시절에 내가 아버지에게 했던 잘못을 지금도 후회하고 있음을 부끄러움 무릅쓰고 청하에게 털어놓았다.

"지금은 아버지의 입장을 깊이 이해할 수 없으니 존경과 사랑을 배신당한 분노로 물불 가리기 어려울 거다. 평소에 네가 가졌던 효심이 역작용했을 것도 당연해. 그렇지만 성급하게 지금 당장 아버지의 결단을 요구하는 건 무리야. 먼 장래를 생각해서 지금은 비록 아버지가 미워도 너는 네 목표대로 너의 길을 가는 게 최선이야."

그 누구의 말도 귓전에 닿지 않는 증거로 젊은 청하는 이미 어른들이 모르는 많은 길을 알고 있었다. 청하의 이런 고집과 현지 상황에 따른 여러 가지 이유로 자연스럽게 발이 묶이게 됐다. 그동안 현장에서 일하는 황 반장네를 지켜볼 기회도 생겼다. 선발대가 철봉을 박을 바위 벼랑을 뚫고 늘어져서 휘감기는 나무와 수풀 줄기를 제거할 때면 주위의 지형이 어그러지면서 생각지도 못한 흙무더기와 돌덩이 사태가 일어났다. 연결해 놓은 안전 바가 아니면 자칫 사람까지 휩쓸어버릴 것 같은 위태로운 순간은 종종 일어났다. 미처 안착되지 않은 비계를 딛고 비틀거리던 인부가 안전용 허리띠에 매달린 채 아득한 공중에서 허우적거리면 그를 구하려는 사람들이 우왕좌왕하는 아찔한 순간도 겹쳤다. 그러나 그뿐, 다음 날도 그다음 날도 기상 이변이 없는 한 원시의 유인원처럼 그들의 절벽에 매달린 그들의 유유한 작업은 먼 그림으로 목격되었다. 여일하고 성실한 그들의 움직임은 마치 신령의 절대 신탁을 받은 별동대처럼 여겨지기도 했다.

비가 내리자 현장 인부들은 서둘러서 숙소로 들어왔다. 이 비가 언제나 그칠까, 공치는 기간을 점치느라 구름 낀 하늘의 동태를 살피면서 설왕설래 푸념 섞인 말장난들이 일어났다. 무슨 사건의 추이에 호기심을 보이듯이 황 반장 부녀의 실랑이를 훔쳐보는가 하면 각자 제 나름의 일정을 잡기는 하는데 대개는 들리다 끊어지다 하는 핸드폰의 전자파를 따라 돌며 어린 아이들처럼 장난스러운 몸짓으로 웃음거리를 만들기도 했다. 신기하게도 그들은 위험하고 외로운 작업장에 투여된 신분도 잊은 듯이 제삼자의 눈으로는 감히 이해할 수 없는 초월적인 안정감을 장착하고 있다. 저들 잔도공들의 인성에 쌓인 내공의 정체는 과연 무엇일까. 가늠 안 되는 심리의 내면은 연구 논제라도 삼아야 할 듯 섣부른 짐작으로는 가늠이 불가능했다.

한 인부의 찢어진 작업복 손질을 도와주고 있는데 황 반장이 나를 청했다. 숙소 뒤꼍에서 하늘을 응시한 채 기다리는 황 순목 씨의 얼굴에는 궁지에 몰린 옹색함을 떨치고 싶은 욕구가 간절하게 배어 있었다. 딸의 보호자 격으로 동반한 나에게 다시 무슨 청인가를 꺼낼 참인데 차마 입이 안 떨어지는 모양이었다. 딱따구리가 단단한 나무둥치를 쪼아 새끼 기를 둥지를 틀고, 음흉한 탁란托卵으로 종을 이어가는 뻐꾸기도 있듯이, 숙명적인 식업에 갇히면 인간의 부모 역시 이와 다를 바 없다. 부모 된 자들의 동병상련으로 마주한 나의 청신경으로 잠시 후 그의 목소리가 흘러들었다.

"끓여 멕이면 잠 오는 풀을 구해놨어요. 오늘 저녁 저 애가 잠들면 산 아래까지 데려다 드릴게요. 어떻게라도 학업을 중단하는 일은 막아야 됩니다."

그가 제시한 하산 방법의 엉뚱함을 듣는 순간 화가 버럭 치밀었다.

"청하 아버지가 원하는 것은 일류 대접을 받는 잔도공의 역할입니까? 훌륭한 아버지입니까? 청하가 괴로워하는 데 비하면 아버지는 참 무서운 데가 있는 분이네요. 딸에게다 더 가중된 죄책감을 던져 주면서 황 반장님이 갖게 되는 속셈은 아버지로서의 만족감이나 자부심 그 외에 또 무엇일까 참 궁금하네요."

침착하게 듣고 있던 황 반장의 안면으로 일순 엷고 가느다란 비소가 스쳐갔다.

"내 띠디가 왜 그런 죽음을 택했는지도 짐작 못할 사장님한테 이런 말을 하기는 참 어쭙잖지만……. 저애가 나를 바로 꿰뚫어 버린 건 맞아요."

하던 말을 끊고 미간을 찡그린 채 눈을 감고 있던 황순목 씨가 더 없을 기회를 움켜잡듯이 빠르게 내뱉었다.

"우리 빠바는 아편쟁이였고, 마마가 평생 국수 팔아서 번 돈은 그쪽으로 다 쓸려갔지요. 그 진저리치는 현실을 탈출하고 싶었는데……."

"그건 희망이나 성공에 목매단 인간 모두의 보편적이고 당연한 노력이죠. 저는 반장님이나 청하 두 사람의 심정을 모두 다 이해할 수 있어요."

"아뇨, 사장님은 여자 분이니까 절대 알 수 없을 겁니다."

말꼬리를 자르는 그의 음성은 아주 단정적이었다.

"여자라서 모른다니, 그런 실언이 어딨어요? 나 역시 사별한 남편 대신 혼자 자식들 뒷바라지를 한다고 말했는데요."

다갈색 얼굴빛이 석장승처럼 견고해진 그는 나를 응시하던 눈길을 그대로 둔 채 낮게 중얼거렸다

"부모의 희생은 오직 자식을 위해서라고……. 대개 그렇게들 생각하지요. 사장님도 알다시피 부모도 인간 아닙니까. 사람의 역할이 어디 옷밥 정도뿐이겠어요?"

"내가 듣고 싶은 청하 아버지 속뜻을, 진심을 이해할 수 있게 설명해주세요."

그렇다면, 다른 사람은 몰라도 당신한테만은, 이라는 밝고 진지한 눈빛을 반짝 보이던 그가 다시 쑥스러운 웃음을 실죽 보이면서 입을 열었다.

"이런 생활을 오래 하다 보니……. 아뇨, 아뇨."

조곤조곤 속내를 다 보여줄 것 같았던 황순목 씨가 돌연 자신의 말을 자르는데, 전에 볼 수 없었던 차가움과 매서움이 전사의 군장처럼 드러났다. 청하를 돌려보내기 위해 자신이 꺼냈던 제안도 더 이상 진전시키지 않은 채, 어둠이 짙어지는 산 어우름 속으로 그는 자취를 감추어버렸다. 제풀에 지친 청하가 스스로 떠날 때까지 그냥 둘 셈을 정했는지 그 후로 황순목 씨는 나와의 개인적인 면담도 청하지 않았다.

다시 오기 어려운 기회인지라 솜씨 차린 음식을 인부들께 제공하고 싶은 날이었다. 한식이 좋을까 중식이 좋을까, 함바에 있는 식재료를 살펴보고 있는데,

"어서 나와 보시요! 황 반장 딸이 현장까지 따라 나갔소!"

다급하게 나를 불러내는 기사의 외침이 들렸다.

운해는 계곡을 평지처럼 메우고 있는데 벗어 놓은 신선의 모자처럼 여기저기 드러나 있는 거산 봉우리들이 마치 하늘 바다에서 자맥질하는 큰고래들의 모습으로 변한다. 이 환상적 장려함을 어찌 인간 세상의 풍경이라 할까. 시야에 들어온 산협의 옆구리는 그나마 희붐하게 옅어서 이 정도의 기상조건이면 숙련된 인부들의 작업은 조심스럽게 진행 가능했다. 인부들의 작업은 몽환의 영상처럼 계속 중인데 그들 부녀의 실랑이는 밀치락달치락 이어지는 중이었다. 전날 철봉으로 얽어놓은 사다리에 얹을 판자를 황순목 씨가 안고 가는데 청하는 아버지의 허리에 감긴 공구 벨트에 매달려서 앙앙불락 끌어당긴다. 물기를 머금은 판자 위에서 미끄덩거리는 발을 지탱하랴 딸의 필사적인 완력을 저지하랴 황순목 씨의 덩치 큰 몸이 힘겹게 흔들린다. 자신이 꼭 이겨야 하는 순간적인 맞겨룸 속에 부모자식 간의 배려는 없다. 옥신각신 주고받는 말다툼도 뒤섞였지만, 위기에 찬 새들의 지저귐처럼 청하의 목소리가 더 높이 난만하게 흩어질 뿐이다. 그 사이로 쩡하게 황 반장의 고함이 터졌다.

"니알! 제발 좀 빠바 말 들어라. 다른 사람 생각도 해야지!"

"죽으면 죽었지 나 혼자는 절대 안 간다, 먹고사는 건 이제 내가 책임진다고 했잖아!"

애증에 결박된 청하의 새된 비명에 반응하며, 구름에 가려진 깊이 모를 협곡이 허공에서 떨어질 물체를 기다리고 있는 듯 눈이 시리다. 얼른 앞으로 나가 그들의 몸싸움에서 청하를 끌고 나와야 하는데, 오싹한 산영에 실린 전율은 발끝 하나 뻗지 못하게 온몸을 꽁꽁 묶는다.

"따션! 야 좀 어서 델꼬 가라니까요!"

나를 발견한 황 반장이 소리치는 순간, 움직이는 태산의 요동이 파장을 일으켰다.

"청하, 니알! 니알!"

각혈하듯이, 들고 옮기던 판자를 놓치면서 황순목 씨가 외쳤다. 아버지의 연장 벨트를 미당기며 버티던 청하의 손이 갈퀴처럼 허공을 긁는 동시에, 잔도 밖 허공으로 미끄러지는 게 보였다. 그런 찰나, 놓친 먹이를 잡아채는 독수리처럼 순간적인 동작으로 황순목 씨도 몸을 날렸다.

하늘도 땅도 긴장하는 허공의 운무 한가운데서 잔도공 황순목 씨는 벗겨지는 껍질처럼 가까스로 딸의 덜미를 잡았다.

요잠바라

1

깊은 산, 시원하게 물줄기가 쏟아져 내리는 계곡의 물가에서 열심히 빨래를 하고 있는 소연의 뒷모습이 무척 분주해 보인다.

이때 법사가 다가온다.

"어디 갔는고 했더니 여기 있었구만."

그 소리를 듣고 몸을 일으킨 소연이 몸을 돌려 공손히 인사를 한다.

"스승님, 양이 남매들 밥 주느라 여념이 없으시더니 언제 여기까지 오셨어요?"

"고놈들 또 식구가 늘었어. 저들끼리 다투지도 않고 조금씩 눈치를 보면서 먹는 모습이 얼마나 귀염성스런지. 요번 제일에는 보살님들 불공드리러 오시면 꼭 좀 그놈들을 보고 가시라고 해야겠어."

"스님 참 좋은 말씀입니더. 말을 하고, 손수 농사지어 밥을 해 먹고, 제아무리 많은 서책을 읽어 아는 게 많다는 사람들도 때로는 그들 짐승보다 못한 경우가 조옴 많아요?"

"하산해서 큰일을 치르는 동안 깨달은 바 그렇다는 뜻인가?"

법사가 슬쩍 웃어 보이며 말을 잇달았다.

"웬 빨래를 그렇게 많이 하누? 집에 온 지 얼마 되지도 않았는데 좀 쉬지 않고."

그 순간 무언가를 들킨 듯한 긴장감으로 소연의 얼굴이 굳어졌다. 하지만 이내 화락한 표정을 지으면서 굽실 법사를 향해 몸을 조아렸다.

"스승님께 은혜만 잔뜩 입고 떠나려니 너무나 송구해서, 스승님 의발을 새것처럼 깨끗하게 해서 제 보은을 바치고 싶었습니다."

"떠난다니, 그게 무슨? 아주 돌아와서 이제는 공부에 전념할 줄 알았더니. 부친도 풀려나셨고, 이제 본연의 제자리로 돌아올 차례 아니었나?"

"스승님, 처음엔 그랬습니다."

"그럼 무슨 심경의 변화라도 생겼다는 뜻이렸다? 항간에 떠도는 말은 나도 들었지. 너의 미모에 홀린 수령을 탄핵하러 보낸 탄핵사마저 본연의 임무를 망각한 채 돌아오지 않는다고 '함흥차사' 모양으로 '함주차사'라는 말도 떠돌아다닌다면서?"

"그러하옵니다, 스승님."

"그렇다면?"

"이런 말씀 안 드리려고 했는데……."

소연은 잠시 고개를 숙이고 몸까지 가늘게 떨며 말을 아꼈다. 기다리던 스승 법사가 채근했다.

"그대와 나의 인연이 얼마나 지중한데 그런 말을 하누? 참으로 섭섭하이."

"스승님, 사실은 저를 죽이려고 한 청년이 찾아올 것입니다."

"아서라, 그런 흉한 말을 어찌. 너 같은 효녀를 누가 죽이려 한단 말이고."

"스승님이 말씀하신 대로 세상사라는 것이 빼앗아서 유리한 사람이 생기는가 하면 빼앗겨서 손해를 본 사람이 반드시 생기기 마련 아닙니까. 손해 본 사람은 또 절치부심하면서 그에 상응하는 갚음을 꾀하기 마련이구요. 사실은 그 탄핵사의 아들이 판관의 임무를 띠고 다시 내려온답니다."

평소 침착하고 의연하던 법사의 얼굴이 순간 어두워졌다.

"그렇구나, 세상엔 효녀가 있으면 효자도 있기 마련이지. 그런데 어쩐지 켕기는구나."

"무슨 말씀이신지 압니다. 하지만 죽을 때 죽는 죽음 속에는 오래 사는 길도 있다고 언젠가 말씀하셨지요. 하물며 아비를 위해서 했던 일인데요 뭐."

잠시 뜸을 둔 채 생각에 잠긴 법사를 바라보며 소연이 덧붙였다.

"그 사람이 저를 잡으러 오면 나한 나무 아래서 기다린다고 전해 주세요."

"나한 나무라……."

법사는 말없이 지켜보던 소연의 얼굴에서 눈길을 돌려 흐르는 물길을 바라본다. 쉼 없이 물은 흐른다. 장애물이 앞을 막으면 머리를 돌리고 흐름이 같은 것은 나뭇잎이든 검불이든 거부하지 않고 동행한다. 주야로 흐르는 세월을 헤아리지도 않고 영원히, 영원히, 끊이지 않을 유장한 흐름을 이어간다. 그 흐름과 같이 사람들 역시 과거와 현재를 이끌면서 어디론가 흘러간다.

2

소연은 그날도 문수보살을 우러르며 합장한 채 움직이지 않았다. 소연이 움직일 때를 법당 앞에서 기다리던 법사가 조용히 안으로 들어섰다.

"춤 연습할 때가 넘어서도 기척이 없더니 역시 여기 있었네."

"스승님, 어제 또 그런 꿈을 꾸었어요."

"문수보살님이 또 현신하셨더라고?"

"예에. 도대체 무슨 영문인지 이유를 모르니 답답합니다."

빙긋 미소 띤 얼굴로 법사가 대꾸했다.

"네 미모가 문수보살님처럼 출중하다는 소리를 하도 많이 듣다 보니 너도 몰래 동류의식이 생겨서 그런 꿈을 꾼 건 아닌가?"

"아닙니다. 제가 어찌 감히 그런 망각을 하겠습니까. 하시는 말씀도 비슷하니, 그게 더 의문을 부추기면서 산란하기 이를 데 없습니다."

"무슨 말씀을 하시더랬지?"

"목련존자, 목련존자라고, 또렷이 들었어요."

"목련존자? 목련존자라면 우리가 알기로 지옥 불에서 신음하는 어머니를 구하기 위해 스스로 지옥으로 들어간 걸로 아는데?"

"그렇지만 저한테는 아버지도 어머니도 없는데 도대체 무슨 화두를 주시는 것인지 알 수가 없어요. 어제도 그 꿈을 꾸고 난 후 밖으로 나왔더니 산 능에 걸린 처량한 하현달이 저를 내려다보고 있겠지요."

소연의 이야기를 듣고 있던 법사가 무겁고 깊게 눈시울을 닫았다. 깊은 생각에 잠긴 듯한 그의 입에서 알 듯 모를 듯 낮은 웅얼거림이 새어 나왔다.

'묘하다, 참 묘하다.'

또 한 번 문수보살을 우러러본 소연이 스승을 향했다.

"스승님, 이는 마침내 저한테 이르시는 무슨 계시의 말씀 같은데 제가 알 수 있게 해몽을 좀 해주십시오. 지옥 불에서 신음하는 부모를 구하는 건 목련존자뿐 아니라 사람의 자식이면 누구나 해야 할 일인데 그 부분이 마음에 걸려 못 견디겠어요. 제발 그 해답을 줍시사고, 매달리지만 저리 알쏭달쏭 현묘한 미소만 짓고 계시니 답답하기 이를 데 없습니다. 저도 분명 부모님이 있었기에 이 세상에 있게 되었을 텐데 대체 그분들은 어디 사는 누구이며 나는 왜 여기 있는지 새삼스러운 궁금증도 커지고요."

"행자야. 인연의 연줄이 얼마나 길게 얽혀 있는지 아무도 그 끝을 모르지. 하지만 내가 아는 바로는 멀어지기도 하고 가까워지기도 하는 것이 인연이니 꼭 필요하다면 또 무슨 현신이 있으시겠지. 마음 쓰지 말고 어서 춤 연습이나 하러 가자. 이번에는 수륙제도 제지만 문수보살님 현신이라 칭송되는 너의 바라춤을 보기 위해 더 많은 보살이 온다고 문의가 빗발치고 있다고 통기까지 왔단다."

법사의 타이름에 귀를 기울이던 소연은 미련 어린 동작으로 깔고 앉았던 좌복을 차곡차곡 얹힌 제 자리에다 포개놓고 나온다. 먼저 법당 밖으로 나와 침음沈吟해 있는 소연을 기다리고 있던 법사가 남모를 소리로 중얼거렸다.

'벗어난 지 십수 년이 지나 이제는 기억도 희미했을 텐데, 어찌 이리 기막힌 선몽이······.'

법사는 가만가만 고개를 흔들어 마치 머리에 얹힌 검불을 털어내듯 한다.

"사미야, 부처님이 뜻하신 깨달음을 얻을 때까지 우리 열심히 굴신 공양이나 올리자꾸나."

법사는 가만히 소연의 손을 끌어 잡고 흔들었다. 하지만 제 생각에 꽂힌 소연은 아예 법당 앞 계단에 버티고 서서 미간을 모은 채 조르듯이 제 뜻을 풀어놓는다.

"저를 거두실 때 누가 저를 안고 왔는지, 또는 어느 길모퉁이에서 거두시게 되었는지 스승님은 혹 기억하고 계신 인물이나 장소가 없으신지요?"

"있기야, 영 없지는 않지. 부정이 사무친 뜨거운 품으로 눈도 안 뜬 새끼 딱새 같은 너를 안고 와서 무릎 꿇고 울며 내밀던 남정네의 두 눈에서 흐르던 눈물."

"남정네가요?"

"응. 아비라는 말을 했다. 본인의 입으로."

"아비가 왜 그랬을까요. 너무 가난해서? 해산 중에 모친이 사망해서? 아니면 어린 자식을 버릴 수밖에 없었던 그 안타까운 사연은 과연 무엇이었을까요?"

"사바세계란, 겉으로는 번드르르 하지만 참 복잡다단하고 유치하고 매정한 곳이라서……. 차마 순결한 너의 마음을 어둡게 하는 이런 말까지 전하게 될 날이 올 줄 그때는 정말 몰랐다."

"스승님 아신다면 들려주세요. 어떤 원망도 미움도 사연 있음으로 이해하겠습니다. 제가 비롯된 근원이나마 알고 싶은 건 인지상정이 아닌가요?"

"네가 이렇게 출중한 미모를 드러내면서 나는 사실 필연의 어떤 조짐을 느끼기는 했었지. 빨갛고 쭈글쭈글한 배냇둥이 속에 감추어진 이런 미색을 그 분 아니면 뉘 알았겠노. 미인박명에서 너를 구하시는 부처님의 뜻이었거니 싶었거든. 그러나 이제 와 생각하니 그도 아니었다."

"너무 뜻깊은 말씀이라 알아듣기 어렵습니다."

소연은 어리광 섞인 음성과 함께 법사의 손에 매달렸지만,

법사는 바로 말하는 친절을 베풀지 않았다.

"부처님처럼 거룩한 육신을 나투신 분이 모성이건만, 아니 여성이건만 천법을 어긴 업보인 게야. 이 세상 만물이 지수화 풍공식으로 소생하듯이 사람을 배태하는 사람은 여자 아닌가. 흙에 묻힌 씨앗이 싹터서 자라고 그 씨앗이 다시 씨앗을 만들어 인류와 세상 만물이 생성유지 되는 것이거늘. 어찌 그런 단견으로 경거망동을 하였는지."

"부처님 제자로 승복에 가려진 육신인데 무슨 남녀의 구별이 있다고 여자의 본성에 대서 그토록 강조하시는지요."

"너는 허물이 여자여서 버려졌으나 여자이므로 너는 위대하다. 더구나 문수보살님의 화신처럼 출중하므로."

"무엇을 제게 말씀하시려는지, 바로 말씀해 주시면 안 됩니까?"

"나도 그 이상은 모른다. 다만 저 계곡을 차고 흐르는 물처럼 쉼 없이 흐르고 흐르는 도솔천의 대법칙에 따라 짓고 부수고 홀쳐매고 또 푸는 것으로 생명은 삼세 윤회의 숙명을 회돈다는 것만 짐작할 뿐."

3

소연이 채소밭을 돌보는 차림으로 소쿠리를 들고 나오는데 사문으로 들어서던 재가보살이 다급한 음성으로 말을 걸었다.

"주지 스님이 안에 계시는지요. 조 생원 집 안잠이라고 전해 주이소."

소연이 뭐라 대답하기 전에 법사가 먼저 알은체하며 모습을 드러냈다.

"명월보살이 어인 일이요? 헐떡거리는 숨결을 들으니 급한 걸음을 한 모양인데."

"예에 스님, 화급한 마음으로 내닫다 보니……."

"내게 무슨—?"

법사가 손짓으로 명월댁을 안으로 불러들이자 소연은 보살과 법사 사이에 끼어들지 않고 제 할 일을 하러 자리를 떴다. 의미 깊은 모습으로 샛길로 들어간 소연의 모습이 보이지 않을 때까지 지켜보던 법사는 비로소 명월댁이 서 있는 앞으로 걸어갔다.

"스님 제 본가에 큰일이 났습니다. 주인어른이……."

말하다 말고 명월댁은 얼굴을 싸쥐고 울음부터 터뜨렸다.

"보사알, 진정하고 분명한 뜻을 놓아보시오. 주인어른이 어쨌단 말이요."

"어쩌면 멸문할지도 모를 지경으로다……."

명월댁은 다시 격한 몸짓으로 주먹 쥔 손까지 내저어댔다.

"멸문 지경이라니 그 집안에 그런 횡액이 비치다니."

"아들, 아들 하면서 죄지을 때부터 알아봤지만 어른들 시키는 대로 했던 주인어른이야 무슨 죄를 지었나요. 하기야 딸만 줄줄이 태어날 때부터 이미 그런 기미가 번졌는지도 모르긴

하지요. 주인어른 본인의 입으로도 지은 죗값을 받는 거라고 말씀하지만 본인을 위해서 그런 것도 아닌데……."

"그래서 대체 나더러 어쩌란 말인지 그것부터 어서 말해 보시오."

"스님을 꼭 한번 뵙고 싶다고, 죽기 전에 스님을 꼭 한번 모셔오라고……."

"주인어른이 몸져눕기라도 하신 게요? 이렇게 인편을 놓은 것 보니 그렇군요."

"차라리 몸져누우신 거라면 걱정을 왜 해요. 지금 주인어른은 옥방에 계시는걸요."

"옥방?!"

무심코 여일하게 돌리고 있던 단주를 멈추면서 법사의 숨결도 잠시 긴장을 한다.

"남정네치고 부처를 그만큼 신실하게 받드는 분도 없는데 그런 심성을 가진 분이 어찌 그런 일을. 대체 죄목이 무엇입니까?"

"쇤네도 잘 모르지만 들은 소리로는 세곡을 탈취했다네요. 지은 죄가 너무 중해서 목숨 부지하기가 어렵다며 마님도 초주검이 되셨고요. 집안 꼴이 말이 아니랍니다."

법사는 고요히 입술을 달싹거리며 '나무 관세음보살'을 읊을 뿐 다른 말이 없다. 법사가 절집을 모으고 부처를 모신 뒤부터 해마다 초파일이 오면 누구보다 큰 등불을 켰고 불사에 드는 제반 경비와 물자를 시주하는 큰 화주 노릇을 하던 집이다. 사대부 남정네들이 절에 대한 관심을 드러내 보이지 않는 관습상 그의 대행은 항상 명월댁이 맡아왔으므로 그녀의 전달은 익숙하고 당당하다.

"스님, 제가 의대를 챙겨드릴까요?"

"내가 간들……. 나야 부처님 앞에서 염불이나 열심히 공양할 뿐 아무런 능력이 없습니다."

"아닙니다. 스님께 꼭 하실 말씀이 있다고, 주인어른이 하도 간청하시는지라, 제 마음은 지금 스님을 업고라도 달려갈 판입니더."

법사는 깊이 눈을 감았다. 얽혀 있는 실타래를 풀듯이 서로를 밝혀야 하나. 그러나 똑같은 심정으로 나한 나무 밑에서 아이를 주고받았을 뿐 아이 아버지는 한 번도 법사를 찾아오지 않았다. 거저 지나가는 걸승으로 여기는 거라 차라리 잘됐다 싶었다. 소연이 그 나무 밑에서 받아온 아이라는 것은 불공드리러 오는 신도들도 모른다.

4

잠시 후 법사는 소연이 챙겨준 가사를 입고 장삼까지 둘렀다. 트레머리로 머리채를 감아올린 머리에는 송낙을 얹었다. 어느 불심 강한 화주보살이 올린 미투리까지 꺼내 신으므로 사문 밖으로 나가는 차림은 갖추어졌다. 가녀린 몸매에 비해 강단 있고 범상치 않은 눈매를 보면 사람들은 절로 관세음보살을 외게 된다는 비구니 중에서도 비구승 같은 승려였다.

함주 대처로 나가는 길은 멀었다. 하늘이 안 보이게 울창한 숲으로 인해 오솔길은 더듬듯이 걸어야 돌을 차고 넘어지지 않는다. 울근불근 길을 막고 불거진 나무뿌리에 걸려 넘어질 때면 검센 장한이 팔을 뻗어서 끌어당기는 줄 알았다고, 피가 흐르는 무릎에다 쑥을 찧어 바르면서 보살들이 우스갯소리를 하게 만드는 길이다.

누에가 뽕잎을 갉아 먹는 소리로 바람은 잦아들고 머잖은 계곡에서 흐르는 물소리만 철철철 부딪치고 미끄러지며 신나는 아이들처럼 떼 지어서 달린다. 사문을 빠져나오자 저 먼저 달려간 명월댁은 법사가 왕림한다는 희소식을 전하기 위해 하마 몇 고비를 먼저 내뺀 듯 자취도 없이 사라졌다.

탈속했다 여기며 살았는데 다시 사바의 부름에 이끌려 간다. 법사는 마음의 평정을 구하는 눈길로 주위를 둘러본다. 나무는 나무대로, 바위는 바위대로 여전히 무연하게 제 모습을 지키고 있다. 장골 두 아람은 실히 될 것 같은 나한 나무 앞에 이르자 법사는 천천히 합장했다. 저리 큰 나무의 목리문이 어떠할지 알기 때문이다. 가지가 찢어질 때, 큰 비바람으로 무너진 바위에 몸통이 짓박혔을 때, 천둥 번개에 놀랐을 때, 가지가 휘어지거나 부러지는 일을 당해도 엄살 없이 의연하게 몸통을 바로 지탱한 흔적으로 새겨 낸 기록이다. 하많은 세월의 인고로 키운 우람함에 고개가 절로 숙여지는 것이다. 게다가 이끼

긴 겉껍데기 속에는 사슴벌레도 키우고 개미 가족도 살고 찢어진 피부 사이에서 흘러내리는 수액을 탐하는 장수풍뎅이나 왕벌도 한 가족처럼 공생한다. 만물의 영장이라 거드름 피우는 인간들이 감히 흉내조차 낼 수 없는 큰 도량의 넓은 품이다. 이 나무를 나한 나무라고 이름 지은 법사를 따라 신도들도 이 나무를 지나칠 때 그냥 지나지 않고 합장 경배를 한다.

영육의 갈피를 잡을 수 없이 떠돌던 몸, 지쳐서 이 나무 아래서 쉬고 있을 때 법사는 핏덩이 소연을 받아 안게 되었는데 그때의 심사는 이 나무에서 감화받은 바 컸다. 법사는 그 바리데기 소연이 생활이 곤궁한 천민도 아니고 내로라 이름을 밝히면 유지급으로 일컬어지는 가문의 기출인 것을 알았다. 유불리에 따라 자기네 핏줄까지 내치는 인간의 이기심을 매일 참회하면서 소연을 길렀다. 한 마디 불경으로 한 번의 자비심으로 흉한 허물이 씻어지듯이 날마다 달마다 출중하게 빛나는 소연의 미모에는 법사 자신도 늘 안타까웠다. 저 아이가 속가에 살면서 많은 이목을 받았다면―. 어떤 일이 생겼을 것인지 상상할 때마다 자기 수하에 있는 다행스러움을 느꼈다. 미인박명이라는 말이 괜히 생겨났을 것인가. 그로 인해 빚어지는 온갖 사연들, 그에 따른 부작용……. 법사는 그때마다 처음 보는 자신을 신뢰하고 딸을 맡긴 아비의 슬기로움에 남다른 소명 의식을 느끼기도 했다.

"어른들이 어디론가 아이를 보낼 겁니다. 집에서 나가면 이 아이는 죽은 목숨이나 다름없는데 아비가 어찌 자식을 죽음으

로 내몰리게 그냥 두겠습니까. 훔쳐 나왔지요. 집에서는 지금
저를 찾아 난리가 났을 겁니다."

"제가 어린애를 거두기 전에, 어른들은 왜 손녀를 죽음과 맞
먹는 선택으로 버리려 했는지 그게 궁금하군요."

"스님. 남자만이 모든 세상을 경영하고 구한다는 신념이 과
연 옳은 것인지, 저 역시 지금은 많이 헷갈립니다. 대대로 명문
이라 자부하던 집안이 피폐해지자 선친은 절박한 심정으로 남
손의 홍송을 원하셨고 저 역시 천백번이라도 그 뜻을 받들고
싶었지만, 사람의 일이란 참으로 마음먹은 대로 안 되는 것이
었습니다. 이 아이가 벌써 아홉 번째거든요. 집안 망칠 요괴로
까지 비약해 이 아이를 핍박하신 나머지……. 하해 같은 도량
으로 목숨이나마 부지하게 거두어 주시면……."

핏덩이 소연의 아비는 그때 비 맞은 듯 줄줄 땀을 흘렸다. 피
신하듯 달음질친 힘거움도 있겠지만 자식을 버려야 하는 안타
까운 부정이 애탄 진액을 방설하고 있는 것임을 법사는 알아
차렸다.

"저 역시 운수 행각으로 떠도는 신세라 거처도 없을뿐더러
살아도 죽은 목숨과 다르지 않을 텐데……."

"알지요, 스님. 하지만 같은 하늘 아래 같은 공기로 숨을 쉬
는 것만으로도 얼마든지 감사하겠습니다."

그날을 회상하던 법사는 자신도 몰래 포옥 한숨을 내쉬었다.

"그래, 산은 산이고 물은 물이라 제 나름의 생태대로 존재하
는 것. 맺히면 풀리게 되어 있고 길은 또 어디선가 나타나겠

지."

법사는 잠시 한계에 빠진 자신에 대한 열등감을 추스르며 느슨해진 바랑 끈을 두 손으로 받쳐 올렸다.

5

이미 초주검이 될 정도로 수척해진 소연의 아비 명철주는 겨우 눈을 떠서 법사를 알아보았다.

"명월보살한테 들었습니다만 대체 무슨 연유로 처사님 같은 분이 그런 물건을 탐했습니까?"

법사가 답을 청했지만 소연의 아비는 희미하게 겸연쩍은 미소를 띨 뿐 좀체 입을 열지 않았다. 다만 찢어진 입귀에 묻어 있는 피를 혀로 닦으면서 중얼거리듯 말했다.

"죄인이 죄 때 벗으려고 했던 짓이 다시 또 여러 사람을 힘들게 하는군요."

자조적인 휩뜬 웃음을 흘리는 소연 아비의 망막 속으로 그 날들이 얼비친다.

빗장뼈가 으스러지게 파고드는 등태를 양쪽으로 받치며 산길을 걷던 밤.

그래도 그날은 '태어나서 나도 사람다운 짓을 한다' 는 자긍심도 보람도 맛보았다.

곡식 섬을 진 그를 마중 나와 있던 친구와 동패 식구들의 환대는 '매구 오라비 본 듯하다'는 시쳇말이 실감나게 했다. 주렸던 만큼 곧 배부르게 밥을 먹을 수 있다는 기쁨일 것이다. 쌀섬이 곧 헐리고 큰 솥에 씻은 쌀이 부어졌다. 따닥따닥, 솔가지 꺾이는 소리가 불땀 좋게 들리더니 이내 구수한 밥내가 온 산채를 감돌아서 흘렀다. 반찬이라고는 소금과 간장, 된장이 전부였지만 잽싼 삽날처럼 입으로 퍼 나르는 숟가락에 의해 밥은 곧 바닥이 났다. 부른 배를 두드리며 트림을 끄윽, 해대는 만족한 얼굴들에는 맑은 보름달 같은 생기가 살아났다.

"이 놈의 새끼들을 당자앙—!"

마치 눈앞에 있는 적을 무찌르는 시늉으로 몽둥이를 우정 휘둘러 보이는 더벅머리 청년도 있었다.

명철주는 그 모습을 보며 이들과 같이 행동하지 못하는 평소의 죄책감도 조금 덜게 되었다. 할 수만 있다면 이들이 근력 올릴 수 있는 먹새만이라도 자신이 전적으로 조달할 결심을 다졌다. 저들이 누구 때문에 저 의분에 몸을 떨며 체력 단련을 하는가를 생각하면 비록 동패로 움직이지는 못해도 있는 힘껏 저들을 돕는 것이 당연한 도리였다.

그 후로도 쌀이 안 되면 보리쌀을 곳간에 있는 대로 퍼 날랐다. 제 동도 대기 어렵게 기운 가산으로는 당연히 무리가 따랐지만, 그의 간곡한 설득으로 은밀한 이웃의 십시일반도 전달되었다.

하지만 끝없이 돌아가는 씨아처럼, 쩍 벌린 검은 목구멍이 아우성치는 공포를 겪어보지 않으면 모른다. 산막에서는 연이어 초근목피를 구하다 쓰러지는 식구가 늘어났다. 대놓고 기민구휼을 하러 나설 수도 없는 은밀한 단체였기에 명철주는 마치 자신의 무능으로 저질러지는 일들만 같아 마음이 조급해졌다.

"나라는 인간은 도대체 무엇으로 이름 석 자를 발명할 수 있는가. 자식을 버린 못난 아비였으면 대장부 노릇이라도 제대로 해야겠거늘."

할 수만 있다면 토지문서라도 곡식과 바꾸어다 주고 싶었지만, 영문 모를 이유로 그의 선친 역시 문전옥답의 문서를 거의 없앤 상태였다. 설마 유흥 잡기로 가산을 탕진할 어른이 아닌 인품을 믿었기에 암암리에 사라진 재산에 대한 행로를 어렴풋이 짐작만 했다.

"우리가 어떤 가문인데 명분 없이 밥이나 축내고 가랴."

이는 선대부터 체화되어 온 암묵적인 가훈이었다.

명철주는 허기져서 쓰러지는 산막 사람들의 모습이 눈에 밟혀 물에 만 꽁보리밥도 제대로 넘길 수 없었다. 다른 사람들의 편안한 삶을 위해서 목숨마저 내놓은 사람도 있는데 나는 대체 무엇인가. 인충인가. 식충인가. 명철주의 가학적인 자괴감은 나날이 깊어갔다.

명철주의 행색은 꼬집어서 남의 일로, 배접해 놓은 해골 꼬락서니로 변해갔다. 우뚝한 절벽 앞에 선 것처럼 막막했다. 뚫을 수도 뛰어넘을 수도 없는 궁지에서 고민하던 그에게 깜빡하고, 갈라진 매지구름 사이로 햇살이 뻗쳐 나오듯 옆길 하나가

빤히 드러났다.

어느 날 어느 시쯤, 어느 길로 세곡을 실은 수레가 관아로 들어온다는 정보였다.

명철주는 다음 날 세곡 수레가 지나가는 길가에서 미리 기다렸다.

'이랴, 낄낄' 기회를 엿보고 있는 철주의 앞으로 먼 길을 도보로 걸어온 마부의 지친 걸음이 휘딱, 휘딱, 소잔등으로 채질을 날리고 있다.

"아이구, 어디서 오시는 양반인지 참 수고도 하십니다."

철주가 말을 걸며 나서자 마부가 당장 경계의 눈길로 째려보며 긴장을 했다.

"나도 혼자 걷기 지루해서 쉬던 참인데 길손이 있어 좋소이다. 동행해서 같이 갑시다. 자, 담배 안 태우시우?"

철주는 준비해 있던 말초를 마부에게로 내밀었다. 철주의 밝은 얼굴과 친절한 음성을 들어 새기던 마부는 슬며시 손을 내밀어 친절을 받아들였다. 소연 아비 철주는 손수 친 부싯돌로 제 담배에 붙인 불을 마부에게로 건네주었다.

피로회복제라도 되는 듯 마부가 말없이 담배를 피울 동안 철주는 아무 말 없이 거저 같이 걸었다.

"목이 마르시면 내가 마시던 물도 있는데."

명철주가 다시 미끼를 놓자 단박 마부의 음색이 달라졌다.

"히야, 내 속을 우찌 그리 알고 미리 대기하고 있었던 갑소잉?"

256

마부는 대기하고 있었다고 한 제 말에 별로 개의치 않고 철주가 내민 물병의 마개를 따서 기울였다. 중한 일의 책임 때문에 심한 갈증도 참고 왔는지 마부는 소리 내서 꿀꺽꿀꺽 물을 마셨다. 경계심을 푸는 데는 어느 정도 성공했다.

보폭을 조절해서 앞서거니 뒤서거니 길을 잡으며 이럴 리 없는데 싶은 눈으로 앞뒤를 살피던 철주는 넌지시 염탐했다.

"어느 장으로 가는 장짐인지 모르지만 늘 이렇게 혼자 다니시오?"

세곡인 것을 아는 척해서는 안 되므로 말을 에둘렀다.

"같이 다니는 사람이 갑자기 배가 아프다고 꾀병을 하는 바람에 아는 길이니 나 혼자 가도 된깨 몸조리나 하라고 보냈구만요."

"그렇군요. 매일 도보 배행을 하기도 지겨운 일이겠지요. 그렇다고 쌀섬을 푸욱 찢어서 재미로 생쌀을 양양이로 씹고 다닐 수도 없을 테고요. 핫핫핫."

"헛참, 재미있는 양반이네그랴. 동행이 있어 덜 심심하니 장딴지에 절로 힘이 생기는 것 같소."

철주는 수레꾼의 눈치를 보며 곡식 섬을 어루만져 손끝의 촉감으로 내용물을 가늠해 보았다. 곯은 배가 절로 일어날 실한 알곡이었다.

"세상은 참 안 고르요. 있는 집 곳간에는 묵은내 나는 쌀로 좀까지 포식하는데 없는 놈 집에는 늘비하게 쎌어져 있는 식구들 가죽창자에서 도랑물 흐르는 소리만 등천을 하니."

언중유골로 중얼거리는 명철주의 말을 마부는 건성으로 듣고 대답한다.

"암만요. 암만요. 나 역시 이런 알곡을 날마다 실어 나르지만, 오늘 아침에도 죽물로 배를 채우고 나온걸요."

조금 더 가면 산길이 끝나고 모퉁이 저쪽은 들판으로 시야가 확 뚫리게 된다. 소연 아비는 갑자기 괴춤으로 손을 가져가면서 너스레를 떨었다.

"아이, 갑자기 소피가 마렵네. 잠깐 실례하겠소."

큰 바위너설이 있는 숲길에서 소연 아비는 뒤로 처졌다. 찌이걱, 찌이걱, 평탄하지 않은 산협 길을 가느라 짐에 눌린 수레는 연신 앓는 소리를 내지른다. 마부와 소가 보이지 않는 휘어진 길에서 소연 아비의 빠른 손길은 수레에 매인 짐매 한 가닥을 투둑, 칼질했다. 서슬에 몽글게 묶인 곡식 섬 세 개가 길로 떨어졌다. 길 가운데 있는 돌을 타 넘는 바퀴의 요동쯤으로 여겼는지 마부는 별일 없는 듯 계속 앞으로 나아갔다.

산 숲 어딘가로 신호를 보낸 명철주는 빠른 걸음으로 마부를 따라오며 저 먼저 신소리를 내질렀다.

"헛 거참, 오줌소태가 어찌나 심한지 사내 물건이 영 물건이 아니네요."

"마누라한테 잘 보일라꼬 살 방아질 열나게 납디다 보문 더러 그런 병이 생긴답디다."

"그래요오? 하아 하하하하."

멋모르고 엉뚱한 마부의 맞장구에 명철주의 웃음 대꾸는

절로 유쾌해졌다. 다행히 제 무게에 눌려 빈자리를 채우고 앉은 곡식 섬 덕분에 웃음이 풀풀 나오는 육담을 농으로 주고받다 적당한 갈림길에서 소연 아비 명철주는 작별을 고했다.

그러나 산막 식구들이 먹은 밥이 채 똥으로 나오기도 전에 세곡 탈취는 들통이 났다. 소연 아비를 아는 사람들은 깜짝 놀랐다. 그가 어떤 가문의 자식인데 도적질을, 아니 세곡 탈취를 하다니, 믿지 않았다. 반드시 무슨 곡절이 있으려니 했다. 곧이어 산막 친구들의 정체가 세간의 입에 올랐고 그러면 그렇지 모두들 무릎을 쳤다.

산막 친구들이란 의협심 강한 마을 청년들로 구성된 무예 단련자들이었다. 머잖은 부산포나 마산포 등에 수시로 왜구들이 침략하여 노략질하는지라 어느 때 함주까지 그들의 발길이 미칠지 모르는 불안함은 주민들 누구나 가지고 있는 큰 걱정거리였다. 군과 관을 믿고 있으면 된다지만 백성은 유사시에 한몫할 힘을 길러놓는 것이 당연했고 건들건들 몸 좋은 청년들이 만든 단체에 뜻을 같이하는 숫자가 의외로 많았다. 그 단체의 수장은 단짝 친구였으므로 노아 아비는 당연한 의무감을 새기면서 그를 돕고 나섰다. 그러나 사병의 범위를 벗어날 수 없음으로 관의 눈 밖에 나도록 드러내놓고 훈련을 하지도 못했던 것이다.

명철주는 처음 그들의 존재를 토설하지 않았다. 그러므로 그에게 가해지는 태형이나 체벌은 중형으로 다스려졌다. 소연 어미의 어림짐작한 하소연으로 산막 식구들의 정체가 밝혀지고 수령으로 지목된 철주의 친구까지 잡혀 와 사병을 기른 불순한 이유를 대라는 추달과 고문을 함께 받아야 했다.

사또는 자신의 정치력에 흠결을 잡힌 자존심 때문에 일벌백계로 중죄를 내리겠다고 펄펄 뛰는 중이었다.

6

장삼에 붉은 가사를 두른 소연이 스승인 법사 앞에 섰다.

두 손에 들린 누른 놋쇠 솥뚜껑 같은 바라를 든 소연의 몸매는 날아갈 듯 하늘거린다. 그 모습이 얼른 짐작 안 되는 사람은 숱한 곳에서 목격하게 되는 문수보살상을 보면 된다. 문수보살이라는 소연의 별명도 사실은 소연의 출중한 미모를 표현하느라 재가보살들이 지어 부르는 애칭이다.

소연은 말없이 고요한 자태로 지음의 소리를 가늠하고 있다. 가장 깊은 곳 내면으로 침잠하여 체화된 본뜻을 구현해 낼 때 보이는 첫 자세다. 심호흡을 가다듬고 무연한 시선으로 하늘을 우러르던 소연이 스승을 돌아보았다. 이제 스승이 배음으로 깔아주는 대다라니경을 따라 선율 흐르듯이 그의 춤사위는 공기 속을 휘돌 것이다. 때로는 전진할 것이며 때로는 후퇴하는가 하면 어느결에 회전도 하면서 무아지경의 허공 속에서 뛰고 날아오를 것이다.

그런데 법사가 그녀를 손짓했다.

"네 얼굴빛이 여느 날과 다르다. 왜 그러느냐?"

"거니채셨네요, 스님. 아무래도 오늘은 참된 공양을 올리지 못할 것 같습니다."

"또 꿈 때문이냐?"

"아무래도……."

"그럴 때도 있지, 항차 사람의 육신을 갖고서야. 무연사 수륙재에서 보인 네 춤 솜씨는 나를 훨씬 뛰어넘는다고들 하더라. 절제된 동작 속에서 표현해내는 환희와 법열은 내 눈에도 범상치 않았어. 다라니를 읊는 내 목소리도 같이 고양되었거든."

스승은 앞에 놓인 북과 징을 어루만지며 그때의 감동을 회상하듯 눈길마저 게슴츠레해진다.

"스승님, 저더러 힘내라는 격려의 말씀인 줄 알고 있지만, 과찬은 싫습니다. 저는 겨우 흉내나 낼까 아직 멀었습니다."

"청출어람이라 하지 않더냐. 어제 아침에 우리가 휘호한 여조삭비란 어휘도 있지. 쪼작쪼작 걷던 새의 발걸음이 어느 결에 훠얼훨 창공으로 활개를 치게 하는 힘이 되는 거라."

"오늘은 춤 연습 말고 춤을 춤답게 구현할 수 있는 '바라춤' 공양의 형성 유래나 좀 더 깊이 숙지하고 싶습니다. 허락해주십시오."

"너는 갈수록 나를 감동하게 하는구나. 나는 아주 상세한 것은 잘 모른 채 당달봉사 길 더듬듯이 떠듬떠듬 공부했지만 너는 전문가한테 사사했으니 오늘은 그럼 나를 좀 가르쳐주

렴."

스승과 제자는 마주 앉았다. 다정한 모녀로 보일 연치의 차이와 정감은 흐르지만, 이들은 엄연한 격을 가진 관계의 사람들이다.

소연이 먼저 입을 열었다.

"바라춤은 신라 시대 진감국사님이 하동 쌍계사에서 완성하셨다고 전해진대요."

"그렇다고 하더구나. 오랜 세월이 흐르는 동안 여러 갈래로 나뉘었고. 우리 영남 지역에서 전수된 영남 바라춤은 팔십 네 가지 작법을 행함으로 종교의 대중화를 이루는데 한몫했단다."

"영산재에 비해서 수륙재는 물과 뭍을 헤매는 외로운 영혼과 굶은 아귀를 달래며 위로하는 거라는 생각을 깔고 하면 절로 비감이 와요. 게다가 스승님이 읊어주시는, 방석을 편 듯한 대다라니가 간간이 귀에 들어오면 저도 저를 잊어버리고 몰두하게 되어요."

"나도 너 같은 출중한 도반을 만나서 참으로 영광이다. 익숙하지도 않은 바라의 무게에 손목이 부어도 참아 내면서 익힌 보람이 너를 가르치면서 새록새록 짙어지니 이 아니 홍복이랴. 나는 바라춤, 나비춤, 법고 등의 진수를 다 익히지는 못했지만 말이다."

"그 많은 종류를 다 체득 못 하신 건 흉이 아닙니다. 천수바라, 명바라, 사다라니바라, 관욕바라, 막바라, 내림게바라, 저는 비슷비슷한 이름을 구분하는 데도 애깨나 먹었는데요."

"명바라는 규모가 큰 재라야 추는 춤이니 어지간한 전수자는 구경도 못 할 수 있거든. 배경 음악은 징, 북, 호적 등에 맞추며, 천수바라, 사다라니바라는 범패에 맞추는 것이 제격이라 배웠지. 불법 도량을 정화하며 성스러운 장소가 되게 다라니와 진언에 맞추어 행해질 때는 시간이 오래 걸리는 것이 마하 반야 바라밀에서만이 가능한 행위라 뜻과는 달리 잘 모를 대중도 많은 것이 흠이지."

"저는 대중보다 저 먼저 깨달음과 해탈을 얻고자 매달렸습니다."

"그 간절함이 더 진정한 호소력이 되어 보살 대중인 우바새 우바이들의 찬탄을 받은 게야."

순간 스승은 움찔하는 자신의 몸놀림을 감추느라 소연을 칭찬했다. 소연이 배시시 웃자 강낭콩 같은 가지런한 치열이 벙근 석류꽃 같은 붉은 입술 사이로 감춘 듯 살짝 드러났다. 과연 문수보살이라는 별명이 딱 어울리는 매혹적인 아름다움이다.

'저 뇌쇄시키는 매력. 속가에 있지 않고 중이 되기를 잘했지.'

법사는 가만히 옆에 놓았던 단주를 집어 들며 서둘러서 미혹을 깨뜨렸다.

"자, 마지막으로 바라춤의 여덟 가지 주제나 한 번 더 톺아 보자."

"예, 천수바라춤은 천수천안관자재보살님의 중생 구제를 위한 대자대비의 대원을 몸짓으로 보여주므로 해탈무, 또는 열반

무의 형식을 갖춘 춤인데 두 명에서 다섯 명가량 같이 추며 다섯이 출 경우에는 나란히 옆으로 추는데 동서남북 사방에 한 사람씩, 중앙에 한 사람이 서서 춥니다."

"어지간히 잘 외웠구나. 사다라니 바라는 네 가지 진언, 즉 변식 진언, 시감로수 진언, 일자수륜관 진언, 유해 진언 등의 염불에 맞추어 추는데—."

"저도 그 춤을 추어 보았는데, 일체 중생에게 공양을 베풀기 위한 춤이란 말이지요?"

"옳거니."

뜻 맞는 대목마다 같이 웃는 모습이 조손이거나 모녀 같기도 한 스승과 제자다. 그들이 마주 웃으면 대웅전 부처님들도 같이 웃으시는 화목이 넘치는 분위기다.

"이제 제가 외워 볼 거니께 틀리는 곳이 없는지 들어주세요."

마치 절세가인 문수보살이 강림해서 내리는 설법을 경청하는 환시에 빠진 채 법사는 살포시 자리 잡고 앉은 소연을 바라보고 있다.

"그만하면 다 아는데 뭘 또 하려누. 이제 좀 쉬려무나."

"스승님 이것들을 다 외우느라 얼마나 골치를 앓았는지 아시면서 그러세요. 복습해야지요."

다 듣고 칭찬이라도 해주기를 바라는 어리광을 부려놓고 소연은 눈을 감고 입술만 남실거린다.

"명바라는 두 사람 이상이 추는데 태징과 북만으로 반주하며 야외 괘불 앞에서 춤을 추어 세상의 모든 중생과 영혼까지도 구제하려는 의미를 지녔습니다. 처음으로 제가 보았던 춤이 명바라였지요. 괘불 앞으로 뛰어나와 엉엉 울며 격정으로 몸부림치던 노보살 때문에 춤추던 스님이 걸려 넘어지기도 했잖아예."

"그 보살이 그 후 얼마나 장한 시주를 해서 부처님 집을 개축했는지 너도 알지 않니."

"그야 당연한 결과 아입니꺼. 은혜를 입었으면 반드시 갚아야 하는 것도 인간의 도리인데요. 계속합니다. 내림게바라는 부처님이 강림하심을 환희심으로 찬탄하는 뜻을 마음으로 나타내는 춤입니다. 또 관욕바라는 몸과 입, 뜻으로 지은 업보에 의해 더께가 진 마음의 때를 벗겨내는 춤인데 이때는 태징, 북, 목탁, 호적에 맞추어야 합니다."

"과연 젊은이의 총기는 다르구나. 내 아까도 말했지만, 많이 잊은 듯싶은데 내 기억도 한 번 더듬어 볼 테니 들어주어잉? 화의재 진언 바라춤은 화의재 진언을 법사가 선창하면 태징소리에 맞추어 두 사람이 관욕실 앞에서 춘다. 회향게바라는 보하향 진언에 맞추는데 부처님 앞에서 엄숙하고 단아한 신념으로 춘다. 하지만 신중단 앞에서는 웅장하고 힘 있게 추어야 제격이다."

"다음은 제 차렙니다."

"우리 겨룸 내기로 총기 시험이라도 하는 것 같다 그렇지?"

"아무려면요. 녹슨 연장도 자주 닦아야 녹이 범접을 못 하지요. 자, 시작합니다. 여덟 번째 요잠바라는 시련과 옹호게에서 모시고자 하는 성중의 강림이 완료된 감사함과 환영과 환희를

나타내는 겁니다. 이것을 다른 이름으로 번개바라, 막바라라고
도 한답니다. 이상 끝, 때앵!"

소연은 묵은 숙제를 푼 아동이 부모나 스승에게 응석을 부
리듯 종 치는 억양으로 끝을 맺은 뒤 밀초 다발처럼 기름한 손
으로 이마에 밴 땀을 눌러 닦는다.

"잘했다. 오늘 저녁 공양은 몇 바리때라도 먹어야 시장한 속
이 차겠다."

"그렇습니다, 스승님. 저도 지금 몹시 허출하거든예."

말을 마치고 쪼르르 부처님 앞으로 걸어간 소연은 쟁반에
높이 괴어 있는 머루 한 송이를 집어 든다.

"부처님 자시고 남은 거 이제 제가 먹어도 되지예?"

바로 엊그제 제 손으로 따다 올린 것이다.

가사 장삼을 벗어 제자리에 걸어놓은 소연은 스승과 다정하
게 머루를 먹는다.

얼요기로 허기를 다스린 소연은,

"그럼 저는 저녁 찬거리 가지러 채소밭에 좀 다녀올랍니다."

하며 소쿠리를 챙겨 들고 공양간을 나섰다.

7

"스승님, 이리 좀 나와 보셔요. 저 아래 나한 나무 아래서 별
희한한 여인을 보았습니다."

깻잎과 콩잎이 담긴 소쿠리를 들고 사문을 들어서던 소연이 노을이 물드는 법당 앞 계단 옆에서 스스로 꽃 피우고 이울어지는 들꽃을 손보고 있는 법사를 보고 가까이 왔다.

"남새밭에 간다더니 뭔 바람으로 거기까지 갔더누?"

흙가루와 땀으로 얼룩진 소연의 얼굴을 바라보며 나무람 비슷한 질문을 던졌다.

"새끼 다람쥐가 바람만 바람만 어찌나 놀리면서 달아나는지, 잡히면 덜미를 잡고 싸대기라도 올릴 셈으로……"

"그래, 볼이 붇도록 빰은 때렸어?"

"아니요, 해해해. 바위틈에서 볼곰볼곰 내다보며 약만 올리겠죠. 그냥 다음에 또 보자 하고 돌아왔어예."

"피이, 아나 콩콩했다, 다람쥐가 언제 그 약속을 지킬까. 그래, 희한한 걸 보았다는 건 무엇인데?"

"웬 보살이 무릎 꿇고 나한 나무 밑에서 울고 있었어요. 무슨 소리를 중얼중얼하는데 가만히 들어보니 자기 남편은 절대 도둑질이나 할 나쁜 사람이 아닌데, 귀신에 씌어서 저지른 잘못이니 신장님이 좀 구해 달라는 거라예."

"그게 그렇게 희한했어?"

"그럼요, 스승님. 절집이 여긴데 부처님께 와서 빌면 될 것을 그게 뭡니까."

"바라춤 공부도 좋지만, 이제는 본격적인 경전 공부를 더 해야겠구나. 세상에는 항하사 모래알보다 더 많은 부처님이 계신다는 말씀은 졸면서 읽은 게로구나. 의지하고 간절하게 기원하면 모든 대상은 신격이 된다는 말도 허투루 들었고."

"이런 말도 하던데요. 자식을 버린 죄 많은 아비의 업장을 소
멸시켜 달라고요."

순간, 마른 꽃 이파리를 들고 있던 법사의 손이 파르르 꽃잎
을 떨구었다.

"무슨 말이나 걸어보지는 않았어?"

"아유, 얼마나 착 붙어서 비손을 하는지 곁다리로 말을 걸
엄두도 낼 수 없었어요."

"그 보살이 아직 거기 있을까?"

손에 묻은 흙을 털며 일어서는 법사의 반응을 보고 소연은
눈을 크게 떴다.

"하는 품이 밤도 새울 것 같았는데요. 스승님은 왜 그러시는
데요?"

"알았다. 내 얼른 다녀올 테니 저녁 예불 준비나 하도록 해
라."

"스승님 정말 거기 가시는 거예요?"

무언가 짚히는 데가 있는 얼굴로 수굿해진 법사는 다부진
걸음으로 도량을 벗어났다.

아닌 게 아니라 이 골짜기의 수호신으로 명명한 나한 나무
아래에서 그 여인은 아직 비손을 멈추지 않고 있었다. 몇 가지
과일과 정화수 옆에는 소복하게 쌀이 담겨 있다. 밀초에 붙인
불이 바람에 곧 꺼질 듯이 펄럭거리고 있다. 바람 앞에 등불
같은 남편의 목숨을 살려 달라고 비는 이는 필시 소연 아비의

아내일 것이라 법사는 짐작했다. 남편이 고백했을지 모르는 장소에서 딸을 유기한 죄책감으로 가슴 에이는 참회의 눈물을 흘리는 중인지 알 수 없다.

"나무 관세음보사알—."

법사의 기척을 듣고 여인이 돌아보았다.

"보아하니 여염의 귀부인신데 무슨 연유로 이 깊은 산중까지 찾아와서 비원을 올리고 있으십니까?"

"죽음을 앞둔 주인이 이 나무 아래서 지은 죄 때문에 더욱 괴로워해서, 그의 황천길이나마 편안하게 해주려고 대신 와서 빌고 있습니다."

"댁의 우바새가 이 나무 아래서 지은 죄가 무엇인지 몹시 궁금해지는군요?"

"입에 담기도 부끄럽습니다. 자식을 낳기만 했지 기르지도 못한 부모가 무슨 낯으로 변명을 하겠습니까."

"자식을 버렸다면 이유가 있겠지요?"

"항차 저 산의 뻐꾹새도 제 새끼를 잘 키우려고 꾀를 쓴다는데, 저희는 부모도 아니지요. 남들은 저희를 위로하려고 불가항력이라 했지만……."

"보살님, 인간사란 것이 사연 없이 진행되는 게 있습디까. 저 역시 한스러운 청상의 전력이 있답니다."

말없이 흐느끼며 절망하던 여인은 법사의 편안한 설득에 안정을 한 듯 자신들이 지은 죄의 경위를 가감 없이 담담하게 풀어놓았다.

"제발 가문의 대를 이을 수 있는 아들 하나 점지해 주십사고 명산대천은 물론 온갖 영험하다는 곳은 다 찾아다니면서 기원을 드렸습니다. 어느 날 큰 물가의 벼리 밑에서 간절한 기도를 한 뒤 저도 몰래 지쳐서 깜빡 잠이 들었는데, 그때는 그게 태몽인지도 몰랐지만, 나중에 보니 그게 태몽이었습니다. 그 아이는 태몽부터 특별했는데 그런 아이를 지켜내지 못한 저도 남편도 죄인이나 다름없습니다."

"특별하다는 그 태몽이 궁금하군요."

"연꽃이 만발해 있는 천상의 정원을 거닐고 있는데 그 많은 연꽃 중 하나가 달려와서 제 품으로 쏘옥 안겨드는 게 아니겠어요. 그 꽃은 다른 꽃들보다 출중하게 아름답고 아찔하게 향기도 특별하던 기억이 지금도 생생합니다. 놀라서 깨어보니 꿈이었고 그달부터 태기가 있더니―. 그러나 남손을 잔뜩 기대하고 계시던 시어른의 노기가 얼마나 충천했는지 남다를 것 같은 태몽 이야기는 입 밖에 꺼내지도 못했습니다. 그런 고로 바깥양반이나 제가 겪은 안타까움은 말로 다 표현할 수가 없습니다. 그 연꽃은 참으로 특별했거든요. 그 많은 꽃 중에서도 최고로 아름다웠고 향기 또한 출중했는데 그런 천륜을 저버린 죄로 말하면 무슨 벌을 받아도 달게 받아야 하지만……"

법사는 간간이 고개를 끄덕거리며 여인의 말을 경청했다. 사연은 이미 소연 아비로부터 듣고 본 그대로였고 이미 깊은 연줄로 자신이 매여 있는 것도 실감으로 다가왔다.

"보살님 천륜은 원래 잘잘못이란 없는 필연입니다. 너무 자책하지 마세요."

"아범은 그때부터 죄책감을 보속 하는 의미로 뜻있는 친구의 일을 돕는 데 힘을 쏟았습니다. 그날은 무엇이 씌었겠지요. 아무리 자신의 잇속을 채울 짓은 아니라도 언감생심 관물에다 손댈 생각을 하다니요. 부모님 때부터 명망 있는 집 자제라 유림들까지 연판장을 작성해서 제출했지만, 펄펄 뛰며 버팅기는 사또의 서슬에 더 이상 방면을 기대하기 어렵답니다."

이때 산속 수림의 갈피에서 저녁 예불을 알리는 종소리가 울려왔다. 법사는 소연이 치는 종소리를 들으며 여인에게 말했다.

"여기서 이럴 게 아니라 우리 절이 여기서 멀지 않으니 거기서 부처님께 빌어도 됩니다. 자리를 옮기지요."

"제가 어찌, 지붕 아래서 이슬을 피하면서 남편의 구명을 기원하겠습니까. 스님이나 어서 가셔서 저녁 공양이나 드십시오. 명월댁을 시켜서. 바깥양반이 시주하는 절이 어딘가 있는 줄은 알았지만 여기가 거기인 줄은 정말 몰랐지요."

"딸이 살아 있다면, 지금 몇 살이나 됐을까요? 얼굴을 보면 알겠습니까?"

법사의 물음에 자극을 받은 여인이 터진 봇물 같은 슬픔으로 깊은 울음을 터뜨렸다. 사뭇 애달픈 몸짓으로 주저앉더니 가슴을 치고 땅을 쳤다.

"나이야 또렷이 알지만, 얼굴은 모릅니다. 막 태어나서 첫울음도 울기 전에 여아로 판명 나는 순간 해산 자리도 걷어졌고, 죄인이 된 저는 눈도 뜨지 못했는걸요."

"그렇겠지요. 우리가 죄 없는 땅을 발로 밟고 살듯이, 여인들도 밟히면서 살지요. 그러나 꽁꽁 묶어두지 않으면 감당할 수 없는 자신의 궁량을 먼저 알고, 단순한 남정들이 하는 짓을 드러내서 견책하지 않을 뿐 누가 모르나요, 여인이 얼마나 위대한지를."

"예에?"

속뜻이 심상찮은 법사의 대꾸에 어리둥절해진 여인의 눈이 울음 울던 그 눈이 아닌 것처럼 초롱초롱하게 커졌다.

"인연에 따라 만나고 헤어지듯이, 헤어짐도 만남도 때가 다 있는 법이지요. 경전 공부를 하다 보면 이런 이야기가 나옵니다. 목련존자라는 대성이 지옥에서 고생하는 어머니를 구하러 지옥까지 내려갔는데 절대 열리지 않는 지옥문 밖으로 그 어머니를 구출해 낼 수 있었지요. 아들의 간절한 효성에 염라대왕이 감동한 것입니다. 겉으로 드러나는 어떤 큰 화려함이나 부피 큰 물건도 속 깊은 곳에서 우러나는 진심과 지혜를 능가하지는 못합니다. 이런 정신을 놓치지 않는 한 사람들이 말하는 기적이라는 것도 만들어지는 것이겠지요."

"스님, 많은 자식이 있기는 하지만 모두 다 저 살기도 어렵게 고만고만한 처지라 기적을 부를 만한 여지가 없습니다. 자식 버리는 아비를 지켜보신 여기 목신님이 벌을 주셨나 싶어 할 수만 있다면 이 목숨으로 바꾸어 거두시든지 아니면 한날한시에 같이 죽게 해주시는 것이 저의 소원입니다."

여인은 또 절망의 늪에서 자아올린 한없는 눈물을 쏟아냈다. 법사는 여인의 등을 다독거리며 입을 열었다.

"가시버시 인연 맺어서 자식 낳이도 같이하면서 평탄하게 살다가, 맞춤한 나이에 황천길도 같이 갈 수만 있다면 그런 천복이 없겠지요. 하나 천복이란 제 마음이 천복이지 따로 없습니다. 여기 이걸 보십시오."

법사는 긴 소매를 걷고 자신의 손을 여인의 앞으로 내밀어 보였다.

"손가락이……."

"저 역시 이 나무 밑에서 죽지 않으면 살길을 열어 달라고 빌었지요. 병약한 사람과 혼인해서 단지까지 하면서 병구완을 했지만 어쩔 수 없이 남편을 잃고 새파란 청상이 되었습니다. 그러나 돌아온 것은 서방 잡아먹은 년이라는 구박밖에 없었지요. 한없이 걸어서 죽을 곳을 찾아가는 데 우뚝 이 나무가 앞을 막지 않겠습니까. 생자필멸이지만 살아 있는 동안은 누구나 반드시 타고난 제 역할을 치르게 되어 있는 것을 그때는 몰랐지요. 다만 이 나무처럼 얼마나 의연하게 버티고 견디느냐가 다를 뿐."

"스님, 저의 사정은 견디기만 해서 될 일이 아닌지라—."

법사의 말에 귀 기울이느라 잠시 느슨해졌던 여인이 깜박 잊고 있던 시련의 고삐를 바투 감 잡으면서 꺼져 있는 초에다 다시 불을 붙이고 불붙인 향을 꽂았다.

"여기서 이럴 게 아니라 저를 따라갑시다. 이 길로 주욱 가면 내가 의탁해 사는 부처님이 계십니다."

"우리가 아주 어릴 때는 절이 없던 곳인데……."

"맞습니다. 박복한 사람을 받아주는 데는 거저 부처님 품밖에 없어 작지만, 움막집을 짓고 부처님을 모시고 살지요. 그동안 변함없는 것은 오직 천지자연의 순환밖에 없다는 큰 깨우침도 얻었고요."

법사가 여인을 데리고 댓돌로 올라서자 노아가 마침 법당 문밖으로 몸을 드러냈다. 세 사람이 얼굴을 맞대면하는 순간, 여인이 깜짝 놀라는 소리로 합장을 하며 무릎을 푹 꿇었다.

"아이고 부처님, 제 집 가장 좀 살려주십시오, 제발! 제발!"

소연은 자신을 보자마자 기절할 듯이 놀라며 합장하는 여인이 아까 나한 나무 아래서 보았던 그 여인인 것을 알았다. 놀란 눈길로 여인과 법사의 기색을 살폈다. 이 모습을 지켜보며 엷은 미소를 짓던 법사가 여인을 부축해서 일으키며 소연을 소개했다.

"이 사람은 저와 같이 사는 바리데기 공주랍니다."

"예에?"

"왜 우리가 아는 옛날이야기 있지요. 자기 아버지에게 버림받은 공주."

"아아, 어쩜 저리 아름다울 수가. 복색만 갖추어 입는다면 문수보살님과 어금버금할 절색입니다."

"허허허, 보살님 눈에도 그리 보였습니까?"

그날 저녁밥을 같이 먹은 세 사람은 잠자리가 나란히 깔린

방에 같이 앉았다. 어른들끼리 하는 담소에 방해가 될까 경전을 들고 법당으로 가려는 소연을 법사가 불러 앉혔다.

"사미야, 여기 앉아라."

여인의 앞자리를 가리키는 법사의 표정은 어느 때보다 진지하고 엄중해 보였다. 소연이 자리를 잡자 법사가 다시 말했다.

"무릎 꿇고 이 보살님의 손을 두 손으로 감싸거라."

그윽한 향연이 밴 방안의 단출한 분위기는 소박한 대로 충만하게 가라앉았다. 소연은 평소대로 존경하는 스승의 뜻이라 영문도 모른 채 시키는 대로 따랐다.

"한 어머니가 자식을 배태해서 낳고 기르면서 흘리는 피가 얼마라고 했더라?"

서슴없는 소연의 음성이 답을 말했다.

"서 말 서 되가 넘을 것이라—."

"그래서 부처님 나라에서는 부모 은공경을 포설하고 여인네를 일컬어서 보살이라 한댔지? 인간으로서는 감히 엄두도 못 낼 은혜를 입고 이 몸이 태어났다 한 번이라도 깊이 생각한 적 있었니?"

"예에. 어릴 때는 원망하며 울 때마다 스승님이 다독거려 주셔서 그분들은 누굴까, 무슨 이유로 나를 버렸을까, 의문은 남아 있지만, 지금은 거의 소실되도록 제 운명이라 받아들이고 있습니다."

소연에게 손을 잡힌 여인은 영문 모르게 진행되는 그들의 대화를 다소곳하게 듣고 있다.

"거의 다라……. 그렇지, 그 고갱이까지야 죽기 전에 어찌 다 소멸시키랴. 그런데 영속이 통일된 어느 한 점 시기에 나는 그런 의문을 푼 경험이 있다."

마련했던 분위기에서 약간 벗어나는 듯했지만, 법사는 무언가를 위한 안전장치를 대비하는 것 같았다.

"나는 항상 짱돌 한 개가 가슴에 박힌 듯 둔중한 어떤 아픔을 안고 살았다. 흔히 한 맺힌 사람들이 말하는 피멍이 속에 맺힌 것처럼 말이다. 그런데 성장기의 내 환경은 금실 좋은 부모님 구존하시고 건강한 형제들과 배 주리지 않을 만큼의 가산까지 갖추어진 환경이라, 그럴 만한 이유는 전혀 없었다. 이해 안 되는 그런 멍울 때문에 이게 뭘까, 이게 뭘까, 중병에 걸린 듯 상념에 빠져 살았지. 그런 어느 날, 꾸었던 꿈 한바탕에 씻은 듯이 그 멍울이 사라진 신기한 일이 있었어."

법사는 옆에 놓인 자리끼 한 모금으로 입술을 축인 뒤 듣고 있는 이들의 의문을 풀어주었다.

"내가 꾸었던 꿈속에서 나는 어느 부잣집 무남독녀 외동딸이었다. 딸인 내가 어느 해 객지에 있는 친척집에 머물다 돌아오니 어머니가 안 보이는 거라. 어머니가 죽었다는데 딸인 나한테는 한 마디 소식도 전하지 않고 장례까지 치른 상태였고 부리는 사람들 모두 어머니의 죽음에 대한 이야기는 쉬쉬하면서 감추는 거야. 그런데 나의 안타까운 슬픔을 보다 못한 찬모가 어머니의 죽음에 대한 기막힌 사연을 살그머니 들려주는 거야. 아버지가 잘못 밟아서 발딱 일어선 괭이자루에 옆에 있던 어머니가 머리를 맞고 졸지에 그 자리에서 숨을 거두었대. 사고라고도 할 수 없이, 그렇게 어이없이 절통한 사건으로 아버지는 어머니를 죽게 한 거라. 너무나 황당한 사건이라 집안 식솔들 아무도 입을 열지 않고 어둡고 무겁게 쉬쉬하며 감추었던 거야. 그런데 더 신기한 현상은, 기막히고 애석한 그 꿈을 깨고 현실로 돌아와 보니 내 가슴에 뭉쳐 있던 이유 모를 통증이 허전할 정도로 깨끗이 사라지고 없는 거야. 부처님 제자가 되면서 삼세 인연이나 윤회를 믿는 바탕으로 손색없는 경우를 내 스스로가 체험한 거라."

법사는 다시 자리끼를 입으로 가져갔다. 팔목에 있던 단주를 손가락으로 굴리면서 복잡한 심사를 정리하듯 잠시 뜸을 들이는가 싶더니 이내 좌중의 주재자답게 위엄 있는 표정으로 말문을 텄다.

"내가 왜 길고 장황한 내 이야기를 먼저 했는고 하면, 길 가다 옷깃만 스쳐도 삼세 인연의 연장이라는데 하물며 부모 자식으로 얽혔던 인연이야말로 어떤 표현도 불가능하지. 행자야, 좀 더 단정하고 경건한 마음으로 앞에 있는 보살님을 바로 보아라. 문수보살님의 화신이라 일컬어지는 절세 미색으로 너를 낳아주신 너의 생모시다."

마주 보고 앉아 손까지 잡고 있던 두 사람은 순식간에 깜짝 놀라며 잡고 있던 손까지 얼결에 놓쳤다. 입을 열기는커녕 석상처럼 한참 동안 멍하니 바라보고만 있었다.

승속의 경계를 넘은 어이딸의 관계 정리는 그들의 몫으로 남겨두고 법사는 밖으로 나왔다. 소임을 다한 그를 격려하듯 감청색 높은 하늘에서 은하 우처럼 무수한 별 떨기가 쏟아져 내렸다.

"어찌 이런 기막힌 소임을 제게 주셨는지요. 참으로 감사하고 감사합니다. 나무 관세음보살."

법사는 떨리는 가슴으로 두 손을 합장했다.

8

어머니를 만나고 난 다음다음 날 소연은 소세하고 난 정갈한 차림으로 스승에게 큰절을 올렸다.

"스승님, 제게 가르쳐 주신 근본의 소중함을 실천하려니 허락해 주십시오. 어제저녁 스승님께서 제게 해주신 말씀 때문에 한잠도 못 잤습니다."

"내가 한 말?"

"예. 새끼를 빼앗기고 죽은 원숭이의 애간장이 올올이 터져 있었다는 말씀을 해주셨지요. 미물인 짐승도 부모 마음이 그러한데 저의 아버지는 오죽하셨겠습니까. 아버지가 저질렀다는 범죄도 사실은 버린 자식에 대한 보속 심리였을 것이니 살아 있는 저는 당연히 그 은혜를 갚아야지요."

"오오, 참으로 기특하구나. 그렇지만 항차 아녀자의 신분으로, 짱짱한 유림들의 청원도 먹히지 않는 관을 상대로?"

"문수보살님이 계시해 주시는 대로, 방책은 또 찾는 대로 나올 것입니다. 이 산에 여기저기 나 있는 길도 제가 다니면서 만들어진 길인 걸 스승님도 아시잖아요."

"허허, 언제 이렇게 신념까지 여물었을꼬. 그렇지만 죄를 짓고 옥에 갇힌 이를 무슨 수로 구할 수 있을지, 나까지 답답해지는구나."

"스승님, 목련존자는 지옥 불까지 들어갔는데 항차 눈으로 보이는 현세에서 진심을 다하면 길은 또 열릴 것입니다. 다만 부탁드릴 게 있습니다."

"그래, 네 장한 뜻이 성사될 때까지 쓸 수 있는 여비쯤이야 내가 못 대겠느냐, 걱정하지 마라."

"그게 아니오라, 만약 저의 생모가 다시 와서 묻더라도 제가 무슨 목적을 갖고 어디로 갔는지 저의 종적에 대해서는 일체 함구해 주십시오. 그분에게 또다시 애타는 슬픔을 드리기 싫습니다."

"알았다, 그 함구함도 내게 주어진 소임이라면."

법사가 주는 여비를 받아 넣은 소연은 달랑 바랑 한 개를 메고 나섰다. 심신을 바칠 충분한 화두에 이끌려 층계를 내려가는 그의 발걸음도 나는 듯 가벼워 보였다.

소연은 사람의 오감 속에는 튀밥이 잿불에서 터뜨려지듯이 적합한 상황이 되면 튀어나올 지계가 얼마든지 내장되어 있음도 서서히 깨우치고 있었다. 제 뜻을 관철하려면 우선 아버지의 명줄을 잡고 있는 사또를 만나 탄원할 기회라도 만들어야 한다. 남자도 벼슬아치도 아닌 신분으로 지근에서 사또를 자주 접할 기회를 만드는 것이 첫걸음이었다.

지체 없이 계획에 착수한 소연은 검댕을 묻힌 얼굴에 남루한 의복을 걸치고 행수기생 옥화가 다닌다는 길목에 주저앉았다. 다리를 뻗고 앉아 입까지 헤벌린 채 고개를 옆으로 꼬니 미색은 감춰지고 누구의 눈에라도 기갈에 지친 걸인으로 보일 만했다. 그녀를 돕는 창자까지 주린 뱃속을 시위하느라 연신 꼬르륵, 꼬르륵, 무엇이든 어서 보내라고 위벽을 긁으며 난리를 쳤으나 옥화가 집으로 올 때까지 쓰러져 있었다.

어스름이 내리자 집으로 돌아오던 행수기생 옥화의 눈에 쓰러져 있는 소연이 보인 것은 당연했다. 옥화는 사람을 시켜 우선 물부터 먹이라는 지시를 내렸다. 몇 숟가락의 물을 입술 사이로 흘려 넣자 차츰 소연은 눈을 떴다. 둥글고 큰 행낭이 열리자 마침내 드러나는 보석처럼 소연의 검고 큰 눈이 아름다운 빛을 냈다.

"물수건으로 어서 얼굴을 닦아라."

옥화의 재빠른 명에 따라 차츰 소연의 분장이 지워졌다. 쌍가락지를 낀 옥화의 손이 저도 모를 신음과 함께 바르르 떨렸다.

"어서 꿀물을 갖다 멕이고 얼굴도 좀 더 깨끗이 닦아봐라. 옷도 새로 갈아입히고."

옥화의 변화하는 목소리에 따라 대우도 달라졌다. 걸레쪽으로 알고 주웠던 쌈지에서 금붙이를 발견한 홍분이 옥화를 흔들었다.

"와, 이런 오살할 년, 눈깔 뒤집고 찾을 때는 빗감도 안 하더니, 이런 귀물이 제 발로 굴러들다니."

옥화의 수하로 최근접하는 데 성공한 소연은 차근차근 자기의 계획을 진행해 나갔다. 높은 산에 오르려면 산세를 먼저 파악한 뒤에 그에 대한 장비와 마음가짐을 갖추어야 하듯 사내를 대하는 여인의 대응법도 마찬가지다. 요녀와 성녀의 성향 중 어느 기질이 즉효할지 상대의 성향에 따라 머리를 굴려야 한다. 하물며 중죄인으로 옥에 갇힌 아비를 구하려면 우선 베갯머리송사에 능할 필요가 있다. 소연은 자신의 신분을 속이고 옥화와 기방 여자들의 환심을 사는 것이 최우선인 것을 간파했다.

엄격한 절집보다 옥화네 기방 생활은 쉽고 재미있었다. 여자들은 알록달록한 무색옷을 입고 먹고 썻고 얼굴을 꾸미는 일로 일과를 삼았다. 어느 대갓집 잔치에서 부를지도 모르는지라 그에 대한 대비도 항상 갖추고 있어야 하기 때문에 부지런한 사람은 눈 뜬 새벽부터 차림이나 얼굴부터 가다듬고 대기해 있었다. 은근한 눈웃음을 연습하다 들키자 무안해서 후딱 인상을 굳히며 안 그런 척 새침을 떠는 기생도 있다. 배부른 사람은 노래와 춤을 즐긴다. 일하다 지친 사내들이 심신을 회복하는 데는 음주·가무를 우선으로 친다. 그 일선에 기생의 역할은 동원됐다.

소연은 어서 기적妓籍에 오르고 싶었다. 그러나 자신의 본분을 잃어가면서 나대다 보면 도로 아미타불이 될 수 있기에 항상 근신하는 자세를 잃지 않았다. 몸에 밴 근면과 성실로 집안일을 돕고 또래들이 도움을 요청하면 그들의 달거리 서답*까지 생색내지 않고 빨래해 주었다. 소연의 이런 행동에 감동한 여자들의 호감도 자연스럽게 끌어모아졌다.

소연은 우선 게으르고 놀기 좋아하는 기녀들 중 가장 색기가 출중하고 입이 재바른 기생 하나를 점찍은 뒤 그녀로부터 남정네의 심리를 읽는 법부터 배웠다. 너만 잘 아느냐는 듯 곁에 있던 다른 기녀들도 덧달아서 껴들어 이런저런 상식을 전해 주었다.

"사내는 기강을 바로 세운다고 거드름 피우나 꽃피고 열매 맺지 못하는 나무의 존재 가치 없음과 마찬가지라, 풍류란 사내에게 물과 고기의 관계인 것을."

"무릇 사내의 호기란 열 방에 갓 거는 정열에서 비롯되는 것이라 보면 된다."

"사대부의 억눌리고 곤고한 심사를 들어주는 놀이가 사랑밖에 더 있느냐. 우리도 그런 장한 일을 하는 거야."

"너 대식이라는 말이 뭔지 아냐?"

"그게 뭔데요, 밥을 같이 먹는 것?"

글자대로 풀이한 소연의 말에 기녀가 깔깔 웃으며 배를 잡고 쓰러지는 시늉까지 했다.

"말은 마주 앉아서 같이 밥을 먹는다는 네 말 비슷한데 여

---

* '개짐'의 충청도 방언.

자끼리 동성애를 하는 거란다."

대개의 기생은 글자를 깨치고 있는 상태여서 어디서 주워들었다거나 읽었다거나 해서 그 방면으로 아는 것도 많았다.

며칠 후 안방으로 옥화의 부름을 받았다. 물고 있던 장죽을 재떨이에 놓은 옥화가 소연을 보고 말했다.

"내 너를 며칠간 눈여겨보았는데, 동가식서가숙하고 지냈을 깜냥에 비해서 여러 가지로 눈에 든다. 더더욱 반반한 세숫대야만 믿고 경망스레 암내만 풍길 위인은 아니더구나. 그래서 하는 소린데, 너 기생이 될 생각은 없냐?"

이렇게 빨리 기회가 오다니. 소연은 순간 덜미라도 잡힌 듯 찔끔해졌지만, 더욱 겸손하게 얼굴을 숙이면서 시치미를 뗐다.

"제가 어찌……."

"사대부가의 조강지처가 꿈인데 거절한다는 뜻이냐?"

"그, 그런 게 아니라……."

"그럼 됐다. 마침 사또님 생신 잔치가 임박해서 그러는데, 이 어른이 영계백숙을 얼마나 밝히는지, 걱정하던 참인데 잘됐다. 그때 같이 가자. 혹 무슨 재주 같은 건 없어?"

소연은 스승의 앞에서 익힌 바라춤이 있고 경전 필사를 하는 틈틈이 서예를 접했던 적도 있음을 신분이 들통날까 말하지 않았다.

"내 말에 너무 쫄 필요는 없다. 제아무리 지체 높은 사람이라도 남정네의 속성은 마찬가지라. 똑똑하지는 않아도 너의 용모 정도면 자리에 가만히 앉아 있기만 해도 혹하지 않을 자 없을 것인즉."

옥화는 소연의 타고난 미색과 음전한 심덕을 칭찬하며 더 망설일 것도 없이 기적에 올려주었다.

그런 어느 날 소연을 내실로 부른 옥화가 은근한 목소리로 속삭였다.

"아름다운 꽃은 나비가 먼저 알아본다고 문안 인사할 새도 없이 범나비가 먼저 날아들었다. 사또가 너를 한번 보자신다."

너무나 선선하게 찾아온 기회였다. 가슴 설레는 환희를 소연은 감당하기 어려워 더 깊이 고개를 숙이고 있었다. 기적에 오른 것은 성공인데 막상 접근 방법이 난감했던 참이었다.

소연의 정체를 눈치 못 챈 옥화는 길래 우려먹을 화수분으로 삼기 위해 이제까지 자신이 갈고 닦은 기녀로서의 모든 비방을 간단하게 얼른 전수했다.

사또에게 선을 보이는 날, 아침부터 옥화는 몸소 예쁜 인형을 만들 듯이 소연을 꾸미기 시작했다. 목욕을 시키고 속옷을 입히면서 옥화의 입은 한시도 가만있지 않고 남정네를 혹하게 하는 비법을 여러 가지 소연의 귀에다 일러주었다. 옥화는 대단히 재간스러운 자신의 능력을 과시하는 빛도 숨기지 않는다. 피부에다 미장수를 바를 때는 제 몸과 소연의 몸을 비교해 가면서 소연이 들어본 적도 없는 기기묘묘한 미용 비법도 알려준다.

"내 피부가 남다르게 매끄럽다고 네가 말했지? 이게 다 노력으로 만든 거야. 이게 뭐냐면 미인수水인데 향기가 좋은 박하,

창포, 복숭아 잎사귀 등을 넣고 만든 거야. 이것도 봐, 내 눈썹. 족집게로 일일이 눈썹을 뽑아 밋밋하게 만든 뒤 그린 그림이다. 때로는 얌전해 보이게 하고 때로는 나는 새가 날개를 편 것처럼 활달하게 그리기도 한다. 푸른 기운이나 붉은 기운이 도는 눈썹을 만들기 위해서는 솔잎이나 목화의 자색 꽃을 이용해. 또 지금 네 볼에 칠하는 이 연지는 홍화나 주사라고 하는 붉은 돌을 가루 내서 만들어 쓴단다. 귀여겨들었다가 요긴하게 쓰면서 세상을 줄타기하는 고독한 남정네를 많이 많이 보듬어주도록 해라. 나비가 많이 모여들수록 꽃값이 올라가는 이치로 침 흘리는 남정네가 많으면 많을수록 네 앞날은 탄탄대로가 되는 거야. 그러니까 게으름 없이 가꾸고 꾸며야 하는 것은 필수 생활 습관으로 익혀야 하고."

옥화는 이런저런 당부의 말도 곁들여가며 정성스럽게 꾸민 소연에게 마치 갓 시집온 새댁처럼 녹의홍상으로 마무리 치장을 했다. 꾸며놓은 소연의 아래위를 만족한 눈길로 이리저리 살펴보던 옥화는 마치 화룡점정을 하는 화공처럼 자신의 장롱 깊숙이 손을 넣더니 수 놓인 꼬마 주머니 두 개를 꺼내 왔다. 이것인가 저것인가를 살펴보던 옥화는 소연의 은밀한 속곳에다 한 개를 채워 주었다.

"이게 무엇입니까?"

"체신을 으뜸으로 치는 이 나라에서 남녀상열지사는 금기처럼 은밀하게 이루어진다. 그렇지만 뇌성과 번개가 어우러지면 터지는 소리처럼 남녀 간의 불붙은 사랑도 터져야만 역사가 이루어진다. 너는 그 불길을 터뜨리는 화포가 되어야 하고."

"말씀을 그렇게 하시니까 더 경계되고 무섭습니다. 뭔지를 알기는 해야 사용도 잘할 것 아닙니까?"

"틀린 말은 아니네. 옛날 어느 왕비가 남편의 사랑을 얻기 위해 속주머니에 차고 있던 비방이라는 것만 알아둬라. 너는 그런 구차한 방법 없이도 남정들이 스스로 몰려올 것이다만, 만사 시작이 중요한 거라."

주의 깊은 시선으로 소연의 용태를 다시 점검한 옥화는 남아 있던 주머니를 마저 소연의 젖가슴 옆 속저고리에다 살짝 채워 주었다.

"요염은 여자의 타고난 비술이라, 고자나 목석도 다 넘어올 것은 당연하다만."

"이건 또 무엇입니까?"

소연은 수줍게 몸을 움츠리며 다시 물었다.

"참 별것도 다 알고 싶다. 지체했으니 어서 나갈 차비나 하자."

옥화가 살짝 흘겨보며 핀잔을 줘놓고 소피를 보러 정랑 쪽으로 사라지자 수발을 들던 기녀 하나가 부러운 듯이 또는 저만 아는 비밀을 뽐내듯 소연의 궁금증을 풀어주었다.

"속바지에 찬 주머니 속에는 뱀 두 마리가 얽혀서 교미할 때 나온 숫뱀의 정액을 말린 가루가 들었고, 여기 이건 궁노루의 배꼽에서 나온 사향이야. 너 같은 애는 아직 들어 본 적도 없을걸."

옥화의 예언은 틀리지 않았다. 소연의 미모에 홀린 사또가 드러내놓고 관심을 쏟았다.

"북쪽 피양에 황진이라는 기생이 유명하더니 남도 함주에도 너 같은 절세미인이 있었다니. 별명이 문수보살이라고 옥화가 말한 대로 과연 많이 닮았구나. 기적에 오른 지 얼마 안 됐다더니 다른 무슨 재주는 없느냐?"

똑똑한 여자를 싫어하는 것은 남성들의 공통심리다. 들은 소리를 참고로 소연은 일부러 어수룩하게 보이는 낮은 음성을 지어 답변했다.

"미천한 신분이라 길래 갈고 닦지는 못했으나 튀지 않게 먹을 갈 수 있을 정도로 글자 연습을 조금 한 적이 있고 능파를 자랑하지 못할 정도의 춤 솜씨가 약간―."

"됐다, 그 정도면. 날로 삐져 먹어도 비린내 하나 안 날 것 같은 것. 너 오늘부터 내 곁에서 수발을 들도록 하라."

소연을 발굴해 올린 옥화한테는 섭섭잖은 상금이 내려졌다.

베갯머리송사에 약하다는 남정네의 약점을 이용할 속셈이 빨리 이렇게 간극의 기회까지 잡게 될 줄은 미처 예상하지 못했던 바였다. 소연은 자신을 이런 미색으로 낳아 준 아버지는 당연히 자신의 기지로 구해내야 하는 것이라 운명적인 소명까지 되새겼다.

소연을 품고 싶은 욕정으로 들뜬 사또는 다음 날 저녁에는 아예 침소로 들 것을 명했다. 생부의 사면을 받아내기 전에는 절대 안 된다. 잡아놓은 물고기에 먹이를 안 주듯이 남자란 일단 제 계집으로 폿대를 꽂으면 하시하며 제 맘대로 노리개 삼는 버릇이 있다. 같이 있던 기생들이 소곤거리며 토로하던 불만이 가르침으로 상기되자 소연의 위기의식은 다시 지혜의 곳간을 뒤져 방어막을 찾아 분주했다.

소피를 핑계 대며 밖으로 나온 소연은 얼른 떠오른 생각으로 정주간을 향했다. 이리저리 돌아보는 소연의 눈길로 저쪽 기둥에 걸린 치자 꿰미가 들어왔다. 재빨리 치자를 뜯어 물에 적신 소연은 제 속곳과 샅두덕에다 치덕치덕 바르고 일어났다. 옥화의 기방에서 습득한 방술은 풍부했지만, 아버지의 구명을 위해서라는 뚜렷한 명분이 없었다면 소연으로서는 자신이 살든 세상과 너무나 상이해서 어색하고 먼 수작이었다.

사또의 침소로 돌아온 소연은 불안하고 가련한 얼굴로 사또에게 고백했다.

"나으리, 불경스러운 이 년의 죄를 벌해 주소서."

기대에 찬 얼굴로 기다리던 사또가 벌떡 몸을 일으켰다.

"왜, 밖에서 무슨 일이 있었더냐? 어느 놈이 감히 너를!"

"그것이 아니옵고 실은 뒷물을 하다 보니 몸엣것이 갑자기 덮친 것을 모르고, 하마터면 사또 나리를 곤욕스럽게 할 뻔했기에. 마침 개짐도 준비 못 했던지라……."

그러고는 더 뭐라고 자신의 생리작용을 나무라는 말로 중얼거린 뒤 머리맡에 준비되어 있던 수건으로 개짐을 접어 저쪽에서 보고 있을 사또를 의식한 척 조심스럽게 착용을 했다. 다시 매무새를 고치고 사또의 옆으로 돌아온 소연은 참으로 미안하고 아쉬운 표정을 지으며 사또에게 물었다.

"제 몸이 비록 달거리로 더럽혀져 있지만 원하신다면 원하시는 대로 수침을 들어도 무방합니다."

그 말을 진심으로 알아들은 사또가 손사래를 치며 물러앉았다.

"으아, 그만두어라. 내 아무리 미색에 약한 사내기로 귀물에 칠갑할 정도로 체면 없지는 않다. 이리 와서 곁에 누워라. 손만 잡고 자자."

사또는 소연의 몸에서 나는 이상한 냄새에 신경 쓰인 듯 킁킁거리면서도 의심하지는 않았다. 하지만 다음 날 눈을 뜨자 사또는 찌뿌둥한 얼굴로 소연에게 물었다.

"온몸이 근질거려 한숨도 못 자는 사람을 두고 너는 잘도 자더구나. 그 달거리는 언제나 물러가는 거냐?"

"송구하옵니다. 저는 좀 길게 가는 체질이라서 어제 시작했으니 아마 앞으로 너댓새는 있어야 끝이 날 것입니다."

"고얀 것, 제까짓 게 뭐이관데 감히 나를 이리 애타게 한단 말이냐."

소연의 상체를 부르르 끌어안은 사또의 손이 전신을 쓰다듬으면서 엉덩이까지 내려왔다. 남자의 뜨거운 입김으로 축축해진 수염이 귓불을 간질일 때 소연은 이를 악물고 소름을 견뎌 냈다.

"사또님 누가 오면 어쩌시려고 그만 풀어주세요."

"오라면 오라지. 누가 감히 본관이 하는 일에 감 놔라 배 놔라 한단 말이냐. 내 오늘은 너를 안고 뒹굴란다."

사또는 어김없이 밤에도 소연을 끌고 침소로 들어갔다.

"오늘은 너의 배를 베개 삼아 일탈해 보리라. 나는 여인의 말
랑말랑하고 따뜻한 배가 그리 좋다. 어릴 때 어머니를 잃은 후
내게 생긴 병인지 사족을 못 쓰게 침몰시키는 한바다와 같다."

소연은 정이 고픈 아이를 그러하듯 사또의 머리통을 깊이
안아주었다. 제발 제 소원도 들어주소서. 속으로 기원도 덧달
았다.

"왼쪽으로 손을 뻗으면 세뇌시키는 옥샘이 있고 오른쪽으로
고개를 돌리면 몽실몽실 어여쁜 젖샘이 만져지니 이 아니 천
복이냐. 아껴 먹는 꿀 강정처럼 기다리는 맛도 기막히구나."

사또는 정말 소연의 배에다 얼굴을 묻고 비비면서 어린애처
럼 즐거워한다. 그러나 소연은 긴장을 놓지 않았다, 무서운 권
력을 가진 고을 수령이나 할 수 있는 만용임을 안다.

소연은 어제도 원로 유림 몇이 사또를 찾아왔다 헛걸음하고
돌아간 것을 알았다. 본가의 선대와 세교를 나눈 가문의 어른
들이 명철주의 구명을 위해 찾아왔지만, 오히려 무안만 주어
보냈다고 사또는 자랑스럽게 자신의 위세를 과시했다.

"시골에서 에헴, 하는 기세만 믿고 나를 감히 어떻게 해볼 속
셈을 내가 모를까 봐. 당달봉사도 아닌 자들이. 향반들은 향약
이나 읽고 논하시라 일축했더니 얼굴색이 변하더라. 놀랐을 거
다."

사또의 그런 자랑을 듣고 있던 소연은 가슴이 답답해졌다.

제 노력과 아울러 고을 유림들의 사면 운동이 성공하면 더 좋다. 기대하고 있던 터라 아비만 출옥한다면 미련 없이 산으로 들어갈 생각을 품고 있었던 터였다.

궁지에 몰리면 두뇌는 더 빠른 회전을 한다. 소연은 사또의 품에 안겨 소곤거렸다.

"언젠가 제게 가진 재주가 있느냐고 물으셨지요? 인연의 연줄로 좋은 스승을 만나 가르침 받은 춤이 있습니다."

"춤이라고 했느냐?"

끼고 있는 미인으로 인해 풀지 못한 정염은 더욱 안으로 끓는다. 그러나 안달 나게 그날까지는 쓸데없는 '참을 인' 자를 수없이 갈겨야 한다. 지루한 안달을 참고 있던 사또가 반색하며 관심을 드러냈다.

"심심파적으로 내 앞에서 한번 추어 보겠느냐?"

"양손에 쇠로 된 바라를 들고 추는 춤인데 시늉이나마 대강 한 번 보여드리겠습니다."

"미색만 출중한 게 아니라 그런 재주까지 있었다니, 놀랍다 어서 그 춤을 보여다오."

소연은 사또가 시키는데 못 이긴 척 야들야들한 속살이 비쳐 보이는 잠옷 차림인데도 아랑곳없이 춤을 추었다. 비록 시연에 머무는 춤사위였지만 보드랍고 투명한 천을 걸친 여인의 몸매가 움직일 때마다 사또는 으음, 으음, 신음을 토해내며 어쩔 줄 모르는 탄성을 질렀다. 춤을 마치고 사또의 곁에 앉은 소연이 속삭였다.

"사또님, 춤을 추는 동안 문득 든 생각인데 이 춤은 인간의 죄업을 사하고 영혼을 위로하는 내용인데 고통받는 사람들에게도 보여주면 어떨까 싶습니다. 그러면 사또님의 뜻을 알게 된 사람들은 또 사또님의 성덕을 칭송할 것이기에 감히 제안드리는 것입니다."

"나의 덕행을 돕겠다는 그런 기특한 마음까지 네 속에서 나왔다니 고맙구나. 내 어찌 그 가상한 뜻을 나 몰라라 하랴. 그런데 고통받는 사람들은 다 모이라고 방이라도 붙여서 불러 모을까?"

"아유, 참 사또님도, 그런 번거로운 짓까지 하실 필요가 없지요. 입소문 날 때까지 우선 옥에 갇힌 죄수들의 숫자만도 사람이 얼만데요."

"오호, 오호, 너는 과연 무엇으로 빚어진 여인인고? 우선 그렇게 네 말대로 해보자꾸나."

사또는 냉큼 소연의 뜻을 받아들였다.

소연은 속으로 빙긋빙긋 웃었다. 버렸던 딸이 있음을 이미 전해 들었을 아비도 생존의 힘을 얻으리라. 혹여 눈길이라도 마주친다면 소연은 온몸으로 말할 것이다.

"아버지, 걱정하지 마세요. 이 몸을 낳아주신 은혜로 이번에는 이 딸이 아버지를 구해 드릴게요."

9

바라춤 법회에 대한 기대는 대단했다. 더구나 죄인들을 일시나마 풀어놓고 그들에게 보여주는 연회를 베풀다니 전무후무한 큰 행사였다.

옥관 앞마당에 멍석이 깔리고 그보다 조금 높게 무대가 만들어졌다. 사방에다 화톳불을 밝히는 옥졸들의 엉덩이도 덩달아서 분주하게 들썩거렸다.

시간이 되자 둘러선 옥졸들 사이로 죄수들이 들어왔다. 칼을 찬 죄수의 목에서는 일시적이나마 칼이 벗겨졌고 포승을 찬 죄수의 몸에서도 포승이 풀린 자유가 주어졌다. 자기들을 위한 전에 없던 이런 엄청난 사건에 어리둥절하느라 탈옥할 욕구마저 잊어버린 듯 죄수들은 순한 양처럼 자리를 잡고 앉는다. 소연의 뜻을 대견하게 여긴 사또는 죄수들의 참회를 부추기는 심리적인 위무로 간식도 제공하라 일렀다.

이윽고 하늘 높이 영원을 향해 날아가는 애절한 음향의 젓대 소리가 긴 꼬리 달린 생명체처럼 밤의 공기 속으로 흘러나갔다. 소연은 만장해 있는 사람들 속에서 자신을 바라보고 있을, 얼굴도 모르는 아버지를 향해 엄숙하게 절한 뒤 춤을 추기 시작한다. 소연의 춤사위는 마치 사람들 모두 숨 쉬는 것도 잊어버리게 한 곳으로 혼을 모아 끄는 것 같다. 사또의 지원으로 대중들이 모인 마당에서 복색과 무대까지 두루 갖추었으니 절로 신명이 났다. 굽혔다 뻗었다 빙그르르 돌았다 바라를 차앙,

챙챙, 마주치기도 한다. 집중한 사람들의 심장까지 한데 묶어서 이리저리 휘몰이 한다. 화톳불에 비친 둥그런 보름달 두 개가 허공에서 오르락내리락 소연의 손에서 빛무리를 짓는다.

막혔던 숨통을 틔운 듯 찬탄의 환호가 죄수들의 입에서 터져 나왔다. 멀리 은신한 자리에서 이 광경을 지켜보는 사또의 얼굴에도 그치지 않는 회심의 미소가 번져 있다.

"이는 선정이다. 다만 실정법을 어겼을 뿐 저들도 인간이다. 나 역시 같은 처지였다면 저들과 같은 자리에 있게 될지도 모르는 일. 부디 회개하시오. 다시는 목민관인 나를 시험에 들게 하지 마시오."

자긍심으로 불콰해진 사또의 눈길이 연희 중인 소연의 자취를 따라 분주하게 움직였다. 소연의 자태는 눈부셨다. 타고난 미모에다 춤꾼의 복색까지 갖추었으니 천상의 선녀가 내려온 듯 말대로 문수보살이 환생한 듯 아름다운 자태로 재탄생했다. 게다가 사또 자신을 돋보이게 하는 기특하고 대견한 마음씨까지 그 속에 담겼으니 저런 보물을 왜 이제야 만났을까. 아직 끝나지 않은 달거리 때문에 합방을 못 한 것쯤 아껴서 먹는 꿀처럼 감질나게 참는 맛도 특품이다.

10

하지만 소연이 벌였던 바라춤 법회는 커다란 역풍을 일으키고 말았다. 항차 죄인들을 옥문 밖으로 불러내 놓고 새참까지 먹이면서 춤판을 벌이다니. 그것도 사또 제가 끼고 놀던 기생의 꼬드김에 빠져서.

트집거리를 찾아내고자 살쾡이처럼 두 눈을 부릅뜨고 지켜보는 사람들의 눈에는 엄청난 망책으로 만들어질 수밖에 없었다. 더구나 억불숭유로 기세등등한 향반들은 은근히 괄시받던 사또에 대한 항의로 거센 반발을 일으켰고 임금님께 탄핵소를 올리는 데까지 이르렀다. 추문은 소연이 사또를 설득했던 바라 춤에 대한 깊은 의미는 쏙 빠진 채 기생의 꼬드김에 사또가 놀아난 것만 부풀려졌다.

이런 와중을 이용한 유림들은 궁지에 몰린 사또를 회유하여 벗의 자제인 명철주를 방면하라 압박했다.

"내 명색 사내로 기생놀음을 한 번 즐겼기로 원로들의 기세에 눌려 죄인 방면은 할 수 없소이다. 자, 여기 차려 내온 다과나 드시고 편히 귀가하시지요. 춤과 연희로 죄인들을 위무했다 꼬투리 잡으시면 그들 죄인에게 물어보시오. 전무후무했던 그 일을 어떻게 생각하고 있는지."

"뭐 사실 국세미를 쓸 곳이야 국난 지변이 들거나 할 때 쓰려고 비축하는 것인데 비록 사적인 모임이기는 했으나 우국충정으로 훈련하는 단체라니 그 또한 생각하기 나름인 고로, 우리가 두둔하지 않으면 사또에 대한 소문은 더욱 안 좋은 쪽으로 흐를 것은 당연지사, 우리 서로 좋은 것이 좋은 쪽으로 협상합시다."

실랑이의 논조는 미인에 홀린 사또의 허튼수작만 헐뜯는 양반들과 목민관의 자애로움을 강조하는 사또의 주장만 팽팽한 대립각으로 곤두서서 연이어졌다.

사또와 유림의 줄다리기가 오가는 동안 이 모든 일이 죄인의 딸인 소연의 기지와 술책에서 비롯된 것이 밝혀진다. 한갓 여인의 미색에 농락당한 사대부 남정들의 자존심은 사또와 유림뿐 아니라 고을 안이 후끈 달아오른 큰 사건이 되어버렸다.

이 소식을 들은 나라에서는 판관을 임명해서 탄핵사로 내려보낸다.

소연은 탄핵사가 당도할 즈음 변장을 한 채 탄핵사가 오는 길목의 강가에서 기다렸다. 저기쯤 탄핵사 일행이 나타나자 소연은 길게 비명을 지르며 물로 뛰어들어 익사 직전의 자결을 연출했다. 아직 숨이 남아 있는 소연을 구해 놓고 본 판관은 내심 그녀의 미색에 혹하고 만다. 건강한 남자라면 원래 호색한 피를 차고 넘치게 갖추고 있는 법. 판관의 속마음을 눈치챈 소연은 맥없는 목소리로 판관에게 하소연한다.

"죽은 목숨을 살려주셨으니 살길도 열어주시면 천은이 망극하겠습니다."

소연은 갈 곳이 없으니 판관이 수종으로 거두어 주기를 청원했다. 그리고 밤이 되자 순하고 무딘 촌부의 모습으로 사또에게 아뢰었다.

"목숨을 구해준 은인에게 미천하지만, 하룻밤 저를 바쳐서 보답하고 싶습니다."

그러잖아도 먼 길 오느라 풀어야 할 여독도 쌓였다. 미인에 대한 갈증은 피로회복제 같은 유혹으로 사내의 마음을 사로잡는다. 더구나 여인 스스로 보은을 칭하지 않는가.

마지못한 듯 소연의 간청을 받아들인 탄핵사는 절세미인을 품고 잠자리에 들 준비를 했다. 그런데 수청들 준비를 하던 소연이 다 죽어가는 기색으로 탄핵사 앞에 무릎을 꿇었다.

"갑자기 왜 그러느냐?"

"나으리 죽을죄를 지었습니다. 이 일을 어쩌면 좋습니까. 이 몸이 불결한 것을 뒷물 중에 발견했사옵니다. 그래도 괜찮으시다면 성심을 다해 모실 각오는 되어 있습니다만……."

"불결하다니 그게 무슨 소리냐?"

"한 달에 한 번 있는 몸엣것이……."

점잖은 듯해도 사내는 사내였으므로 탄핵사의 안색은 금세 실망으로 일그러졌다. 그러나 이내 본색을 회복한 탄핵사는 손을 내저었다.

"됐다. 네 성의만 받아들이겠으니 염려 말라."

"참으로 송구하옵니다. 하옵시면 안구라도 즐기시게 제가 춤을 한 번 추어올리면 어떠 하올지요?"

"춤이라고? 이왕 단잠도 궂혔으니 어디 그래 보려무나."

두 손 재배하고 감사의 절을 올린 소연은 저의 장기인 바라 춤을 너울너울 추기 시작했다. 비록 복색과 바라를 든 구색 갖춘 춤은 아니었지만 탄핵사는 점점 놀라운 표정으로 소연의 춤에 매료되어갔다. 춤을 끝낸 소연은 사또까지 망쳤던 전사를

떠올리며 눈물까지 뚝뚝 흘렸다. 알 리 없는 판관에게 사과를
했다.

"소인의 식언을 용서해 주셔서 감사하옵니다."

획책 된 뜻에 대한 미안함을 알 리 없는 판관은 되레 손사래
를 치며 소연을 깊이 안아주었다.

"아니다. 너의 맨살에 대한 아쉬움은 이미 내 영혼에 어룽을
지우고도 남았다. 이 충만함은 바로 고량진미의 주인만이 누리
는 비밀이리라."

다음 날 함안 관청에 자리를 잡은 판관은 사회적 물의를 일
으킨 죄로, 죄인의 딸인 기생 소연을 잡아 오라 명령했다.

"아니, 너는!"

잡혀 온 죄인의 딸을 살피던 판관의 얼굴이 삽시간에 굳어
졌다. 왕명을 받고 내려온 자신마저 농락당한 놀라움은 어쩔
줄 모를 당혹감으로 바뀌었다.

"네 어찌 계집의 몸으로, 더구나 미색을 이용하여 사회를 문
란케 하느냐!"

호령하는 판관의 매운 음성을 듣고 있던 소연이 얼굴을 들
었다.

"판관 나리, 참으로 죄송하게 되었습니다. 저는 아비 명 철자
주자를 구하려는 자식의 소임을 다했을 뿐입니다. 하오니 내리
는 벌은 무엇이든 달게 받겠나이다."

어찌 이런 얄궂은 운명에 봉착한 것인가. 곤혹스러운 번민
속에서도 지난밤에 느꼈던 짜릿한 감상은 마디마다 판관의 전

298

신을 휘젓고 돌았다. 임무를 마치고 돌아갈 때는 꼭 데리고 같이 가리라. 영혼을 휘감던 절세미인의 관능적 매력은 설사 이대로 목숨을 잃는 일이 생긴다 한들 받아들일 것 같았다. 그러나 오명으로 실추된 전관의 사태는 바로 자신의 것이 되었다. 위기를 느낀 판관은 근엄하게 높인 목소리로 소연을 꾸짖었다.

"나리, 이유 없는 결과가 어찌 있으리이까. 소인이 없는 말재주로 아무리 청원을 한들 바른 뜻이 전달되지 못할 것은 불 보듯 뻔한 일이라, 기녀로 입적하여 가진 재주로나마 기회를 만든 것뿐입니다. 판관 나리, 죽음 직전에 올리는 답변으로 시 한 수를 올리겠나이다. 둔재로나마 제가 지은 절명시입니다."

소연은 눈을 감고 스승과 같이 살던 산사로 돌아갔다. 그 무구한 자연과 하늘땅에 깃들여 사는 생명들의 고귀함, 더구나 사람의 자식이 갚아야 할 막중한 은혜를 가슴으로 내려 앉힌 진솔한 마음을 글로 적어 표현했다.

꼬리 물고 흘러가는 물과 같아서
기다리지 않는 부모님의 맞잡을 수 없는 손

부모는 영원한 죄인이며
자식은 영원한 불효자인데
뉘라서 이 숙명을 타파할 수 있으랴

여기, 지금, 이 순간을 깨닫는다면

색동옷 차려입고 춤추고 노래하라

늙은 부모 웃는 얼굴 천상의 만다라네.

소연이 지어 올린 시를 읽은 판관의 손이 절로 바르르 떨렸다.

"아아, 세상의 모든 자식이 너만 같다면……."

입에서는 자신도 모를 중얼거림이 흘러나왔다. 자신이 속았고 농락당했다는 불쾌함을 넘어 만취한 술기운보다 더 흠씬 감동에 취했다. 저를 버린 부모를 위해서, 더구나 아녀자의 신분으로 감히 그런 당찬 기지와 술책을 실행했다는 것은 생각만 해도 대장부의 가슴을 저리게 했다.

판관은 자신의 명분을 되찾은 뒤 꿇어앉은 소연을 향해 말했다.

"너의 발칙함은 중죄로 다스려야 마땅할 만큼 큰 죄이나 갸륵한 너의 효심은 하늘도 감동할 것이다. 되새겨 보건대 내 부모님이 영면하실 무렵의 내 모습을 비교하면 안타깝고 너무 부끄러워 몸 둘 바를 모를 지경이다. 하여 네 아비의 죄는 마땅히 중벌로 물어야 할 것이나, 내 너의 효심을 본 이상 너 같은 딸자식을 낳은 부모에 대한 포상으로 형을 감면하느니, 이후 지은 죄보다 더 큰 음덕으로 세상에 보답하라고 아비에게 전하라."

반드시 그리되어질 것을 염원하면서 한 행동이었지만 막상 내려진 판관의 명은 너무나 뜻밖이라 소연은 판관의 명이 떨어지자 엎어지듯 공손한 절을 몇 번이나 올렸다.

"판관 나리, 감사, 감사한 마음 천추로 새기면서 실천하겠나
이다."

감면된 아비의 모습을 먼빛으로 확인한 소연은 얼른 그곳을
떴다. 누군가 아버지를 만나야 하지 않느냐는 소리도 들렸지만,
자신을 보면 아버지가 갖게 될 죄책감과 난처함 때문에 먼저
자취를 감추는 것이 도리라 여겼다.

이로써 소연은 자신의 목표를 달성했지만, 탄핵사로 파견되
었던 판관은 저를 향해 몰아치는 또 다른 탄핵을 고스란히 받
는 몸이 되었다. 미약한 아녀자이며 더구나 기생에게, 또 그녀
가 절세가인이라는 미인계에 혹한 나머지 신분을 망각한 것이
다. 실정이 도마 위에 오른 탄핵관은 극렬한 난도질을 당했다.
그 후 왕명을 거역하고 농락당한 판관은 집으로 돌아가지 못하
고 자취를 감추었다. 그야말로 멸문지화를 당할 지경인 것이다.

효성스러운 딸이 있으면 반드시 효성스러운 아들도 있는 법.
'함주차사'라는 비난을 받으면서 어디론가 사라져서 돌아오지
않는 아버지를 위하여, 이번에는 판관의 아들인 보현이 판관의
소임을 자원하여 임금의 윤허를 얻어냈다.

보현은 깊은 속뜻을 숨기고 남도 함주를 향해 출발했지만
통하는 사람끼리의 이심전심이다. 소문을 들은 소연은 벌써 보
현의 출사 이유를 꿰고 있었다.

11

이윽고 스승의 빨래를 다 해서 간짓대에 넌 소연은 스승에게 큰절을 올렸다.

"스승님, 만약 그 사람이 저를 잡으러 온다면 저 아래서 제가 먼저 기다린다고 전해 주십시오."

"아아, 이것이 모두 인연의 결과라면 난들 어이하리. 좋은 날 좋은 시에 다시 만나기를 기원할 뿐……."

소연이 떠난 뒤 꿈을 꾸다 깬 사람처럼 한참이나 우두커니 서 있던 법사는 가사 장삼을 갖추어 입고 법당으로 향했다. 염불 소리 목탁 소리 은은한 타종의 소용돌이 속으로 자신을 흘려 넣으며 부처님의 가피로 소연을 지켜주시기를 빌었다.

얼마 후, 요란한 발걸음 소리를 내며 탄핵사로 파견된 청년 판관 보현이 다가왔다.

"여기 행자승으로 있는 소연이란 계집을 잡으러 왔다. 나로 말할 것 같으면 함주 고을 탄핵사로 내려온 판관 남보현으로―."

"알고 있습니다. 전 판관 나리의 자제분이시라는 것도."

법사는 합장하며 정중하게 판관을 맞이했다.

"그 요망한 계집은 지금 어디 숨어 있느냐?"

"숨어 있다니요. 벌써 나리가 오시기를 기다리고 있는데요."

"나를 기다려?"

젊은 판관의 표정이 잠시 갸웃해졌다. 그러나 이내 지엄한

302

왕명을 자원해서 온 신분임을 상기하며 엄격한 표정으로 목소리를 높였다.

"그 계집이 나를 기다린다는 데가 어디냐."

"저기 오른쪽으로 난 숲길이 있는데 그쪽으로 가면 오래 묵은 큰 나무가 있습니다. 우리는 그 나무가 우리를 수호해 줄 것을 기대하며 나한 나무라고 하는데, 그 나한 나무 아래서 기다리고 있을 것입니다. 나무 관세음보살. 판관 나리. 그 아이의 효심을 과납하시어 부디 선처해주시기를 기원드리나이다. 나무 관세음보사아알."

"언감생심, 나 또한 사내지만 아버지처럼 당하지는 않을 것이다."

단단히 결심한 보현의 품속에서 비수는 어서 빨리 쓰임새 있기를 재촉하며 숨 쉴 때마다 울근불근 존재를 드러낸다.

12

나한 나무 아래서 소연은 정말 보현을 기다리고 있었다. 그러나 우두커니 그냥 서 있는 것이 아니라 바라춤을 추고 있었다. 배운 대로 스승과 익힌 대로 외롭고 괴로운 영혼을 구제하고 참회하게 만드는 여덟 번 때 '요잠바라'이다. 이 마지막 장은 소연 자신을 위한 춤이기도 했다. 회향게바라 춤과 아울러 그녀가 암송하는 업장 소멸 진언도 낭랑한 음성으로 곁들였다.

몸에 서기를 두른 소연은 우주를 한곳에 모은 채 들었다 놓았다, 던졌다가 채다가 우러러 받드는가 하면 품어 안고 휘돌다가 하늘로 같이 치솟기도 한다. 그 뜻밖의 광경을 목격한 판관 보현은 목석이 된 것처럼 넋을 빼앗겼다. 아버지의 존명을 회복시키고자 했던 큰 뜻도 잠시 잊은 채 홀연해진 것이다. 한동안 말뚝처럼 서 있던 보현은 저도 몰래 독백을 흘려냈다. 이건 독이 든 사약이다. 저런 미인에게 마음을 빼앗기지 않는 것은 돌이나 나무일 뿐.

가까스로 본심을 되돌린 보현은 소연을 향해 준엄한 일성을 던졌다.

"멈추어라!"

춤의 세계에서 유영하는 소연은 보현의 명령을 듣지 못하고 한층 더 열렬한 춤동작만 이어 나간다. 감히 방해할 마음으로는 다가갈 수 없는 진지한 동작에 주춤해진 보현은 더 높은 음성으로 소리치면서 바닥에 있는 돌을 주워 소연에게로 던졌다.

"멈추라는 말 안 들리느냐!"

소연은 그제야 춤을 멈추며 보현이 서 있는 쪽으로 몸을 돌렸다. 보현을 발견하는 즉시 정중하게 허리 굽혀 인사도 했다.

"내가 누군지 알겠지?"

"판관 나리의 자제……."

"요사한 계집의 본색을 행사하여 나의 부친까지 능멸한 죄인이 너구나. 아비의 구명을 위해서 어쩔 수 없었다는 발칙한 변명을 하다니, 나도 내 아버지의 존명을 회복하기 위해서 너를 죽일 수도 있다."

소연은 겁내는 대신 나머지 춤을 추며 천천히 앞으로 나아갔다. 옆으로는 높은 낭떠러지가 있고 깊은 계곡이 내려다보이는 곳이다. 차고 있던 칼을 꺼내 든 보현은 다시 소리를 쳤다.

"멈추거라! 내 오늘 왕명을 받고 온 판관의 신분으로 단칼에 너를 응징할 것인즉."

춤을 멈춘 소연이 보현을 향해 허리를 굽혔다.

"나 역시 아버지의 은혜를 갚기 위한 목적으로 저지른 짓인데 어찌 장부의 효성을 멸시하리오. 죽여주십시오. 고이 효성지극한 이에게 이 목숨을 바치겠나이다."

"아무리 감언이설로 나를 회유해도 속지 않을 것이며 너를 용서할 수 없다."

이 말을 들은 소연은 말없이 걸음을 옮겨 계곡물이 폭포로 쏟아지는 바위 위로 올라갔다. 거기서 발만 삐끗하면 사람의 목숨 하나 흔적 없이 집어삼킬 큰 아가리의 괴물처럼 깊고 시퍼런 소沼가 그 아래 있다. 이런 곳을 두려운 기색도 없이 올라가는 소연의 초연한 모습은 그야말로 천상에서 막 내려온 선녀인 듯이 움직임 하나하나가 모두 몽환적이고 고혹적인 매력으로 둔갑한다. 이 모습을 보고 진저리치던 보현이 이 갈리는 음성으로 다시 외쳐댔다.

"효성이라는 너의 발칙함 때문에 내 아버지는 나락으로 떨어지셨다. 너의 뜻이 정녕 순수했다면 지금 내 앞에서 증명하라. 저 아래로 뛰어내리란 말이다."

너무나 직접적인 명을 받은 소연은 순간 움찔했다. 다시 그녀를 향한 보현의 일갈이 장도처럼 날아갔다.

"살아도 산 것 같지 않은 내 아버지를 생각하면 내 가슴은 천 갈래 만 갈래 찢어지는데 네 목숨은 그리 아까우냐?"

이미 마음을 가다듬은 소연은 스승으로부터 어릴 적에 들었던 이야기를 떠올렸다. 부처님 수행 시절에 수많은 아귀들이 몰려들어 먹을 것을 달라고 아우성쳤다. 줄 것이 없으면 몸이라도 달라는 아귀들 속으로 몸 보시를 결심한 부처님이 몸을 던졌다. 그 순간 아름다운 음악과 함께 온 세상이 밝게 빛났다. 그 가운데로 온갖 신장으로 화한 아귀들이 부처님의 몸을 안전하게 받아 모셨다. 그렇다. 진실은 불허다. 내 심정을 증명해 보이는데 티끌 한 점이라도 삿된 기운이 들어가서는 안 된다. 설령 저 깊은 소에 빠져 주검이 된다 한들 내가 던진 화두에 대한 증명이 된다면 기꺼이 실행하여 저 청년의 효심에 찬 원한을 풀어주어야 한다.

소연이 천천히 바위너설을 잡고 걸음을 옮길 때 보현의 다그침이 또 날아왔다.

"함주차사라는 아버지의 치욕스러운 오명에 눌려, 나는 앞으로 어찌 밝은 세상을 살까 걱정인데 그대의 머뭇거림은 역겨움만 충천할 따름이요."

젖은 이끼에 발이 미끄러지면 소연은 옆에 있는 가시를 엉겁결에 잡아당겼고 가시에 찔린 상처에서 붉은 피가 흘러내렸으나 아랑곳없이 앞으로 나아갔다. 폭포 위의 바위에 도착한 소

연은 비장한 음성으로 위를 쳐다보고 있는 보현에게 자신의
소회를 밝혔다.

"보현 선부님. 선부님의 효심 역시 충분히 감읍합니다. 선부
님의 뜻대로 기꺼이 이곳에서 뛰어내리겠나이다. 존귀한 그 효
심을 바탕으로 세세생생 화복 누리시기를—!"

말을 마친 소연이 몸을 날리려는 찰나였다. 폭포의 흐름조차
멈추고 끊는 우레와 같은 목소리가 함성처럼 날아왔다.

"잠깐만!!"

소리쳐서 소연을 멈추게 한 보현이 바람처럼 잽싸게 날아
왔다.

"출천지 효녀여! 절세가인이여! 그대 같은 재인을 비명으로
앗길 수는 없소. 내 등으로 당신을 업어 고이 모시리이다!"

채듯이 넙죽 소연을 업은 보현의 몸이 눈 깜짝할 사이에 공
중으로 날아올랐다.

그 순간, 천상 어디선가 들려오는 우렁찬 소리가 있었다.

"젊은 판관이여, 그대 지금 어디로 가는가. 그대 또한 차사가
되어 사라지는가!"

소리가 들리는 쪽을 향해 보현이 화답했다.

"불빛의 명멸은 자체가 한 시울이라 차사라는 말은 당치도
않다. 지금은 홀연 이곳에서 자취를 감추지만, 연꽃 속에 잠자
다 때가 되면 다시 오리라……."

소리의 여운만 보현의 흔적을 따라 메아리치다 사라졌다. 꿈
꾸듯이 두 사람의 동작을 지켜보던 사람들까지 꿈에 취한 듯

한참 동안 움직일 줄 몰랐다. 그때 곳 모르게 피어오른 오색 운무가 흘러 하늘과 땅 사이의 모든 생명과 자연을 감싼 채 구별 없는 하나로 만들어 놓았다.